遺憾
再一次飄過

繁華落盡的寂寞　冷漠背後的溫情
甚囂紅塵上──紅塵中人，不可錯過的閱讀！

劉正權・著

| 目錄 |

顧盼生輝

　　嚴格地來說，顧小曼不是一個水性楊花的女人，真要水性楊花，犯不著非要等到四十出頭了才如夢初醒以殘花敗柳之軀來賣弄風情。

　　四十歲，最好聽的說法也是徐娘半老了！

　　四十歲的顧小曼眼下只是奢望有個男人來垂青自己一回，這種垂青當然不算愛情，只能劃歸欣賞之列，是對自己身體的一種承認。

　　顧小曼一直覺得，四十歲的女人應該是最具風韻的！但真到了四十歲，她才發現，那些比她早幾年跨過四十歲門檻的女人所具備的風韻全是不得已而為之的，骨子裏永遠趕不上那些靠朝氣打底的女孩子。

　　年輕好啊，不需要任何包裝！斜倚欄杆有斜倚的風情，醉臥花間有醉臥的柔媚，你一個半老徐娘斜倚著試試？醉臥著看看？只怕連風兒都會繞道而行，懶得掀開你身上半匹紗。

　　更別指望男人的眼光來掀開鑽進去掃描了！

　　試想一下，當年在閣樓上收窗簾時把叉杆掉下來砸到西門慶的不是潘金蓮而是王婆，風流倜儻的西門官人會那樣站在街頭發呆麼？只怕早就怒從心頭起，惡向膽邊生三兩步躥上樓扒了王婆的皮抽了王婆的筋了。

　　正因為是潘金蓮斜倚窗櫺，以手支腮那種欲迎還拒的眼神，以及暗藏風情月意的媚臉，才讓西門官人不怒反笑，把腰曲著還禮還幽了自己一默，說是小人不是，衝撞娘子，休怪！臨走時還回了七八次頭。

　　攔眼下這就是回頭率啊！

　　顧小曼對回頭率的這點奢望源自同事李小月，李小月開了一家內衣店，專門代理芳奈兒美體內衣。

　　李小月在單位人緣不好，開業時沒人捧場，顧小曼那天是剛巧路過。李小月誤以為顧小曼是來道賀的，熱淚盈眶之餘，不僅沒要顧小曼的份子錢，還強巴巴塞了一套芳奈兒超薄纖體內衣和芳奈兒抹胸兩個，也就是說，李小月把她當貴賓款待了！

　　顧小曼向來對內衣不怎麼講究，她在意的是外面的套裝，四十歲的女人，套裝穿得體了，可以掩飾隆起的小腹，可以烘托下垂的乳房，包括並不翹挺的臀部，一句話，瑜足掩瑕。

如同很多外觀包裝精緻的禮品盒，也許裏面根本就是敗絮一叢，但這些都不重要，人是在意視覺上的衝擊的。

　　既然是貴賓，李小月就有理由給貴賓最優質的服務，哪怕顧小曼跟她同事了這麼多年也一直沒見交心的傾向。

　　這一回，李小月交心了，她親自在試衣間裏扒掉顧小曼身上最後一寸布，然後又親自指導顧小曼穿上那套芳奈兒內衣。

　　顧小曼在內衣套上身時差怯地望了一下試衣鏡，天啦，那個胸部高聳纖腰美臀，曲線盡展的女孩子是她顧小曼麼？

　　李小月在一邊眼裏冒出火來，乖乖啊，小曼，你的身體可塑性很強啊！

　　既然身體可塑性都很強了，那麼風韻也應該有很強的可塑性吧！這麼一想，顧小曼忍不住對著鏡子顧影自憐地擺了一個又一個誘人的造型。

　　李小月找不出詞來形容了，搜腸刮肚送給顧小曼四個字──顧盼生輝！

　　原來，一套美體內衣就能讓一個半老徐娘顧盼生輝！顧小曼一下子有被青春撞了一下腰的感覺。

　　這感覺是美妙的，如果被男人的眼光撞上千百下呢？那感覺一定是妙不可言！

　　顧小曼忽然就有了種奢望，奢望有男人垂青自己，只有被垂青了，才會有眼光像青春一樣撞上腰來。

　　顧盼生輝的本錢已經有了，現在顧小曼缺一樣場景，那就是一個可以斜倚的窗臺，她想像著自己像古戲文中的潘金蓮一樣，斜倚某個閣窗之上，有沒簾子可收不重要，有無叉杆失手墜落也不重要，重要的是有個西門慶那樣風流倜儻的公子哥兒把眼光癡癡地撞上自己，臨走時再回上七八次頭。

　　這樣的閣窗是有的，顧小曼想起市中心才開業的一家茶樓，臨街的窗上，仿古的捲簾兒她還有點印象，一念及此，顧小曼就風姿綽約地上了茶樓。

　　斜倚前應該有個動作的吧！顧小曼把看過的古戲文回味了一遍，有了個大概意思，然後她伸了個慵長的懶腰，跟著以手支腮，把個欲拒還迎的眼神凌空飄了下來。

　　車如流水馬如龍，花月正如春風！

　　樓下一群又一群的人湧來湧去的，沒人往上抬一下眼！顧小曼伸長頸子，努力往外探，她相信，應該有個男人會感受到她春風花月般生輝的眼神的。

　　至於是個什麼樣的男人，顧小曼還在遐想中，但有一點可認肯定，絕不會是自己的男人老徐，老徐才也四十出頭，就已經稀頂了，顧小曼一直覺得稀頂的男人對女人的吸引力是等於零的。

可偏偏，樓下一個稀頂男人被一個朝氣蓬勃的女孩子挽了胳膊，情狀甚親密地往茶樓這邊走來。

顧小曼有點恨鐵不成鋼地瞅了那女孩子一眼，如此春風花月般妙齡，咋就沒點品位呢？

女人間的妒忌心是有感應的，就在顧小曼看女孩子時，女孩也情不自禁一仰頭看見了斜倚閣窗的顧小曼，女孩很尖酸地捅了一把身邊男人說，瞧，四十歲的女人還裝嫩，一定是第二春來了！

男人無意中一仰頭，不偏不倚和顧小曼眼神撞個正著。

這一撞是有力度的，而且大得出奇！斜倚欄杆的顧小曼被撞得身形一晃，宛如一隻大鳥般飛了下來，那眉眼還真有那麼點顧盼生輝的意思。

有那耳朵尖的路人聽見顧小曼落地時口裏清晰地吐出了兩個字——老徐！

老徐一次頭也沒回，三步兩步跑沒影子了，只剩下那女孩在原地不動眼睛癡愣著發呆。

勇往直前

陳可懷裏摟著姚紅麗，眼裏卻盯著一段文字。

是本雜誌，上面那段文字，被人打了紅線，是不是姚紅麗打的，他不清楚。他只清楚他記下了那段內容：男人無非兩種，一種是進攻女人的，一種是等著女人進攻的！

雜誌是姚紅麗的，這段極富暗示的話被打了紅線，是提醒他進攻呢，還是警告要他等著姚紅麗的進攻？這麼一尋思，陳可的手就在姚紅麗小腹上隔著衣服停了下來。

其實這也是一個習慣性的停頓，有試探，更多是含有謹慎的成分。

引而不發才能可退可守！一句話，陳可不想讓姚紅麗把自己看成淺薄之徒。

姚紅麗眼下是比較滿意陳可的這一停頓的，一個懂得停頓的人，當然，是懂自己暗示而停頓的男人，縱然淺薄，也能淺薄得有一定分寸！

姚紅麗需要這一點分寸，畢竟，他們的狀態還屬於——未婚。

不是姚紅麗多麼傳統，而是姚紅麗覺得吧，這麼早就把一切給了陳可，洞房花燭就失去了意義。姚紅麗愛看點閒書，向來對紅袖添香夜讀書之類的意境很是嚮往，至於古人說的，女兒喜，女兒喜，洞房花燭朝慵起！就不單是令她嚮往了，簡直是令她期待的了！

為了這點期待，她不光要陳可引而不發，自己也得按兵不動。

難受肯定是有那麼一點點的，這不奇怪，黎明前也還有黑暗呢！

不用說，陳可目前是處在黑暗中的，姚紅麗也是，但因為黑暗是姚紅麗自己製造出來的，姚紅麗就忽視了這一丁點兒的黑暗。

黑暗中的陳可也沒覺得有什麼不對，堅持一下吧，滿天霞光就在眼前了！

就在姚紅麗還在樂此不疲地配合著陳可玩引而不發自己卻按兵不動的遊戲時，意外悄悄逼近了這一丁點兒的黑暗。

嚴格來說，逼近這點黑暗的不是黎明，也不是曙光，頂多算是辛棄疾他老人家詞中「暗夜千盞燈」中的一盞燈吧！

這一盞燈的主人是李小曼。

李小曼經營著一盞名叫千盞燈的茶吧！

陳可愛喝點茶，是瞎喝，喝不出境界的那種喝，消磨時光的那種喝，這點很對李小曼的路。李小曼經營茶吧，說白了也只是糊口，於茶藝上未必精通，好在，真正懂茶的人不多，貌似懂茶的人不少，李小曼的茶吧倒也熱鬧。

一句熱鬧道出來，你就曉得了，這茶吧，與茶並沒多大的淵源，不單茶，果汁，咖啡，啥都賣。

陳可是唯一一個進了千盞燈只點茶喝的客人，這應該是一種操守！李小曼私底下這麼以為，這年月，肯講操守的男人是要「夢裏尋他千百度」的，既然「那人已在燈火闌珊處」了，李小曼就覺得，於情於理都應該向陳可主動發起進攻了。

李小曼的進攻，無疑是勇往直前的那種。

在一個天將黑未黑的傍晚，有雨，雨天的茶吧，生意是冷清的！李小曼歎了口氣，在這個很適宜發生點什麼的天氣裏，陳可要是能來事情就成功了一半，當然，這話只能當作李小曼的內心獨白來處理。偏偏，像應召進宮似的，陳可恰恰在李小曼歎息尾音落下時冒雨進了茶吧！

李小曼眼裏亮了一下，迅速從裏面關上茶吧茶色的大門，陳可直接進了小隔間，一點也不曾留意外面的動靜，他是來喝茶的，外面的動靜與他何干呢？

偏偏一切都與他有幹！他等來的是一條毛巾，在他頭上，李小曼十分嫻熟地用毛巾擦著他髮梢上的水珠。

陳可有點受寵若驚了，除了他娘，似乎還沒哪個女人如此在他頭上搗弄過，男人頭，女人腰，不是什麼人都可以輕易動的！

李小曼沒空理會陳可的若驚，她的一隻手攥著毛巾在陳可頭上輕輕擦拭，另一隻手卻不動聲色捏著陳可的耳垂，這一捏令陳可想起了姚紅麗，姚紅麗也對陳可的耳垂動過手，不過是揪。

捏和揪是有區別的！

區別在於捏有一詠三歎的感受，揪卻只有旁逸斜出的痛楚。

陳可身子就熱了起來，由耳根開始！

李小曼的紅唇就勢落在了他的耳垂上，這一次不是一詠三歎了，是暴風驟雨，是疾風掃落葉！

再下來，陳可就一覽無餘地繳了械，去他媽的引而不發，勇往直前更能彰顯男兒本色呢！

李小曼在李可的酣暢淋漓中笑了，她的腦海中晃過這麼一段話，男人無非兩種，一種是進攻女人的，一種是等著女人進攻的！

無疑，陳可就是要等女人進攻的那種男人。

姚紅麗還沉浸在她製造出的黑暗中沾沾自喜，她很喜歡每次和陳可在一起，兩個人纏纏綿綿如行雲流水般一波三折透邐而行，然後再在高音符上戛然而止。

只是這戛然而止已經止了很有些日子，姚紅麗有點奇怪了。那天，她第一次破了例在天黑之後去了陳可家，她手裏有一把陳可的宿舍鑰匙，只是她從來沒去過，她是個喜歡佔據主動的人，去陳可寢室落在下風的幾率就比較大，她不想洞房花燭淪落為老馬識途。

她去得有點早，不過李小曼比她更早。她靜悄悄開了門，打算給陳可一個驚喜，抱了這種想法，姚紅麗第一次長驅直入進了陳可的臥室。

意外的是，陳可正旌旗招展的在李小曼的引領下直搗黃龍直破樓蘭。

姚紅麗手中的那本雜誌掉在了地上，劃了紅線的那段話正不懷好意逼視著她，有那麼點勇往直前，還有那麼點虎視眈眈。

溫潤的手

　　太陽底下無新鮮事！王玉梅第一次看見這句話時，很生氣，那會兒的王玉梅，剛從學校畢業，連黑夜都覺得新鮮，太陽底下怎麼就沒有新鮮事了呢。

　　王玉梅自然是百思不得其解了！

　　不得其解的王玉梅上班第一天，決定請一次客，加深一下對同事的瞭解，也可以說是加深一下同事對她的印象，當然是好印象。

　　王玉梅雖然剛從大學畢業，但卻不是兩耳不聞窗外事的書呆子，起碼她曉得，印象分很重要。

　　客是一定得請的，但以什麼樣的方式請，王玉梅頗費了一番躊躇。

　　最後王玉梅決定，請大夥看一場電影。

　　馮小剛的《非誠勿擾》！

　　同事算是給面子，三三兩兩都到了，居然連一向不參加集體活動的局長也來了，很難得！

　　只是就座的時候，王玉梅發現，大家都沒有對號入座的概念。

　　新鮮，王玉梅不自覺扭頭望了一下左右，卻發現目光越不過去，電影院都是那種高靠背的情侶座。

　　而局長，恰好就和她陷在情侶座的包圍中。

　　就只好看電影了，因為銀幕上已經開始出鏡頭出字幕了。

　　王玉梅看得很專注，當她看見劇中葛優在日本吃料理時，忍不住咂了一下嘴，銀幕上的那種日式清酒她喝過，很怪的一種味，不過適合她。

　　局長這時發了話，怎麼，想喝清酒了？

　　王玉梅不好意思地笑，想喝也沒地方喝啊！是的，他們那個小城市暫時沒人接受日本口味的飯菜。局長就很自然地把手搭在她胳膊上輕拍了一下，要不我請你？

　　局長的手是溫潤的，王玉梅穿的無袖連衣裙，胳膊裸在外面。

　　王玉梅只顧看電影，沒理會局長的溫潤，那手就猶豫了一下，縮回去了。

　　本來這樣挺好的！

　　問題是，王玉梅剛好看見電影上酒館裏那三個老姐妹正蹁躚起舞，王玉梅就忍不住伸出手來拉了一下局長的胳膊說，你看，你看，這種舞我也會跳的！

王玉梅嗓門大了點，一干人立馬伸了脖子往這邊瞅。局長有點尷尬，抽回手說，有事，我先走一步！

完了就悄悄挪步出去了。

王玉梅沒覺得有什麼不妥的，繼續看，一直看到劇終人散。

事是在這會兒出的，一大幫人裹著王玉梅往外走，王玉梅還沉浸在劇情中不能自拔，一隻溫潤的手先是拍了一下她的胳膊，見沒反應，跟著又探向她的後腰，裹在人流中的王玉梅依然沒有反應過來，那手就得隴望蜀停在了她的翹鼓鼓的屁股上，甚而放肆地擰了一把。

這一把讓王玉梅清醒過來。

但手的主人卻在她清醒的一剎那間，溜了。

王玉梅站在那兒，足足悶了半晌，天，太過分了，眾目睽睽之下呢。

眾目是有的，睽睽就未必了！這事不新鮮，若干年後，王玉梅是這麼總結的這段往事。

出了電影院的大門，四周已經空空如也了，倒是一輛轎車很醒目地滑了過來。

走吧，請你喝清酒去！局長在駕駛座上傾過身子為她推開副駕駛座邊的門。

王玉梅怔了一下，清酒，那種讓人舌苔很溫潤的清酒？

局長點點頭，我也很喜歡的！

就上車，一起去了，不在這座小城，在另一個城市，一個小時的車程。

偏偏，那家日本料理店只有梅酒。

也行！

王玉梅是喝了兩杯梅酒後起的意，她把手搭在局長肩頭，開始像模像樣跳日本舞。

她想知道，局長那只溫潤的手會不會停在她的後腰。

一直到她躺進局長懷裏，當然是借醉佯躺的，局長那只溫潤的手都沒怎麼動。

局長一直在喝他的梅酒，喝得小心翼翼，生怕燙了嘴似的。

王玉梅突然就泄了氣，心裏委屈得不行，你都用溫潤的手擾過我了，為什麼不露出點誠意呢？泄了氣的王玉梅就很突兀地說，太沒誠意了，剛才明明是你！

剛才？誠意，是我？局長靜靜地望了她一眼，目光中保持著平淡的疏離，我只想請你喝杯清酒啊，剛才！這會不是請了嗎？

不算誠意，一個不新鮮的理由，王玉梅正正身子，開始規規矩矩吃培根蘆筍和壽司拼盤。

　　明明是那只溫潤的手啊，她在心裏這麼問了一句，梅酒的酸酸甜甜沒能讓她感覺到溫潤。人是在回城的路上出的事。

　　王玉梅到底沒能忍住自己的好奇，她一定要弄明白，在電影院裏是不是局長藉故先走一步，然後在暗中摹了自己的屁股。

　　王玉梅一直覺得，馮小剛說得沒錯，非誠就不應該擾的，她決定回擾一回！王玉梅就在高速公路上，強行拉過局長那只溫潤的手放在了自己的腰上。

　　新鮮事呢，局長那只溫潤的手忽然變得冷硬起來，狠狠扇在她的臉上，車就在那會出的事！

　　這是王玉梅昏過去之前腦海中唯一出現的意識，那只溫潤的手呢，那只黑夜深處溫潤的手呢？王玉梅在她以後的歲月中再也沒有遇見過。

證明

英子找陳勇的時候，陳勇正在唱卡拉OK。

自娛自樂的那種唱，氛圍自然就比較差，陳勇也想到麥霸裏去唱，可誰願意陪他去呢，即便有人陪他，他也沒去的底氣。

麥霸裏的歌，並不是人人都唱得起的！

何況陳勇這樣一個打工仔。

陳勇對著出租屋裏一個二手影碟機唱，唱得豪情萬丈的，陳勇一直是個豪情萬丈的人，呵呵，這是英子誇他時說過的。

這話，有出處！

陳勇，英子，還有雪梅三個是一個地方出來的，這兒說的這一個地方並不是很狹義的那種村莊啥的，而是縣一級的地方。也就是，他們是同一縣城的，在外省，當然就顯著不是一般的親了，而且陳勇還有點小自私的想法，最好是來個親上加親，當然是和雪梅，雪梅有著雪一樣白的膚色，整個人可以用兩個字來形容——素靜。

這樣的女孩是不惹是非的，但這樣的女孩卻是容易讓是非惹上身的。

先是廠裏的保安，仗著是本地人，仗著有幾年老資格，一次下班故意刁難雪梅，說懷疑她夾帶了廠裏的東西。夾帶廠裏東西的職工不是沒有，但絕對不可能是雪梅，雪梅就一副無辜的樣子被攔進了保安室，脫了羽絨服脫了毛衣，就剩單薄的秋衣秋褲了，雪梅的雪白肌膚被紅色的秋衣一襯，更搶眼了！保安開始喘著粗氣，目光掃雷一般落在雪梅胸脯上。

雪梅突然就放聲大哭起來。

陳勇和英子一直守候在門外呢！

嘭，只一腳，陳勇破門而入了。

保安擺出一副嚴厲的面孔來，一指陳勇，出去！陳勇不出去，一件一件幫雪梅套衣服。

保安有點氣急敗壞了，說，再不出去老子一警棍敲死你！

陳勇就停了手，轉身慢慢往門口走，就在保安臉上要掛出不屑的神色時，陳勇忽然回過身，猝不及防地把保安衣領一拎，另一隻手使勁把保安頭往下一摁，砰！英子和雪梅聽見凳子開裂的聲音一下子炸響在十米開外。

一個血包迅速在保安頭上隆起！

狗日的，跟老子鬥狠。陳勇拍拍手走了出去。

鬥狠的結果引起了老闆的注意，當然老闆不是注意上陳勇，而是注意上了雪色肌膚的雪梅。

雪梅因禍得福，調到老闆辦公室，負責端茶遞水接電話做做衛生什麼的！

很清閒！老闆不差她這麼個一線工人，老闆差個賞心悅目的女人養養眼。清閒了沒多久，是非又上身了。

這次的是非，與男人無關！是老闆女人挑的事端，保安是女人的表弟，見老闆沒處分陳勇不說，還讓雪梅進了辦公室，很不平。

保安的不平是有根源的，那會兒，他頭上那個沒平下去的大包天天提醒他要不忘階級苦牢記血淚仇，添了一番油加了一番醋，老闆女人就殺氣騰騰找到了雪梅。

兩耳光外帶三個字，把雪梅搞懵了——臭婊子！雪梅這麼素淨的女子怎麼會是臭婊子呢！當雪梅的哭聲傳到車間時，陳勇再一次豪情萬丈挺身而出，回敬了老闆女人一句話外加一耳光，她是老子媳婦，香著呢！

雪梅當時嘴裏像撐了根攪棍，英子是跟在陳勇身後上來的，英子嘴裏則像塞了枚鵝蛋。

老闆女人悻悻地走了，老闆在一邊冷眼旁觀。

末了，老闆問陳勇，你說雪梅是你媳婦？

陳勇沒敢答話，偷眼望一下雪梅。

他以為，雪梅會替他回答的，因為老闆的眼光已經對著雪梅了。

雪梅張開的嘴合攏著吐出三個字來，不要臉！

陳勇臉一白，轉身下他的樓。

下樓前陳勇衝樓下看熱鬧的吼了一句，給老子聽著！我都和雪梅上過床了，你們知道不？

所有人都張大了嘴。

英子沒張！她知道陳勇的憤怒需要發洩，為雪梅嘴裏吐出的那三個字。英子沒張嘴還有一個原因，她怕自己噴出血來！英子一直喜歡著陳勇。

英子進屋時，陳勇唱歌的豪情正一點點減退，英子冷笑，咋啦，九天之上的豪情落萬丈深淵了？

陳勇沒看英子。

英子開始一件一件脫衣服，脫得只剩下內衣內褲，說你不是連雪梅都敢睡麼，連我一塊睡了吧！

陳勇一點一點往後退，退到牆角，英子一步一步往前逼，陳勇沒了退路，開始勇往直前，偏偏英子的身體像一把生了鏽的鎖那樣讓他半天不得而入。

　　事後，兩人躺在床上，不再說話。

　　再事後，英子的手機響了，英子只說了一句話，他對女人的身體是陌生的，這點我可以證明。

　　手機那邊傳來老闆的笑，說你證明得很好，我會加你工資的！

　　陳勇一下子明白過來，明白過來的他惡狠狠一摁英子的頭，使勁往床頭撞去。

　　英子不反抗，英子眼裏蓄滿了淚，英子說，這樣不好麼，起碼證明你最先是屬於我的啊！

起因

事情的起因，源於一杯茶。

李成文在書店看書，看得累了，是的，李成文是個嗜書如命的人，累了，還不願放棄。就轉動脖子，四處瞅，想瞅一個可以坐下來讀書的地方。書店裏一般不設坐，怕的是遇上孔乙己先生那樣的人，雖不至於竊書，但坐那翻上個半天，書的成色就打了折扣。

怎麼說，書也是商品吧，誰願花錢買本成色打了折扣的東西呢？

這樣一來，書店就附帶著經營起另一項服務，書吧！你只要花錢點上一杯飲料，是可以坐在書吧裏讀書的！

李成文是在扭脖子時看見旁邊有個書吧的，想了想，李成文信步走了進去，居然是個鬧中取靜的場所，裏面有一個又一個的小包間，適合讀書，做筆記，更適合寫點東西，李成义自然就心嚮往之了。

進去剛落座，一個服務生不知從哪裡鑽了出來，手拿服務單請他點飲料。

李成文是第一次進這種地方，他只想讀書，對那些花紅柳綠的飲料，他沒興趣，李成文就很客氣地說，謝謝，我不喝飲料！

服務生比他更客氣，服務生說，先生，這裏面有最低消費，您總得要點什麼吧？

李成文這才知道，斯文的地方也有不斯文的規定。

那就喝杯茶吧！李成文是這麼尋思的，咖啡那玩意從國外進來的，一定特貴，香檳可樂橙汁類的他不喜歡，還是茶比較對自己胃口，畢竟茶是中國特有的飲品和文化。

令他沒想到的是，茶對胃口了，價卻不對胃口，一杯普普通通的菊花茶，居然是二十元一杯呢！

二十元，可以把書買回去讀了吧！

李成文生氣了，服務生前腳送來飲料，李成文後腳就端起來豪飲了一大半，他心裏燒呢，叫錢燒得心疼！

一個好聽的聲音就在這時響了起來，喲，大哥你這是喝茶嗎？叫牛飲還差不多！

李成文就停止了牛飲，抬頭，居然是一女子，回頭一笑百媚生的那種女子，李成文不認識。

女子站在包間門口，很客氣地問他，大哥是在等人？

李成受了奚落，沒好氣給了一句，等自投羅網的人，不行啊！

女子就知道李成文無人可等了，女人再笑，一提裙擺，坐到李成文對面，說正好啊大哥，我一直在尋一張網往裏投呢！

李成文是君子，君子向來有成人之美的優秀品質，就算點頭默許了！女子笑，說大哥不打算請我喝杯茶嗎？李成文放下書，仔細打量女子，很新潮的一個人啊，喝茶？應該喝咖啡才對的！

女子看出李成文的疑惑來，紅唇一抿說，蒙頂山上茶，揚子江中水！都是很乾淨的東西，喝茶就是喝文化，書吧裏喝咖啡，是對文化的不敬重呢！

李成文沒想到女子會有此妙論，那麼，這茶請得值了！李成文就衝服務生點頭，替女子要了一杯龍井。

這樣一個女子，喝菊花茶有點委屈人家了！

服務生送來龍井後，順手放下了包間的簾子，李成文大窘，急忙掀起簾子一角來，以示清白。

女子展顏一笑，說，大哥第一次進來吧！

李成文說，何以見得啊！

女子輕輕啜一口茶，你這麼掀起一角，不怕春光外泄啊！

春光外泄？李成文不明白。

女子循循誘導說，大大方方放下簾子，喝你的茶，讀你的書，誰來理會你啊！你這樣倒好，掀起一角來，孤男寡女相處一室，明擺是此地無銀三百兩啊！

李成文沒想到喝一杯茶還喝出這麼個文化來，嚇得立馬放下簾子一角。

這就對了，事無不可對人言！女子衝李成文甜甜一笑，說，不影響你讀書了大哥，我想眯一會！女子就真的斜倚在沙發上，眯上了眼睛。

書，自然是讀不下去了，李成文開始靜靜讀女子的睡態。

他是第一次從從容容欣賞一個陌生女子的睡態呢，這睡態是柔媚的，柔媚得真如詩中所說，最是那一低頭的溫柔，像水蓮花般不勝涼風的嬌羞！

李成文又一次心燒起來，端起茶杯又是咕嚕一大口，杯就現了底，女人側了下身子，長裙掀起，白皙的大腿半遮半掩的，令李成文有了另一種心嚮往之。

嚮往歸嚮往，李成文是君子，君子有所為有所不為，李成文想了想就使勁咳了一聲。

　　女子驚醒過來，問，怎麼呢？李成文指指她的裙襬，說，春光外泄了呢！

　　女子卻沒見窘色，只是端坐起來，不好意思地笑了笑。

　　李成文喉嚨像被灼了一下，說，你的皮膚好白淨！

　　女子眼睛迷離了一下，就一下，女子說，白和淨是兩碼事，你應該說我的皮膚好白！

　　白不就是淨嗎？李成文覺得莫名其妙的！

　　女子卻不睡了，起身，把裙襬扯得周同正正的，衝李成文說，謝謝你讓我品了一杯好茶！

　　好茶？李成文愈發不明所以了，那茶她明明只啜了一口啊，而頭遍茶應該是很苦的！

　　是的！女人說，從來沒哪個男人願意讓我好好眯一會的，哪怕是一會！你卻讓我在茶香中睡得很安然。

　　女子說完這話，掀起簾子就往外走，女人的背影很好看，吊帶裙上裸露的肩背也很白淨！

　　李成文是在當天晚上的電視新聞中再次看見女人的，女人居然是一個詐騙犯，她是主動向公安機關投案自首的，記者問她怎麼會在逃躥了半年之外忽然去投案自首時，女人低下頭，想了想說，起因應該是一杯茶吧！

　　一杯茶？見多識廣的記者也不由得睜大了眼睛。

　　是的，好茶不怕苦！女子莫名其妙地衝記者笑了起來，笑完就不再發一言。

　　蒙頂山上茶，揚子江中水！都是很乾淨的東西呢！李成文剛把手裏的遙控器設置成靜音狀態，女人的聲音冷不防就在耳邊再度響了起來。

血性

這五十塊錢，你割點肉，再買只雞，順帶拿瓶酒，夠不夠？

李玉梅站在門口臺階上，衝正提著菜籃子上街的張成說，張成不說夠不夠，接過錢，迎著陽光辨了一下真偽，自打下崗後，張成就對手裏過的錢認真起來。

李玉梅被男人這個動作弄得血往上湧，但她還是按捺住了，站在那兒居高臨下看著張成的反應，她知道張成應該還有話問她。

張成果然問她了，問的時候眉頭還皺了一下，很好，就要他有不滿情緒！情緒不滿了總得發洩不是？張成問，不年不節的買雞啊肉的酒啊幹啥？

李玉梅眉頭一挑，語帶挑釁說，慶賀啊！

慶，慶什麼賀？張成這回不是不滿了，是疑惑。

我成功出軌了！你說該不該慶賀一下？李玉梅笑吟吟，這麼溜出一句話來。

張成臉白了一下，沒李玉梅事先想像的臉被憤怒燒成豬肝色，就一下！張成把錢對折好，很仔細很小心地裝進貼身口袋裏，然後提著菜籃子跟往常一樣沒入了人流中。

輪到李玉梅憤怒了，我都說自己出軌了，他居然沒半點反應，他張成還是男人麼？

自從張成下崗後，李玉梅就發現張成像被人抽走了脊樑骨，吸走了精氣神，整個人都跟影子似的，如果不是他偶爾呼出幾口熱氣來，李玉梅都懷疑他成了牆上的照片，有形象沒思想的一個人物剪影。

那天，李玉梅實在忍無可忍了，她有忍無可忍的理由，青天白日的，一個大老爺們居然大張著嘴，對著電視節目嘻嘻哈哈傻樂，李玉梅問他，你樂呵啥呢？

張成一雙空洞的眼睛望一眼李玉梅，再望一眼李玉梅，對啊，他樂呵啥呢？這麼一反問吧，張成咧著的嘴開始慢慢往攏合，這一合不打緊，立馬又變成了比電焊焊得還死的一道縫。

李玉梅發誓要把那道縫撬開。

李玉梅就冷冷衝張成發了話，你要再這樣，遲早有一天你老婆會躺在別的男人懷裏！

縫倒是撬開了，李玉梅卻聽見從這道縫裏蹦出一句令她極端受辱的話來，那好啊，你要躺在別的男人懷裏了，咱們好好慶賀一把！

李玉梅的憤怒可想而知了！

一個人，一個女人，一個被男人無視的女人，一個被下崗男人無視的女人，就是她李玉梅嗎？

是可忍孰不可忍呢！

望著被人流淹沒的張成背影，李玉梅心裏一堵，雙膝一軟，人就無力地癱坐在門口臺階上。

狗日的張成，咋就這麼無動於衷呢？武大郎是三寸丁穀樹皮，都還曉得要跳起來扇潘金蓮嘴巴的。這麼一尋思，李玉梅身體內部就像有台小型發動機高速運轉起來，全身每一寸肌膚都高頻率地顫抖起來。

一直到張成買了菜回來，李玉梅的顫抖還處在高速運動狀態。

張成依然不說話，推門進屋，口有點乾，張成喝了口涼水，然後坐下來，拿出一把鑷子，眯著眼，夾肉上沒燙乾淨的豬毛。

張成把這件事做得很老成，像個燒了一輩子飯的老大媽。

去他媽的老！李玉梅順手搬了凳子過來，她要和張成好好談一談。

李玉梅先坐下來，她不想居高臨下說話，坐下來，為的是能給張成一個促膝談心的印象。

李玉梅談得很直接，我都出軌了，你不生氣？

張成正對一根頑固的豬毛用功，沒閒暇回答或者是不屑於回答也未可知。

李玉梅補上一句，我躺別的男人懷裏你一點都不生氣？

張成嘴閉著屏神靜氣對著那根豬毛捏緊鑷子，他的眼光凝成一股繩，心無旁騖的樣子。

李玉梅一把打掉張成手中的鑷子，我跟別的男人做愛，做得地動山搖，你也不願生氣是嗎？

張成終於開了口，張成說，可惜了，拔完這最後一根毛就可以切肉了！

我叫你切！李玉梅噌一下站起來，手中虛空捏著一把刀向張成脖子砍下來，一下，一下，又一下！

張成笑嘻嘻地，說你切吧，我不生氣，最好能切得地動山搖的！說這話時有鼻血從張成鼻子裏躥了出來。

李玉梅的手是切不出地動山搖的效果的，李玉梅腳下的凳子提醒了她，李玉梅就手操起那把凳子，惡狠狠切了下去。

這一回，地動了，山搖了！張成眼裏幻出很多圖案來，卻沒一個能定型在腦海裏，他的人已經沒了知覺。

事後員警問李玉梅，幹嗎要殺死張成？

李玉梅答非所問，我出軌了！

出軌了應該他殺你才對啊？員警很奇怪。

我不是殺他！我只是刺激他的血性！李玉梅依然答非所問，沒下崗前他很有血性的，李玉梅開始了自言自語，誰碰一下我的手，他都會跟人拼命的！我出軌只是想激發他的鬥志，只要和人打一架，流場血他就有救了！

員警打斷了她，為什麼要流場血他就有救了？

只有鮮血才能激出人最原始的野性啊，李玉梅不滿地看了一眼員警，別的東西或許也能，絕沒有鮮血如此直接！

是的，只有鮮血才能激發出人最原始的血性！員警合上記事本，不無憐憫地看了看眼前這個血性大發的女人。

適可而止

　　先是關上窗，拉了窗簾，月光就隔在了外邊，隔山隔水般的遠了，再就是關了燈，只一下，黑暗就漲滿了屋，像等在那兒已經等得不耐煩了似的。

　　滿以為嫁了人，可以過亮堂堂的日子了。沒想到，黑暗愈發逼得近了！

　　許小瑞把自己埋在黑暗中，一聲也不吭，吭，又能吭出個甲子乙丑來麼？不能！那就乾脆不吭。

　　許小瑞心裏明鏡似的，自己沒吭的資格呢。

　　甯大有吭了聲，在黑暗中吭得鏗鏘有力。

　　許小瑞甚至看見，甯大有的眼睛在黑暗中閃著賊亮賊亮的光。為什麼會想到賊亮這個字眼呢？這個許小瑞沒半點含混，在她心裏，男人的眼光就是賊亮的！

　　這點，十五歲那年她就曉得了！

　　她只是奇怪，吭完聲之後的甯大有居然很滿足地翻下了身子，沒隔多久，就響起了鼾聲。

　　他應該問她一點啥的，比如前段日子她遭強暴的事，他不是不知道，任何一個男人都會問的，甯大有咋就沒問呢？

　　黑暗中的許小瑞就狠狠咬一回牙，把思緒拉回那個被強暴的夜晚。

　　應該說，那個晚上，甯大有多少是要負點責任的，她從他那兒走出來時，已經是凌晨一點了，那麼黑的夜，他就不擔心嗎？

　　僅僅是因為她的拒絕！

　　是的，她拒絕了甯大有在她身體上長驅直入的打算，儘管她也很想，但想並不等於需要。

　　所以，在關鍵時刻，她的身子冷了下來，那一刻，甯大有明明白白聽見許小瑞嘴裏吐出五個字來，適可而止吧！

　　甯大有很不甘心地止了，他知道許小瑞的脾氣，更知道許小瑞背後那個叔叔的脾氣。

　　許小瑞的叔叔一旦翻了臉，他甯大有就什麼都在許小瑞面前適可而止了，包括事業，包括家庭。不過適當地展示一下男人的強硬也不是不行，甯

大有就擺出一副甯哥很生氣，後果很嚴重的姿態，抽著煙，一言不發看著許小瑞穿上衣服整好雲鬢，出了門，沒入了黑暗。

他不能一直在許小瑞面前示弱吧！尤其在這種尷尬的場景下，只是沒想到，他一強硬吧，後果居然真的很嚴重了。

許小瑞在回家的路上，被一個人強暴了！事後，許小瑞什麼也不記得了，她哭哭啼啼又打又鬧衝甯大有說，都怪你，都怪你！

責任自然無可推卸了！

甯大有就擺出一副大男人的寬廣情懷，很及時向許小瑞提出了求婚。

許小瑞這回沒適可而止地拿腔作勢，結婚自然是順理成章了！

看著一旁酣睡得沒半點心思的甯大有，許小瑞悄悄起了床，她得理順一下自己的思緒。

以甯大有在床上的表現，應該對女人身體並不很陌生，起碼不會是第一次，而自己，剛才有沒有很嫻熟地迎合他呢！

許小瑞對這個問題嚇了一跳，她只顧不讓自己嘴裏吭聲了，但身體上的反應卻是自自然然的，並沒有新婚之夜的羞澀與不安。

男歡女愛是享受人生的一個過程，可作為一個被強暴過的女人，在這種情況下應該適可而止的啊！

許小瑞後悔莫及了，探頭又望了一眼甯大有，甯大有依然睡得很酣，沒半點心思的樣子。

其實，甯大有是有心思的！之所以關了窗又關了燈，那是因為他怕，怕許小瑞從自己身體上找出一點蛛絲馬跡來。

那個夜晚，被欲火燒昏了頭的他並沒有適可而止，許小瑞前腳出門，他後腳就追了出來，然後，在黑暗中甯大有輕車熟路挾持許上瑞，在一小巷內來了個長驅直入。

如同今天的許小瑞。

不吭聲好啊，眼下，甯大有就一聲不吭裝出酣睡的模樣，卻把耳朵支得長長的，他擔心許小瑞發現什麼不對的跡象來。那時，許小瑞只需一個電話，他甯大有面臨的將會是所有的黑暗，無邊無際的黑暗！還好，許小瑞只是靜坐了幾分鐘，喝了杯水，又過來睡了。

天亮時分，甯大有的酣睡還在繼續，這一回他是進入了實質性的酣睡。

許小瑞是在起床弄早餐時聽見電話響的，那邊傳來一個男人的聲音，說小瑞你能出來下嗎？

許小瑞壓低嗓音，皺了一個眉衝那邊說，適可而止吧！

什麼意思？那邊傳來氣急敗壞的口音。

我懷孕了！許小瑞輕輕吐出這四個字來。

那邊語氣急促不安起來了，誰的？

但願不是你的！許小瑞冷笑一聲，掛了電話，冷笑是因為她看見那邊一定出現了一張驚慌失措的臉，她叔叔的！

十五歲那年，父母雙亡的許小瑞就被這個抱養她的所謂叔叔給長驅直入了，那天夜晚是很黑暗的，黑暗中的許小瑞只記得一雙閃著賊光的眼睛。

掛完電話，許小瑞轉過身，看臥室，她怎麼都覺得，身上還有一雙亮眼閃著賊光。

都適可而止了啊！

螞蟻

張曉東喜歡低著頭走路，眼下他就低著頭，腳步挪得慢吞吞的。

一個人低頭走路，無非有兩種情況，一種是為了看清腳下的障礙，免得踩死了螞蟻，張曉東這會走在寬闊的街道上，早上六點的街道上真有什麼障礙也被清潔工人給消除了。讓我們再替張曉東想想低頭走路的第二種情況，那就與一個人的品質有關了，對了，你一定想到了兩個跟品質有關的漢字——謙虛！

嘿嘿，犯邏輯性的錯誤了吧！張曉東，人潮中一粒塵沙而已，你見過一粒塵沙在陽光下謙虛過嗎？沒謙虛的資格啊！

當然你若真要往張曉東身上按上謙虛這兩個字，也不是不行。就是眼下讓他每邁近家門一步就心跳加急的一件事，昨晚，他跟柳婷婷單獨呆了一夜。

柳婷婷不是他老婆，是他單位的同事，一個長得不怎麼樣而且還有點歲數的女同事。

孤男寡女相處一室，張曉東硬是沒犯錯誤，這很是讓人值得謙虛的事。張曉東向來以為，犯錯誤，也得有個理由啊！柳婷婷，除了這個名字可以讓他犯點錯誤外，她身上的那些零件，他只會犯噁心！

張曉東能這麼一晚上無視柳婷婷的暗示是有原因的，她老婆李冰倩是典型的美人胚子，放著鮮桃不啃啃爛杏，不是張曉東的作風。問題是，李冰倩雖是個鮮桃，但也不折不扣是個酸桃。大街上，張曉東只要眼角餘光掃一下迎面而來的女人，回去就得花半天工夫深挖自己內心那些不純淨的念頭，何況是跟女人單獨呆了一宿呢？

多麼嚴重的問題啊！放小布希眼裏，是可以跟伊拉克戰後問題相提並論的。張曉東低頭走了一程又一程，還想不出一個能說服老婆不懷疑自己的理由來，乾脆一屁股坐在花壇邊，像羅丹雕塑的作品思考者那樣以手支頭沉思起來。

昨晚咋就鬼使神差跟進柳婷婷屋裏了呢？本來，單位搞聯歡，柳婷婷醉了，局長說安排人送一下。可局裏男人都爭著送那些年輕漂亮的女同事了，擱下柳婷婷似乎不人道吧，張曉東就自告奮勇去了。

偏偏，柳婷婷家人都出去度假了，柳婷婷又醉得不輕，等張曉東給她灌了醒酒茶醒來，時針已指向零點，小區的保安早把鐵門關上了。這時去叫保安開門，保安不定怎麼盤問你呢？傳到柳婷婷丈夫耳朵裏，那還了得？人家都跟柳婷婷鬧幾次離婚了，苦於找不到時機掃清追求幸福路上的障礙，有了這點緋聞，他還不把柳婷婷螞蟻一樣捏死啊！在柳婷婷的哀求下，張曉東心一軟，留了下來。

　　現在回想起來，當時心一軟純屬酒後一時衝動，張曉東忘了自己有個比柳婷婷丈夫還厲害的老婆。

　　沉思也沒沉思個什麼招法來，倒是把口水涎了出來，他險些睞著了。那團口水滴下來，恰好淹在一隻清早出來覓食的螞蟻身上，螞蟻被從天而降的災難嚇了一跳，伸伸細腿甩甩觸角，發現並沒傷著什麼，屁股一撅頭一昂雄赳赳地就往前走，一副沒心沒肺沒煩惱的樣子。

　　想不到你他媽比老子還快活！張曉東這會見不得誰昂著頭走路，一抬腳，照著螞蟻昂起的頭惡狠狠踩了下去。

　　那只雄赳赳的螞蟻在張曉東的淫威下蹬了一下細腿，觸角一垂，不動彈了。

　　張曉東十分解氣站起身，拍了拍屁股，也昂起頭，往家裏走，剛才的殺戮讓他心裏殘存的野性激發起來，暫時忘了災難已經亦步亦趨跟著自己。

　　他瞅在八點過了打開的自家屋門，按常規，這個時候李冰倩應該送女兒去幼稚園了，張曉東知道這一關難過，但他不想讓女兒看見，那樣，他會在孩子面前沒任何尊嚴的。

　　偏偏女兒在家，不用說，李冰倩更在！

　　昨晚跟柳婷婷一起一定樂不思蜀吧？李冰倩來了個開門見山，她不認識柳婷婷，這名字是她昨晚打了一夜電話得來的！

　　哪會呢，柳婷婷？老乾媽一個！你怎麼會這樣想呢？張曉東解釋。

　　是嗎，老乾媽？李冰倩冷笑，你沒摸咋知道人家又老又幹？

　　鬥嘴鑽牛角尖一向是李冰倩的強項，張曉東不敢亂說話了，只好一個勁地分辯，真的，我們沒什麼，真的！

　　我管你蒸的煮的，我只知道你們一定把生米做了回熟飯！李冰倩口裏沒遮沒攔大吼起來，跟著就聽嘩啦一響，李冰倩順手把梳粧檯的鏡子砸在了張曉東頭上。

　　張曉東只顧低頭分辯了，一點也沒看見鏡子向自己頭頂飛來。

一地的碎鏡片亮閃閃的，張曉東懵了一下，他知道，李冰倩出了這口惡氣，不會再為難他了！

　　張曉東就蹲下身子，去撿地上的碎鏡片，以往都是他打掃戰場的，這次也不例外。

　　女兒嚇得不敢哭，偷眼看媽媽臉色緩和了幾分，急忙從外面拿了一隻垃圾桶進來，幫爸爸撿地上的碎鏡片。一滴血從張曉東頭髮上滲出來，啪一聲砸落在一塊碎鏡片上。女兒怔了一下，女兒還小，正在小班學習小昆蟲的圖片呢，女兒指著那團血漬問張曉東，爸爸，你看啊，它像啥？

　　能像啥呢？張曉東恍恍惚惚看過去，一隻血紅圖案的螞蟻正可憐巴巴地趴在鏡片上！

　　難道像螞蟻？張曉東喃喃自語說完這句話，才發現腦門上鑽心的疼，手一摸，一塊三角形的碎鏡片還插在頭上。暈血的張曉東眼一黑，人就倒了下去，女兒拍著小手喊，媽媽，爸爸變成一隻大螞蟻了呢，媽媽！

賤賣

　　吳小青決定把自己賤賣一回，一個女人，要賤賣自己是很容易的，尤其像吳小青這種多少有點風情的少婦。但問題是，什麼事情一來到吳小青面前似乎就違了常規。

　　事情起因於吳小青男人的一句戲言，吳小青男人是那種窮了舍志富了癲狂的人。那天晚上，吳小青守到半夜，男人才醉醺醺地回來，酒精味加上香水味，讓吳小青很不舒服，吳小青一般情況下只皺皺眉頭，但那天晚上不同，是吳小青生日。吳小青就不滿地嘟囔了一句，又買了哪個女人的青春啊！

　　吳小青男人沒心沒肺地一笑，呵，心理不平衡啊！要不你也賣一回去？吳小青還沒來得及回話呢，男人又補了一句，不過，怕是白送也沒人肯要的！

　　這話極大的中傷了吳小青，吳小青憤憤不平了，白送？偏不，我也賣一次給你看，哪怕是賤賣！賣一毛錢的那種賣，像金庸那種象徵性地把電視劇版權一元錢賣給中央電視臺，不也是賣？

　　決定了賤賣，吳小青就開始了對賤賣自己的憧憬，在黃昏，暖暖的斜陽下，她把自己投進一個與自己毫不相干的男人懷抱，不需要傾訴，也不需要呢喃，床單在突如其來中突然揉成一團，比她心思的皺褶還要紛繁的那樣一團。

　　呵呵，很有情調的憧憬呢！吳小青啞然失笑了。至於是先收費後上床，還是先上床後收費，吳小青沒來得及細想。她不是做不正當職業的女人，對程式自然就生疏，生疏其實也不要緊，哪個男人身上會乾淨得連一毛錢也沒有呢？

　　男人，對了！想到這，吳小青咬了一下嘴唇，男人才是這件事中的主角，人家是買方，換而言之，是上帝，什麼樣的男人才能賤買自己呢？

　　要知道，吳小青在此之前，接觸的男人很有限，她是全職太太，基本上足不出戶的。眼下，她是要主動為生活打開缺口呢，自打成婚後，她一直被動地生活在男人的掌握中。

　　吳小青為即將到來的那點主動激動得戰慄起來，是怎樣幸福的戰慄哦！吳小青就這麼戰慄著走出家門，她手裏攢著一把零星的票子，一元的，二元的，五元。她決定每走近一個成熟男人，就故意丟下一張票子，如果哪個

男人喊一聲，小姐，你的錢掉了！那她就毫不猶豫把自己賤賣給這個男人，就算賤賣，她也不能便宜那些貪婪的男人！

在那個有風的黃昏，吳小青把個步子邁得像風中的楊柳，嫋嫋婷婷的。

先丟一元的，吳小青路過一個衣冠楚楚的男子時丟下了第一個夢想，和她上床的男人，起碼得愛整潔吧，吳小青有潔癖。可惜，那男人借彎腰擦皮鞋之機順手拈起了那一元錢，在手裏撣了撣，目不斜視地走了。吳小青歡口氣，摸出一張二元的，走近一個相貌堂堂的男子，吳小青自己長得還算可圈可點，沒必要自降消費水平不是？偏偏，那男子卻十分猥瑣地俯身撿起二元錢，還對著陽光照了照，懷疑是假幣？吳小青差點沒嘔出來，強忍著撫胸輕拍了幾下，手中那張五元的票子輕飄飄滑落出來，吳小青剛要抬頭看身邊有沒有男人時，一個聲音響了起來，小姐，你的錢掉了！吳小青尋聲望去，一個扛著桶裝純淨水的男人正向自己邁步走來，吳小青心裏囉嗦了一下，天啦，居然是個送水的民工！

民工就民工吧！吳小青笑臉迎了上去，正好，我家要買水了，麻煩你送一桶給我，好嗎？男人樂得嘴向外咧，好啊，好啊！吳小青暗笑，很容易滿足的男人啊，待會只怕會美得合不攏嘴的。

吳小青住七樓，男人很輕鬆，一絲氣也不喘，這身板，在床上一定比自己男人經折騰！吳小青進屋，藉口天熱脫了外衣，這男人大概很少看女人穿家居衣服的，一下子直了眼，兩隻眼睛粘在吳小青胸脯上轉不動了，喉嚨裏發出深度缺氧的吧唧聲。

男人和女人的關係就是一張床，只不過，道路有遠有近！吳小青決定把道路拉近。吳小青說，麻煩你把水倒浴缸裏吧，我喜歡用純淨水洗澡！男人倒了一桶，吳小青進去兌上熱水，門虛掩著，吳小青知道他沒有走，吳小青還沒給他水錢呢！洗到一半時，吳小青喊，麻煩你把我飲水機上的那半桶也給兌進來，水有點燙！

這半桶水男人拎得不輕鬆，吳小青明明白白聽見了他的喘氣聲。男人進來了，迎接他的是吳小青一絲不掛的身體，他以為吳小青還沒下浴缸呢，男人有氣無力地拒絕著，不要，我只是個窮送水的！吳小青附在他耳邊說，一毛錢，你總該有吧！我有，我有！吳小青這句話顯然助長了男人的勇氣，語無倫次的男人一把將吳小青抱起來，濕淋淋地扔到臥室的床上。

床單一如吳小青想像的迅速皺成一團，整個過程，他們都沒有說話，只有彼此的呼吸聲重重撞擊著窗外黃昏暖暖的斜陽。

事畢，吳小倩躺在床上伸出兩隻手來，一隻手上有五元錢，那是給男人的水錢，另一隻手空著，吳小倩說話了，麻煩你，給我一毛錢！男人張開了嘴，我不收你五元錢就是了，還要什麼一毛錢？男人是奇怪吳小倩的舉動呢。

　　你別管，我付我該付的，你出你該出的！吳小倩固執的望著男人，男人開始翻衣兜，居然，他身上沒有一毛的零錢。吳小倩惱火了，沒有你幹嗎上了我的床？我開頭可是問過你的！

　　男人扔出一百元鈔票來，他以為中了吳小倩的圈套，要賣你明碼標價啊！玩什麼把戲？

　　吳小倩沒想到被男人誤認為是雞了，惱羞成怒的吳小倩撲向男人，一把扯下男人襯衣上的扣子，攥在手裏說，這顆扣子剛好值一毛錢，你可以走了！

　　男人不敢走了，他不相信吳小倩這麼輕易放過她，要是他前腳出門，吳小倩後腳報警，那扣子是可以作為他強姦吳小倩時她掙扎時罪證的。

　　男人伸出手說，還給我！吳小倩心裏說，才不給呢，這是我賤賣自己的證明！男人逼了過來，吳小倩就往陽臺上躲，男人把吳小倩死死摁在陽臺上，吳小倩急了，抬腿一腳踢在男人的襠部。男人負痛，蹲下去足有三分鐘。吳小倩嚇傻了，正不知所措呢，男人忽然暴喝一聲，提起吳小倩的雙腳往陽臺外猛地一推，吳小倩像個風箏一樣飛了下去。

　　不過她的姿勢很不完美，一隻手張開，什麼也沒抓住的樣子，另一隻手捂在胸前，努力攥住什麼的樣子。

補救

　　一個人，犯了錯誤，第一個想到的詞就是補救，至於補救得是否完美，這要看他的能力了。

　　司玉一直就不懷疑自己的能力，眼下她正為一件小事作著補救。

　　其實不補救也沒有多大的關係，一條內褲而已，內褲能說明什麼呢？司玉想起網上的一句話來。

　　好色，對男人來說，它是內褲，每個人都有，但都不輕易露出來，對女人來說，它是胸罩，每個人都要，但要選適合自己的尺寸！

　　但這條內褲卻不是老公的，儘管它是男式的！司玉眼下還是單身女人，她房內那條內褲是從樓上陽臺上飄下來的。主人是誰，她尚不清楚，她在等它主人前來認領，這樣的事不是沒有。上次起風，一隻襪子落在陽臺上，沒半天，樓上就有人下來認領了。

　　整個小區，就司玉家沒封閉陽臺，如果有人被風卷走了衣物，司玉的家門一定最先被敲響。

　　可是，這條內褲，躺在她家陽臺上已經兩天了！司玉是在出門半小時後才想起它來的。

　　想起它是因為司玉手裏正拎著兩條沒打開包裝的內褲，男友陳冬最喜歡的那種款式。陳冬今天要來她家過夜，還有半小時去接站。司玉猶豫了一下，決定先回家把屋裏那條無主的內褲處理一下。那條內褲是陳冬一向不屑的款式，陳冬雖說不是雞腸小肚的人，但小別重逢，總得講究個情調不是？

　　有沒有情調，是婚姻質量很重要的一環，開過年，他們就要進入婚姻的殿堂了，所以，那條內褲現在就讓司玉有點心神不寧了。

　　吳大為發現內褲丟失已經兩天了，但他一直羞於啟齒去樓下詢問。一個大男人，為一條內褲去敲響一個女孩子的家門，張不開嘴呢！他觀察過了，那條內褲不可能落在別處，整棟小區就樓下那家女孩的陽臺沒封。

　　本來，一條內褲丟了，沒什麼大不了的，問題是，這條內褲是女朋友小丹送的。小丹是個幹什麼都認真的人，連跟他上床也都有規定，必須穿她買的內褲，否則，她拒絕跟他有任何親暱的表示。今天晚上，小丹要來他這兒度週末，可他的內褲還躺在人家屋裏，吳大為心急如焚了。

喝了兩口酒，吳大為給自己壯了壯膽，本來，吳大為是個不沾酒的人，然後就雄赳赳下樓了，有點曹子建所說的慷慨赴國難，視死忽如歸的意思了。

　　先是敲門，很有禮貌，很有紳士風度。

　　門也很有紳士風度，一聲不吭地靜立著。

　　酒勁隨血液開始上循，吳大為的拳頭一下比一下叩得重。

　　小區裏沒人，大家都上班去了，吳大為是因為小丹要來請了假，司玉是因為要接陳冬請人替的班。

　　不知哪本書上說，人的忍耐是有限度的！吳大為在酒精的作用下限度呈垂直狀態，一下子上升到了頂點。

　　啪一腳踢了上去，門，居然開了！司玉早上走得匆忙，居然忘了帶上鎖門，只是很嚴實地掩著。

　　吳大為猶豫了一下，嘴裏還是喊了一聲，有人嗎？打擾一下！裏面沒人對他的打擾做出回應，那應該是默許吧！吳大為在這種默許之中昂頭走了進去。

　　客廳裏空蕩蕩的，臥室門敞開著，吳大為腦子一轉悠，女孩一定在衛生間。吳大為自己一直有早上起床蹲廁所的習慣，女孩子可能也是吧。

　　這時候去敲衛生間的門，顯然是不合時宜的！

　　吳大為就直接去了陽臺，果然，他的內褲靜靜趴在地上，一副很受委屈的模樣。這條內褲，在他吳大為手裏一直享受著貴賓待遇呢！

　　吳大為氣呼呼地撈起內褲轉身就走，他不打算跟女孩照面了，為這條內褲的待遇。

　　司玉恍惚著上樓，那條內褲攪得她心煩，輕車熟路走進客廳，也沒發現門就那麼洞開著。

　　這樣，從陽臺穿過臥室進來到客廳的吳大為就和她丁碰丁撞上了。

　　你是誰？司玉一驚，本能地想到四個字──入室盜劫！

　　吳大為臉上顏色不好看，你管我是誰！完了揚了揚內褲，我拿走了啊！

　　司玉火了，你憑什麼在我家拿東西？吳大為也火了，你搞清楚，我拿的是自己的內褲！

　　司玉一聲冷笑，破門而入還有理了，誰能證明那內褲是你的？

　　吳大為不怒反笑，要不要當你的面我試穿一下？

　　啪！一耳光掄了上來，司玉最見不得男人在自己面前亂說話了，能穿就一定是你的了？我還能穿呢！吳大為挨了耳光，怔了一下子，酒勁往上一竄，人就向前撲了上去，那你穿啊，你要能穿我送給你！

兩人正在地上滾成一團呢，門外一前一後進來兩個人，先進來的是陳冬，後進來的是小丹。陳冬在站裏沒等到司玉，直接搭計程車過來了，他知道司玉喜歡睡早床。小丹則是碰巧有便車就提前來了，她想給吳大為一個驚喜。

　　兩人都聽了彼此熟悉的聲音正在吭哧吭哧著喘氣，才一前一後進了門。

　　吳大為和司玉停止了在客廳裏的翻滾，吳大為搶了內褲剛站起來，小丹已經掩面哭泣著衝下樓去，司玉一臉尷尬剛要同陳冬打招呼，陳冬鼻子冷哼了一聲揚長而去。

　　該怎麼補救呢？兩人傻呆呆對立著，不知從哪吹來一陣風，把那條內褲吹起來，像一面瑟瑟發抖的旗幟。

非誠勿擾

　　就讓我犯一回傻吧，我愛上你了！銀幕上葛優衝舒淇這麼說時，寧小剛忍不住側過身子看了一眼任曉惠，這姑娘剛才算不算犯傻啊！寧小剛是在電影院門口遇見任曉惠的，在此之前兩人應該算是陌路。

　　與其說是《非誠勿擾》這個電影名字吸引了寧小剛，不如說是導演馮小剛這三個字吸引他。在電影院門口猶豫了幾分鐘，寧小剛一跺腳，掉轉頭，準備往回走，人家都出雙入對的，惟有他形單影隻，感覺有那麼點不合時宜。

　　偏偏，一個女子攔住了他。大哥，看電影不？女子拿眼瞟了他一下。

　　看不看電影關你什麼事啊！寧小剛有點不解望了姑娘一眼。沒想到，還真關上人家的事了。女子又拿眼瞟四周，紮下頭悄聲遞上一句，大哥要不嫌棄，陪我看場電影，行不？

　　寧小剛就明白過來，碰上良陪女子了！良陪是他們這兒特有的一種現象，這些女子都是良家女子，生活所迫出來掙口飯吃。可以陪人聊天，可以陪人喝茶，也可以陪人看看電影跳跳貼面舞，但有一宗，輕易不陪人上床。當然，也不絕對！遇上心儀的男人，偶爾巫山雲雨一回也屬尋常，就算是情投意合也照樣沒鵲巢鳩佔的想法，這樣的「良」雖有戲謔的成分，其善卻也有跡可尋！

　　寧小剛這回沒猶豫，退回去，買了兩張票，和女子肩並肩地進了電影院。

　　進是進了，寧小剛卻傻了眼，現在的電影院咋都是情侶座呢？高高的靠背，高高的側板，兩人一坐下去，就像躲貓貓的兩個孩子窩進了裏面與世隔絕開來。

　　是的，與世隔絕！這四個字把寧小剛心窩子踹了一下，從他下了那個黑心窯到今天，他與世隔絕了八年，八年前，他把一對躲貓貓躲進麥秸垛的夥伴給點了一把火。

　　僅僅為了一張電影票，那是他犯的第一回傻。

　　那時，甯小剛爹是鄉裏電影院放映員，2000年正趕上馮小剛賀歲電影《一聲歎息》風頭正勁，據說是探討家庭倫理的一部好電影。

　　當年寧小剛才十八歲，家庭倫理離他應該還遙遙無期，那張電影票是他準備送給女同學葉梅蘭的。葉梅蘭曾暗示過他，非常希望在她十八歲生日那

天有人挽了她胳膊搭了她肩頭，兩人嘻嘻哈哈拎著一袋瓜子在電影院裏把青春期來個浪漫而又完美的過渡。

這麼說時，葉梅蘭還歎息了一聲，說最好是馮小剛導的片，葉梅蘭一直喜歡他電影裏那種不帶張揚的幽默，或者說也是一種殘忍的幽默！

寧小剛就記在了心裏，不帶張揚地弄到了一張票，偏偏，在他送票給葉梅蘭時，殘忍的幽默擺在眼前了，葉梅蘭卻和許寧手牽手摸黑鑽進了一個早已被掏空的麥秸垛，鄉下這樣的麥秸垛是很多的！

葉梅蘭是他寧小剛的啊！兩人雖不至於像李白詩中所說郎騎竹馬天天來，可也畢竟繞床青梅弄過幾回啊，咋就一不小心讓葉梅蘭把青春期過渡到許寧懷裏了呢？

寧小剛的妒火是衝天而起的，他狠狠撕碎那張電影票，回家摸了一個打火機就出來了，然後趁四下無人，點燃了那堆麥秸垛。

在衝天的火光中，寧小剛奪路而逃，一直跑到山西下了一家黑心窯。

這八年，他呆得不值，是許寧突然出現在窯場他才恍如隔世般呼出一口陽氣來。那天，許寧只是進去給葉梅蘭做伴找尋葉梅蘭家丟失的豬崽，並未在裏面呆多久。誰也未曾想到，那次莫名其妙的人火後，寧小剛無緣無故失蹤了，而固執的葉梅蘭一直以為，寧小剛葬身那場火海裏了。

黑暗中，任曉惠遞過手來說，我叫任曉惠！

多久沒碰過女人的手了？寧小剛像被火燙了似的無端地把手往回縮，任曉惠心裏歎息了一聲，這麼羞怯的男人，比出土文物還珍貴呢。

任曉惠就有了逗逗寧小剛的心情，她把手環上寧小剛的脖子，吹氣如蘭說，知道麼，一照面我就喜歡上你了！

喜歡我？甯小剛像被陽光刺了眼，臉騰地紅了。一個大男人，這麼羞怯，想不讓人喜歡都不行！任曉惠又說。窩在情侶座中的甯小剛一下子有了和任曉惠與生俱來就應該做情侶的感覺。要不，就如電影上葛優所說的，犯一回傻，愛上她？寧小剛衝自己說。

電影完時，寧小剛犯了第二回傻，他把八年打工掙得的錢全交給了任曉惠，那是一張薄薄的銀行卡，寧小剛說，嫁給我吧！

任曉惠沒想到卡裏會有那麼多錢，她只是想做一場良陪的生意！別人捏一下她屁股，撐她一下臉蛋，摸她一下胸脯，都是可以的！嫁人，她還沒想到，任曉惠這一撥的女孩，一直以為婚姻就意味著一個女人的青春消失始盡。

青春沒有消失殆盡的任曉惠良心也未消失殆盡，三天後，兩人又在一起看了場電影，還是那個《非誠勿擾》，在本地最後一次上映。

　　隨著劇情進入高潮，葛優轉過頭對著舒淇正要開口時，寧小剛忽然扳著任曉惠的頭學著葛優說，讓我犯一回傻吧，我愛上你了！

　　任曉惠卻沒像舒淇那樣淚流滿面，而是歪了歪頭，把卡亮出來，調皮地說，大哥，犯傻也得看時候，看人！

　　完了任曉惠輕輕咬著寧小剛的耳朵說，抱歉，我沒嫁人的打算！

　　非得要我再犯一次傻嗎？寧小剛說你知不知道什麼叫非誠勿擾？

　　任曉惠沒心沒肺的笑了笑，說，我不知道什麼叫非誠勿擾，當我知道大哥你確實犯傻了！任曉惠的笑聲還沒完全從胸腔裏躥出來呢，寧小剛突然發了難，他用做過八年礦工的手死死掐住了任曉惠脖子，一直到螢幕上出現劇終這兩個大字。

不知廉恥

作為一個不知廉恥的第三者，請問你有何感想？秦小雨把話筒遞到我嘴邊，笑吟吟發起難來。

我不知廉恥了嗎？面對秦小雨的話筒，我聳聳肩，一副無辜的表情。KTV包房裏的燈是迷幻的，我的表情純屬浪費了，儘管如此，我還是很興奮，為自己的不知廉恥興奮。

丁小蕙去了洗手間，我和秦小雨才難得這麼默契了一把。默契完了我也幽了一默，搶起一支話筒對準秦小雨的紅唇說，請問秦小雨女士，作為這起事件的始作俑者，你對自己所作所為有沒有一點內疚？

我幹嗎要內疚？秦小雨伶牙俐齒接上嘴，第一我不是王婆，第二你不是西門慶，第三丁小蕙不是潘金蓮，應該這樣說，我們是為打破一段不完美的婚姻而努力，為創造一段完美婚姻奮鬥！

我忍俊不禁了，這麼說你還是功德無量了？

阿彌陀佛！秦小雨雙手合十，來了這麼一句。

丁小蕙就恰到好處的推門而入了！

丁小蕙是個恰到好處的女人，書上說，文章寫到極致，就在恰好！做人做到極致，只在本真！然而，這個本真的女人卻從沒得過丈夫的一絲讚許，哪怕僅僅是口頭上的。

認識丁小蕙還得扯上秦小雨，我和秦小雨是合夥人兼同事，做一個品牌的開發，至於什麼品牌我就不明說了，有隱形廣告的嫌疑。那次秦小雨請我喝茶，順便拎了個女伴作陪，她喜歡這樣跟我涇渭分明的，工作歸工作，消遣歸消遣，這習慣很好，可以避嫌。

丁小蕙來了，兩個女人一個男人在一起，秦小雨這客請得就名不副實了。一個大老爺們坐在兩個女人面前，讓女人掏錢包，知道的是秦小雨請客犒勞我，不知道的還以為我是吃軟飯的呢！

丁小蕙當時好像要了杯法蘭西玫瑰，秦小雨要的是紅粉佳人，輪到我時，我大大咧咧衝侍者說，來杯菊花茶吧，最近上火！

該死的，幹嗎要畫蛇添足說上後面四個字呢？在小城，有個不成文的說

法，男人上火了，就得找個女人消火，我一個大男人在兩個小女人面前這麼說，顯然含有挑逗的成分了。

丁小蕙羞得低下了頭，秦小雨不羞，她跟我鬧習慣了。秦小雨意味深長地看我一眼說，初次見面，這麼惡俗的話也說得出口，含蓄點行嗎？

她這麼一含蓄，反而有點隔空打穴的意思了，丁小蕙臉色緋紅地看了我一眼，眼裏很有內容呢！我像受了遙控，心旌立馬動搖起來。我不知道丁小蕙心旌搖沒搖，我只知道丁小蕙搖了搖小手，示意我不要說話，完了摸出手機，說，我和小雨在一起！

那邊說了句什麼我沒聽見，只見丁小蕙臉色尷尬起來，衝秦小雨招了下手，意思讓她說句話。

秦小雨接過電話很不友好給了對方一句，喲，曉得關心我們小蕙了，我可記得某些人晚上出門是從不允許別人關心的喲！

那邊啪就掛了電話，丁小蕙呢，臉上漫出兩行清淚來，讓人心裏為之一疼的兩行清淚呢！秦小雨一甩手說，丁小蕙我可最忍受不了你這一點了，你給我記住，淚水再多，終歸流不成一條河！完了她把丁小蕙撇給我，走了，她是真見不得別人眼淚的女強人，這點我再明白不過。

我沒說話，只是把手搭上了丁小蕙的肩頭，輕輕拍著她。我看過很多電影，一般這種場合，語言純屬多餘，一個眼神就以安慰對方，當然，這得取決於對方是否對你有好感。

丁小蕙顯然是對我有好感的，她嚶嚀一聲躺在我的懷抱裏，消瘦的雙肩一抖一抖的，抖得我情不自禁地低下了頭。

丁小蕙的淚是鹹的，透明的那種鹹。

我用舌頭一點點把她的淚吻乾，到最後停留在丁小蕙的紅唇上，很好，很自然，很水到渠成的意思，丁小蕙的呼吸急促起來。

這樣急促的呼吸我們以後又發生過很多次，一直到我和丁小蕙就要談婚論嫁了。

是的，我和丁小蕙商量好，她和丈夫一離婚，我們就跟著去登記，有些事，是宜早不宜遲的！

這一回請秦小雨喝茶，我是真心買單，算是謝媒，第一次我們三人一起，我還買得心有不甘呢！

丁小蕙推門而入了卻沒坐下，她看看表，說你們先聊會，我得跟前夫把最後一點事了斷一下！

這個了斷一下是小城最近流行的說法，夫妻一場，最後一次坐在一起吃個飯，算是好聚好散。當然其中並不排除在回憶以往共同走過的歲月，想想今後的形同陌路後，也有在一起最後做一次愛以示內疚或者補償的。

　　我的臉當時就陰了一下，在丁小蕙出門的那一瞬間，秦小雨莫名一笑，很大度地拍拍我肩頭說，人生如戲，幹嗎如此執著於其中某一場呢？

　　我也佯裝大度，一把攬住她肩頭調侃說，趁我還未娶你還未嫁之時，是不是也可以友情客串一場啊！說完一點也不正經地拿嘴作勢去吻她。

　　秦小雨居然沒有躲避，反而嘟起紅唇迎了上來，嘴裏喃喃自語說，友情客串一把也對的，免得他年我容顏枯蒿你面容滄桑時執手相看淚眼感歎悔不當初！

　　我的嘴巴在半空中停頓下來，拿眼疑疑惑惑望著秦小雨。

　　秦小雨沒有停頓，秦小雨說是不是覺得我很知不廉恥啊！

　　我沒回答，一滴淚砸在我心坎上，鹹的，很輕，卻讓我感到了透明的澀和錐心的疼。

醜枝

老樹無醜枝！這話聽來有道理。所以德生第一次面對面端詳孫倩時還是稍微發了一下呆，然後才回過頭，裝作漫不經心的樣子抽了一口煙。

結果是，喉嚨被煙惡狠狠地嗆了一下！

他扯著喉管咳嗽了好幾聲，才把煙氣壓下去，腰卻弓得像蝦米。看來，吞雲吐霧未必是個悠閒的事，最起碼，對德生說是。抽煙這一嗜好，德生沒從他爹那遺傳過來。

儘管，他跟他爹一樣在四十歲那年離了婚，但離婚算什麼呢？他已經離了十年了，日子不也照樣過，至於父親，聽說他五十歲那年又當了爹，給他添了個妹妹。

面對可以做自己女兒的妹妹，德生想不出自己見了面應該說些什麼，所以，他就有了不見爹面的理由。包括他什麼時候死的，他都不知道！

面前的孫倩，據說是個遺腹子！她爹五十歲生了她就死了，五十歲，知天命的年紀，應該是老樹了！

孫倩把玩著吧臺上的一杯法國香檳，哪一年的藏品不清楚，單看那在冰箱裏凍得發白的香檳甜杯可以看出，價格一定非常昂貴。不是德生唱一晚上歌就可以喝上口的，那白白的冒著冷氣的酒杯裏，琥珀色的液體中躥跳著忽生忽滅的珍珠泡沫呢。

德生的喉結不自覺滑動了一下！

作為一個不入流的歌手，他經常衝著台下稀稀拉拉的掌聲用喉結滑動來掩飾自己的尷尬。意外的是，孫倩的喉結也滑動了一下！儘管孫倩的喉結基本是平滑的，但德生還是覺察到了，人，往往自覺不自覺地觀察對方時，把自己的弱點強加在對方身上，譬如，自己手腳無措時希望對方也局促不安。

眼下，德生平衡了！

平衡下來的德生就衝孫倩問了一句，小姐，找我有事？是孫倩招手讓他從臺上下來的，他這樣一問，也就不會顯得多餘。

孫倩指了指吧台說，這杯，我請你！德生這才看見除孫倩手裏端的那杯香檳外，另一杯，也冒著白氣。

德生欠欠身子，說，謝謝小姐厚愛，你讓我想起四個字來！

哦？孫倩揚起眉毛，示意他說下去。

受寵若驚！德生說出來後，人便站直了，德生認為對自己說過謝謝的饋贈是可以受之無愧的。

你說話的聲音，比你唱歌，要動聽！孫倩優雅地翹起蘭花指來，在杯子上彈了幾下。

是嗎？德生苦笑著，用舌頭沾了一點香檳，你這是表揚我還是諷刺我呢？

兼而有之吧！孫倩忽而就笑了。德生也笑，局促不安的笑。

離婚後，他一直單著身，有點估不透現如今的女人了，尤其有幾分姿色有幾分錢財的年輕女人，孫倩恰好屬於這一種，所以才應了開頭老樹無醜枝一說。

今夜陪陪我，好嗎，用你的聲音！孫倩衝德生舉了舉香檳，從香檳杯玻璃那邊透過來的笑把德生的心笑得暖暖的，有愛情的氣息傳過來。

是愛情的氣息嗎？確切地說是女人的氣息！任何一個單身男人，是很難拒絕這種氣息的，畢竟，和一個有著青蔥年齡的漂亮女子在一起，可以稀釋他的孤獨感和挫折感。德生一口把香檳幹了，起身來到歌廳外，靜靜地等孫倩出來。

這是德生做人的優點，他不想在眾目睽睽之下尾隨女人出門，給歌廳的客人目光加上猜疑或者成為那些侍者閒時的談資。

孫倩對德生的好感是源於他的聲音，有幾分滄桑幾分孤獨的那種，刀郎的聲音也滄桑，但是屬於具有穿透力的那種滄桑！德生不是，他是埋藏在心裏的那種滄桑，不足為外人道的那種滄桑。

這滄桑讓她一下子親近起德生來，是「花正亂，已失春風一半」時需要的那種親近。記住這兩個字吧——親近！兩人在一起的夜晚多了起來，或者說德生的聲音親近孫倩身體的時候多了起來。但奇怪的是，好幾次孫倩當了德生的面換衣服，德生卻產生不了一絲的衝動。

孫倩開玩笑說，你真是一棵老樹了！

德生一點也不意外自己的平靜。

孫倩第一次換衣服時從容的動作，就讓他想起一件往事來。四十年前某一天，他意外撞見父親跟一個年輕女人在家裏翻雲覆雨。

事後，那女人當著德生的面換德生爹剛送她的新衣服時，同孫倩一樣，在少年德生的眼裏，她換得很從容。

真的不想難為你

　　天還沒有亮，關小山就騎著自己那輛除了鈴鐺不響全身都響的全裸自行車出了門，他在路上一聲不吭地想著心思，要是洪玉這會兒還和李全全裸著躺在床上，他該怎麼辦呢？

　　洪玉是關小山的媳婦，最近和李全勾搭上了，昨夜又是一宿沒歸，他這麼急趕急的出門，就是想去李全家堵住這對姦夫淫婦，抓一個現行。抓住了怎麼辦呢？他提前為這事揪心了，動手揍李全一頓？關小山身體比李全結實這是肯定的，關小山是搬運工呢，身上最富裕的就是力氣，可揍了李全又能怎的，不僅換不了洪玉的回心轉意，鬧不好會把自己揍進監獄裏。李全是有錢人，這年頭有錢人的路子都野，何況來說，洪玉是心甘情願上的李全的床，沒聽說李全拿刀子逼洪玉，也沒聽說洪玉為這事鬧得哭哭啼啼的。

　　李全有點為難了，早知道會這樣，當初真該一咬牙買了那套淡紫色的歐的芬內衣的，一個女人，有套好的內衣是說得過去的，自己咋這麼吝嗇呢？

　　只要洪玉能乖乖跟自己回來，就不難為他們了，這樣的事，鬧大了不好！但有一條，得讓李全賠自己十套歐的芬內衣。十套，夠洪玉穿三五年吧！關小山想的沒錯，李全開的就是歐的芬內衣專賣店，拿出個十套八套的應該不心疼！不像自己窮人一個，買一套牙齒縫往外冒冷氣。

　　這事，就這麼解決吧！關小山好像看見十套色彩繽紛的內衣就在自己手裏，他正一件一件往洪玉身上試穿呢，洪玉的皮膚白，穿高檔內衣一定很性感，很風情，當然也很撩人的眼睛。平日的洪玉穿五元一個的文胸和十元一條的內褲也嫵媚，不過那嫵媚只有關小山能看見，眼下，她有歐的芬內衣了，就多一個人看見了！

　　是好事還是壞事呢？關小山有點糊塗了，包括他糊裏糊塗走進了李全虛掩的家門，他都沒覺得奇怪，李全的防盜門竟是虛掩著的！偷情居然敢不關門，莫非兩人有病？

　　關小山真通通走了進去，腳步有點急，沒承想客廳裏除了兩大包內衣外，沒有人在臥室裏全裸著等他來捉姦。咦，人呢？關小山自言自語了一聲。

　　像回答他似的，衛生間傳來嘩嘩的水聲，一個聲音傳了出來，李全嗎，你還曉得回來啊？快，幫我遞套內衣過來，進了一夜貨，太累了！

關小山聽這聲音倒是女的，不過不是洪玉的！洪玉的聲音柔，這女人的聲音剛！關小山愣了一下，還是回了一句過去，要黃色的還是紫色的啊？洪玉平時穿內衣，比較偏重這兩種顏色，關小山想這女人也一定會偏重這兩種的。關小山一直覺得，女人嗎，不都是一樣的！其實這認識太膚淺，要是天下女人都一個樣，人家李全會和洪玉勾搭成奸？那才是有病呢！

果然，衛生間的這個女人就跟洪玉不一樣，洪玉要是一人在家洗澡闖進個陌生人來，早就嚇得不敢吭氣了，這女人不僅吭氣了，而且吭得很自然，女人說，你誰啊，我怎麼聽不出聲音來？

關小山說，我是來找李全的，你沒見過我，到哪裡聽聲音啊！

衛生間那邊的水聲沒了，一個聲音飄過來，那你從門縫裏給我遞一套內衣吧，就客廳大包裏，隨便哪套都行！

關小山就打開大包，順手拿了最上面那套鵝黃色的內衣，到底是品牌貨，捏在手上柔柔滑滑的彈性十足，有一股似蘭似菊的清香，關小山拿鼻子使勁在文胸上嗅了一下，還有一股槐花的甜香味兒。媽的，書上說的真一點不錯，聞香識女人！難怪洪玉要死要活想買一套歐的芬內衣呢？

在衛生間門縫裏，關小山看見一隻很白很纖細的青蔥玉手一晃，就接過了自己手裏那套鵝黃色的內衣，跟著裏面傳來窸窸窣窣的聲音，是拆包裝的響動。關小山在門外多了一句嘴，你認識一個叫洪玉的女人嗎？我是她丈夫！

顯然，裏面的女人聽過洪玉這個名字，窸窸窣窣聲一下子沒了，女人一臉警惕地探出頭來，浴巾還裹在肩上，露出頸下小巧的鎖骨，讓人看了咽口水的那種鎖骨。女人說，你是她丈夫？你想幹什麼啊，這麼早你找李全！

關小山喉結艱難地滑動了一下，放心，我只是想把洪玉找回去，不想難為你男人什麼？

不想難為我男人？那你是想難為我啦！女人在裏面並沒閒著，已手腳麻利的把內褲套上了身。

難為你，哪能呢？我跟你八竿子打不到一起的！關小山乾笑了一聲，我只想找回我老婆，她一夜沒回去呢！

什麼，一夜沒回去？女人哐一聲捧響了衛生間的門，浴巾半裹在身上踱了出來，那只很光滑很柔軟很有彈性很香氣的文胸就拈在手上。她顯然生氣了，碰上這種事，沒幾個女人不生氣的。

女人憤憤然了，老娘在外面趕貨，他到好，店裏沒去，家中又空著，百分之百是兩人跑酒店開房快活去了，不行，得報警，治治他們！女人說我敢

肯定，他一準還在在明珠大酒店，那兒有我們一個包房，為客戶長年預定的！

報警，千萬別？關小山嚇一跳，報了警，罰起款來可不是好玩的，李全一翻臉，自己那十套歐的芬內衣哪兒要去。

女人一撇嘴，有你這樣的男人嗎，媳婦上了別人的床，還護得好好的！關小山嚅了嚅嘴，何必難為人呢，帶回家好好地勸，不就行了？

勸，勸有什麼用，我看你媳婦是欠打，知道不？女人一臉的憤恨。關小山說，女人是用來疼的，不是用來打的！

我呸！女人惡狠狠啐了關小山一口，打出的媳婦，揉出的面，你把媳婦疼上了別人的床，還疼個什麼勁？這話很有殺傷力，關小山低下了頭低聲下氣辯解說，要不這樣，你送我十套歐的芬內衣，我回過頭好好揍她一頓！

要十套歐的芬內衣你才捨得揍媳婦，你不是有病吧！女人笑得眼淚都快出來了。關小山臉紅起來，我沒病，真的，我只不想難為你們！

是他們！女人火了，你給我搞清楚，這事跟我渾身上下不沾一絲疙瘩。

可李全是你男人啊！難為他跟難為你有區別嗎？關小山不明白這女的咋就這麼彆扭呢，自己都肯息事寧人，她倒不情不願的！

你不會真有病吧，滿足不了媳婦，讓媳婦跟別的男人上床，讓人賠點東西買面子？女人忽然眼光發亮起來，一定是這樣的，你有病！

你才有病呢！關小山惱火了，我說得很清楚了，只是不想難為你，你幹嗎不信啊？

女人一臉的蔑視，想不到你不光生理上有病，連心理上也有問題！女人站起身來，你給我滾吧，三分鐘內，滾得遠遠的，我一看見你這樣的窩囊廢就覺得噁心。

那，那內衣呢？歐的芬的！關小山站起身來伸出手，你給我十套，我馬上滾！

女人愈發相信關小山胡攪不清了，女人摸起茶几上的手機說，歐的芬內衣嗎，你找李全要去，不過是上公安局要，我現在就打110，讓他們去明珠大酒店抓個現成的！

不要啊！關小山嘴唇一哆嗦，撲了上去，他要奪下女人的手機，這女人咋不曉事呢，一個電話，十套內衣就沒了呢，柔柔滑滑彈性十足還有槐花香的歐的芬呢。

啪！一記耳光抽在關小山臉上，很響。關小山腦子一懵，罵人不揭短，打人不上臉！這女人是成心難為自己呢，洪玉的一夜沒歸本來讓他積了一肚子窩囊氣，眼下被這一耳光打爆了。

關小山一把搶過手機往地板上狠狠砸了下去，女人嚇了一跳，再看關小山，一臉的兇相畢露，眼裏充著血呢，女人的本能讓她先是後退了半步，跟著小嘴一張，不由自主喊出幾個字來——救命啊！救命！

關小山嚇一跳，抓起包裏一條內褲堵上她的嘴，跟著搶過女人手裏的文胸勒上了女人的脖子，邊勒邊聲音發抖地央求女人，別這麼大聲行不行，我真的不想難為你，只要你答應我不報警，不喊救命，我馬上就滾！真的，馬上就滾！

女人喘著粗氣斷斷續續說，不，不……還不啊！腦子裏高度緊張的關小山一發慌，文胸在手裏勒得更緊了，女人喉嚨裏那句不要勒了就這麼硬生生僵在了大腦神經中樞系統裏，沒通過舌頭表達出來！

浴巾從女人肩頭滑落下來，軟綿綿地。關小山和女人一同倒在了地板上，女人身上那條鵝黃色的內褲很嫵媚地貼在女人身上，關小山衝女人自言自語說了一句，我是真的不想難為你的，你看，你這會不喊救命了，我立馬就滾！

關小山滾出門時，還沒忘了拿上那只鵝黃色柔柔滑滑的彈性十足的歐的芬文胸，內褲他沒從女人身上脫下來，那樣不雅觀。關小山走好遠了還覺得很奇怪，兩大包內衣中居然只有一套是鵝黃色的，紫色的更是沒有，包裏面的全是紅色的，紅得像血，剛才他拿來堵女人嘴的，就是一套血色的大紅，顏色居然比關小山走上街頭時，天上的朝霞還要紅。

塌了瓤的西瓜

王晴沒想到螢屏上的這個女人會如此的豐滿，本來她應該選擇臃腫一詞的，可想一想她畢竟是丈夫的網友，王晴就把這個略顯刻薄的辭彙隱在了心裏。

人的心，大概是最受不得委屈的地方，所以在那一瞬間，王晴的心裏被狠狠堵了一下。

堵，不光是因為女人的臃腫，更是因為丈夫的那份投入。連自己走到了他的身後，都沒有發覺。王晴自認不是個喜歡窺人隱私的女人，可丈夫跟這個臃腫女人會聊些什麼，她還是有了一絲好奇。

於是，王晴很巧妙地憋住了自己的聲息，本來，她準備喊丈夫出去吃西瓜的。剛從辦公室加夜班回來，午夜的瓜攤上，攤主大降價，她就隨手帶了一個回家。丈夫上網上累了，有塊西瓜解解渴，降降溫是很愜意的享受吧！

可眼下，丈夫沒累的意思，倒有享受的愜意，丈夫打出一行字說，你的豐滿，讓我想起了盛唐！

女人在螢幕上笑，說，是嗎，楊貴妃醉臥花蔭的盛唐？

丈夫手指在鍵盤上飛舞，我現在相信心有靈犀一說了。

女人還是笑，你對楊貴妃的豐滿有什麼見解？不妨說來聽聽。

面對女人話間的隱語，丈夫飛快回了過去，楊貴妃的豐滿，讓我想到兩個字。

哪兩個字？女人眉毛挑了一下，竟有那麼點嫵媚樣。

滋潤！丈夫說，男人渴望的滋潤！

那麼我的豐滿呢？女人這回不走迂回路線了。

六個字！丈夫發過去補充說，透了墒的滋潤！

女人眉眼裏全是笑，你愛人不夠滋潤啊！

丈夫沉吟了一下，打出一行字來，她只是一杯水，而我是一車薪，如何滋潤？

你是說，她很瘦？女人問。

是的，甚至可以用乾巴巴來形容！丈夫說。乾巴巴竟然屬於自己，王晴被眼前這行字嚇了一跳。

女人在螢幕上誇張地做了個表情，哇，骨感美呢！

丈夫搖了搖頭，其實你們女人不懂的，男人喜歡被女人覆蓋，或者彌漫，骨感能做到嗎？

女人是真不懂了，打出一串問號來。

不是說女人是水嗎？有著水一般的柔情嗎？丈夫接著敲鍵盤，可能是出生前呆在子宮裏，被羊水包圍的溫暖給人予潛在的眷念吧！

所以你希望被覆蓋或者彌漫？女人回問了過來。

不是希望，是渴望！丈夫笑了笑糾正說，如同烈日炎炎的盛夏對西瓜的渴望！在丈夫眼裏，找不出比西瓜更讓人在夏天消暑的佳品了。

女人被這個比方逗得開懷大笑起來，說到西瓜，我還真想吃上一塊了，可惜，家裏冰箱裏沒有了！

丈夫獻起殷勤來，點了一個西瓜圖案發過去，紅紅的瓜瓤兒像有汁水要溢出來。

女人撅了一下紅唇撒嬌說，望梅止渴啊你讓我？

丈夫很巧妙地投出一塊石子，我才是望梅止渴呢！

你，望梅止渴？女人顯然沒悟過來。

丈夫小心翼翼打過去，我渴望被覆蓋，而你恰好可以彌漫我，不是望梅止渴是啥？

女人臉上似乎紅了一下，女人的皮膚是電視廣告上說的，白裏透紅與眾不同的那種，這可能是她敢跟男人視頻的唯一一份自信。行啊，你送個西瓜過來，咱們不都不用望梅止渴了，我跟你住同一個城市，又不是關山路遙！

這話很有挑逗性，王晴看不下去了，心裏有氣血往上湧，她悄悄退了出去，那個西瓜還沒被開腔，一副受人冷遇的樣子被王晴踢到了牆角。該死的西瓜，該死的彌漫！

王晴決定去洗個澡，丈夫跟那個女人調情的一舉一動一言一行，都令她想到一個字——髒！她要把自己受到覆蓋的那份髒洗乾淨，王晴是個有潔癖的女人，生理上的心理上的髒她都不能忍受。

洗到一半時，她聽見電腦房的門響了，不大功夫，丈夫在衛生間外面甕聲甕氣說了一聲，你回來了啊，咋沒跟我打個招呼呢？

王晴關了蓮蓬頭譏諷說，我以為你跟我心有靈犀呢，再說不能為一聲招呼影響你的滋潤啊！

丈夫沒聽明白，丈夫就又說了一句，回來了正好，我出去一會兒，免得兒子回來了沒人開門！兒子上補習班呢。

出去？王晴打開衛生間的門，帶笑不笑地斜了一眼丈夫說，不洗個澡出去？

不了，這事兒有點急！丈夫抬腕看手錶。

也是的，應該是迫不及待吧！王晴冷笑著損了一句，遲了，賣西瓜的一收攤，可就真要望梅止渴了！

西瓜？丈夫一下子被窺破了心思，惱羞成怒衝王晴說，誰買西瓜，誰望梅止渴了？

不買西瓜，哦！王晴故意輕描淡寫地笑了笑，西瓜當然不重要，沒西瓜照樣能被覆蓋被彌漫的。

你？丈夫一下子醒悟過來，你偷看我聊天？

偷看，至於嗎，一個南瓜樣肥的女人虧你還用上了偷看兩個字，擱我腳下我還嫌礙腳呢。

南瓜咋啦，南瓜越老越上粉，不像你葫蘆老了兩塊瓢！這話很有殺傷力，王晴比丈夫大三歲。應了「男大十歲不為大，女大一歲就像媽」的說法。

王晴最恨丈夫說她老了，盛怒之下，手一揚，一瓶沐浴露砸了過去，丈夫一偏頭，瓶子還是蹭破了耳朵。怒火中燒的丈夫眼睛一紅，二話沒說使勁一巴掌甩在王晴臉上，王晴被這一巴掌的衝動力打得腳下一個趔趄，人往後一仰，後腦勺非常精確地砸在浴缸邊的水龍頭上。

王晴眼睛閉上去的一剎那，還是從對面的浴鏡上看見了自己的模樣，血正從後腦勺彌漫出來，很快覆蓋了她的臉龐，她戴了綠色浴帽的頭浮在水面上，像極了一個大西瓜，不過眼下已經塌了瓢。

低腰褲

　　一個女人，要有一條低腰的褲子，呂虹對著鏡子用目光撫摸了自己好一會才一擠眉，衝我說了這麼一句。

　　那條低腰的褲子這會就套在她身上，肚臍以下三分屬於她小腹的皮膚全裸露在我的視線裏，我的眼睛那一刻被灼得非常難受，跟著難受的是我的呼吸，要命，呂虹怎麼就不是個蕩婦呢？

　　這一問有點無恥，我在心裏狠狠自責了一番，硬生生把眼睛掃描到了別處，如果你足夠細心，我扭脖子時伴著的咯嚓一響，足以向你證明我為做一個正人君子下了多大的努力，或者決心！

　　呂虹不領我的情，一個旋轉，像穿花的蝶兒轉到我跟前，你用心看一看，用你搭配色彩的專業審美眼光看一看，我說的話是不是有那麼點經典啊？

　　是很經典！我點了點頭，一個女人，是得有這麼一條低腰的褲子，全天下的女人都有，我也沒意見，但我的老婆不能有！我不能保證別的男人都像我這樣能夠跟女人穿著低腰褲獨處時，許她坐懷而不許我亂。

　　這邏輯很混賬，你一定覺得是吧！

　　還有一個邏輯也很混賬，說畫家和模特的關係都很曖昧，我跟呂虹之間曖昧過嗎？沒有！甚至我連騷擾她的想法都沒有，更別說打擾了！

　　這樣的關係，很乾淨，我喜歡乾乾淨淨做事，可我老婆不喜歡，她尤其不喜歡我跟呂虹在一起，儘管她也知道呂虹不會勾引我。

　　這可能就是女人的通病吧，漂亮女人跟漂亮女人相互敵視的通病，這通病也很大程度地造就了一批又一批不甘屈尊的女人，為男人的生活平添了許多風韻。

　　我說呂虹啊，沒必要把女性的風采展示得這麼淋漓盡致吧！陳衛可是見過湖底的人，你就是蓄滿水也無法引申他更多的嚮往了。陳衛是呂虹老公，兩人都差點當上爸媽了，為了模特這一職業，呂虹竟來個快刀斬亂麻，引了。

　　噓，虧你還是個畫家！呂虹淺笑嫣然一點我額頭，只知道寶劍贈烈士，紅粉送佳人！

這話是我剛在一幅畫上題過的，有什麼不對嗎？我問呂虹。

那是你們大男人的想法，我們小女人只曉得女為悅己者容最重要！呂虹一撇嘴說道。

還悅？還容？陳衛連你五臟六腑都容了悅了還想怎麼著？我調侃說。

瞧你，瞧你，好像天底下男人就只陳衛似的！呂虹拿腳直跺地。

什麼，你？我嘴巴一張險些收不攏了，你想在我眼皮底下做紅杏啊？

偶爾出一次牆也不行啊，我就是展示一下魅力，讓他知道，一個男人可以忽視事業，絕對不能忽視女人的姿色！呂虹一直很在意自己的姿色，難道陳衛忽視了嗎？不知道！

我得挽救一下呂虹，我說呂虹你先別著急，我有責任提醒你一句，姿與色是分了家的！

分家，什麼意思？呂虹一怔，姿與色，怎麼分？

這色相信你有體會，我就說姿吧，姿是沒有折舊率的一種風度與氣質！

舉個例子？呂虹還是不大明白。

那個美國國務卿賴斯你應該在電視上見過吧！我想了想，點出這麼個人物來。記得有一回，呂虹跟我提到她時眸子裏猛地一亮，能令女人眼裏發亮的女人，只有四個字可以形容——心儀已久！

知道啊！呂虹點了下頭，跟這有關嗎？

你知道就好，我微微一笑，小布希最欣賞的不可能是她的臉蛋吧！

呂虹一聽這話，情不自禁摸了一下自己的臉蛋。

一個女人，要想得到一個有深度男人的青睞，臉蛋是行不通的，那些在意你臉蛋的人，你多花點時間觀察一下，只會感到噁心！

為什麼？呂虹顯然不服氣。

一個口水橫流，嘴巴洞開的男人你會喜歡？我知道呂虹不喜歡，做模特這麼久了，她多少也算被藝術薰陶過吧！

我就是喜歡！呂虹一甩肩膀，扭著好看的腰肢走了，腰腹上那段白在我腦海裏盤旋了好久，讓人思維一片空白的那種白啊。

我悶悶不樂關上畫室門，回家。

老婆一定在為我準備可口的飯菜，在我眼裏，老婆不是一朵最嬌豔的花，但她是最飽滿的那顆果！我忽然明白老婆為什麼不喜歡我跟呂虹在一起了。

今天是老婆生日呢！結婚頭一年，我還記得送過她一束花的，以後就忘了。一念及此，我撥通了花店的電話，訂了一束鮮花。

打開門，老婆上街沒回來，我想了想，決定換下作畫的衣服，穿上西裝去接老婆，櫃門一開，一條低腰的女褲赫然在目，看那樣子，臨出門前還試穿過！

　　老婆試穿了給誰看呢？我眼裏先是浮出一段白來，跟著思維就模糊了。

　　這時門鈴響了，打開門，一個花店的姑娘笑容可掬地問我，請問是蘇怡小姐家嗎，麻煩出來簽收一下有人訂送的鮮花！

　　這麼快？我抬眼看了一眼表，我還沒在心裏作好接受的準備呢？低頭簽收的時候，我發現這姑娘也穿著一條低腰褲，我的口水橫流了出來，嘴巴比缺氧的魚張得還開。

不會是錯覺吧

　　張軍一腳踏出酒店大門，迎面就看見孔婷嬝嬝婷婷站在街對面的報刊亭裏。正午的陽光下，張軍微眯的眼神飄浮起來，不會是錯覺吧！要知道這是在千里之外的一座城市啊，要真是孔婷，那可應了一句老話，他鄉遇故知呢，這是！

　　其實張軍跟孔婷算不上故知，往深裏說，倆人也不過只是認識而已，有過幾次接觸，要在他們居住的小城朋友圈裏，頂多只是點頭之交罷了。

　　所以這會兒張軍沒敢點頭，他怕對面那個女人只是跟孔婷長得像而已，要是冒冒失失衝上前去，人家會怎麼揣測自己？有失斯文的事張軍不幹，張軍可是來這個城裏搞學術交流來的。

　　要真是孔婷，他也不用擔心會擦肩而過，女人若是記得一個男人，那是記在心裏。男人則不然，男人頂多記在眼裏。當然，跟自己有過肌膚之親的女人他會記得，因為要回味，要比較，以便在日後生活中對身邊的女人進行取捨。

　　像給張軍的想法作證似的，孔婷一臉驚喜地從對面小碎步跑了過來，像風中的一朵紫雲英。真的是你啊？張軍，嚇我一跳！孔婷仰起姣好的面孔衝張軍揮起小手。

　　一陣香風襲了過來，張軍的幽默感上來了，沒嚇暈吧，要嚇暈了我只能給你做簡單的急救，人家大城市的120可是很忙的！

　　急救的含義孔婷當然懂，孔婷臉一紅，霞光飛現反擊張軍說，你這人，見了老鄉，一點淚汪汪的感覺都找不到，還急救，大概是想和情人幽會，怕我撞見了尷尬，連個招呼也不主動打！

　　張軍就做委屈狀，冤枉啦，人家這不是尊重女士嗎，女士優先！

　　孔婷嬌嗔說，你倒還占理了啊，不行，今天你得用行動向我表示歉意！

　　怎麼表示啊？張軍開玩笑，要不你在這兒的吃喝拉撒我包了！這話其實含有試探的成分，人在他鄉，寂寞總是從天而降，能有一個紅粉佳人相伴左右，倒也不失為一種浪漫，倒也不失為一種情趣。

　　行啊，我把自己就交給你了，你可要表現得可圈可點啊，不然回去了我跟嫂子告狀，說你不解風情喔！孔婷衝張軍一擠眼調侃。怎麼才叫可圈可

點，這話很有挑逗的意味，至於跟嫂子告狀說他不解風情，那更是糊弄張軍呢，兩個女人之間僅僅就見過一次面，而且還不怎麼友好。

那是一年前的事了，兩個孩子在公園玩暴走鞋，一不小心撞在了一起，張軍當時二話沒說駕車直奔醫院，送兩個孩子去了急症病房。

兩個女人則在外面喋喋不休相互埋怨，等孔婷愛人趕來時，孩子也檢查完畢，並無大礙，當時孔婷愛人二話沒說，掏錢結了醫院的藥費。張軍過意不去，推辭不受，孔婷愛人摸出一張名片來，說不打不相識，以後再聯繫吧！

事後，張軍的老婆對張軍說了一句話，一個功成名就的男人咋找個女人就小肚雞腸呢？張軍老婆忘了自己也是小肚雞腸的一個女人。

後來張軍本來打算請一桌客回謝孔婷男人的，偏偏尋不見那張名片了，倒是孔婷，兩個無巧不巧地在大街上碰見過幾回，問過孩子的成績，並向張軍請教過一些教育孩子的方法。

那麼，請給我個可圈可點的機會吧！張軍笑容可掬地一鞠躬，可否賞臉上寒舍小坐片刻？

孔婷衝張軍脈脈一笑，想不到你個知識份子還會油嘴滑舌啊！然後滿臉顯山露水的滋潤跟著張軍進了大堂拐進電梯。

張軍的寒舍不寒，四星級的酒店套間呢。孔婷一屁股坐在席夢思上長籲一口氣說，要能美美睡上一覺該多好啊，逛了半天街，腳都跑腫了！

張軍心裏湧上一股溫情，那還不簡單啊，你去泡個熱水澡，褪褪乏，然後想睡多久就睡多久，我來給你當護花使者，行不？

孔婷眼含深意地剜了張軍一眼，護花，你不會乘虛而入吧！

張軍就一臉尷尬地笑，像被窺破心事似的，答不上話來。

孔婷見狀站起身，拍了拍張軍肩頭，一個大男人，怎麼比小姑娘還忸怩，不會是看不上我這半老徐娘吧！

這話讓張軍心裏有股火竄上喉嚨，哪，哪能呢，我，我這，不是怕唐突佳人嗎？張軍都不敢拿眼瞅孔婷了，話說得結結巴巴的。

孔婷點了張軍一指頭，還說要我給你可圈可點的機會，連熱水都不替人家放！

張軍如得了聖旨，急匆匆鑽進了洗澡間，調試水溫去了。

孔婷在洗澡間，把個水聲弄得很響，張軍閉上眼睛想像著，水珠從孔婷臉蛋滑向鎖骨再滑向胸脯跟著滑過小腹最終滑落腿根的過程，呼吸就愈發急促起來，一朵出水芙蓉就要怒放在他眼前呢，不激動是說不過去的。

孔婷的手機就是在這時候響的，像掐算好了孔婷洗澡的時間似的，孔婷濕漉漉的身子裹著浴巾出現在張軍視線裏。

電話是孔婷愛人打來的，孔婷接了電話撒嬌說，我老大不小的人了會走丟？放心吧，你妹妹就是不來接我也能摸回家去！

那邊說了句什麼張軍沒聽見，就聽孔婷衝那邊嬌嗔著又說了句，你猜我在這兒遇見了誰？

誰啊？那邊的聲音很清晰傳了過來，張軍都能聽出孔婷愛人聲音裏的警惕來。

張軍啊，咱們一中的特級教師張軍，不信是吧，我這會兒就在他酒店的房間裏，要不要跟他說說話？孔婷很得意衝那邊嚷嚷起來。

張軍嚇得在一旁又是擺手又是瞪眼的，可孔婷就是視而不見，孔婷愛人顯然不想跟張軍說話，啪一聲在那邊掛了電話。

張軍埋怨孔婷說，你咋這麼糊塗啊，連在我酒店的套房裏坐也說，你愛人會怎麼想？

他怎麼想關我什麼事？反正我們之間又沒幹什麼！孔婷一臉自得地衝張軍笑了笑，抓起坤包要走。

張軍也懶得留，他心裏那點想法早被孔婷的電話打沒了，你愛人要產生錯覺了你怎麼回去解釋呢？這樣說不清道不明的事張軍覺得最好還是統一下口徑。

解釋？統一口徑，你累不累啊！孔婷回過頭嫣然一笑，會不會是你產生錯覺了啊，書呆子，記得給嫂子打電話報聲平安吧，聽聽嫂子的解釋！

聽聽嫂子的解釋！什麼意思？張軍對孔婷這句話琢磨了又琢磨，半天不得其解。

電話倒是在琢磨中撥通了，是老婆接的，老婆第一句話就是，喲，這會還記得打電話回來啊，他鄉遇上故知了吧！

你怎麼知道我遇上熟人了？張軍一下子沒回過神來，很自然反問了一句。問完了，那邊卻沒解釋的意思，啪一聲也掛了機。張軍怔了下就明白過來，一嘴巴甩在自己臉上，瞧我這傻！巴掌抽得重了點，眼裏冒出了金光，金光中，孔婷的笑一下子變得詭異起來，莫非這也是錯覺？張軍不由自主的喃喃自語了這麼一句。

尾行

　　王大為喜歡玩遊戲，玩也就罷了，還迷得神魂顛倒的。剛一下班，人還沒在沙發上落一下屁股，就一頭紮進了電腦房玩遊戲去了。在這個名叫《尾行》的日本遊戲中，他扮演一個變態的色情狂，用盡手段掩飾自己的行蹤，最終將遊戲中的女主角跟蹤到了床上。聽說這遊戲在日本曾風靡一時，所以王大為才玩得這麼投入。

　　其實在現實生活中，王大為對跟蹤女人這種行為是很不齒的，不是他有多麼高尚，而是因為他老婆柳雪經常被人跟蹤，一個經被人跟蹤的女人，自然是一舉手一投足就能生出萬種風情的女人了。一個老婆經常被人跟蹤的男人，自然是反對在生活中跟蹤女人的男人了。關於這一點，再傻的人也曉得推理的。

　　但是最近，柳雪在王大為眼裏就沒施捨過一絲風情，一個天天嚷著跟丈夫離婚的女人，能有心思賣弄風情麼？當然，任何事也不能說得太絕對了。柳雪這會兒就風情款款地進了電腦房，要擱平時，你就是拿硫酸往她臉上潑她也會大義凜然寸步不移向電腦房半步的。要知道，漂亮女人最在乎自己的臉蛋了。

　　王大為就有點受寵若驚了，抬頭衝柳雪討好地媚笑著。柳雪雙手環住他的脖子，俏臉在他耳朵邊蹭了一下，很親昵地暗示。這時候，王大為的《尾行》遊戲正在緊要關頭，他跟蹤的那個女人已進了一條空無一人的小巷，好多次，王大為好端端在黑暗裏跟著，偏偏一走到路燈下，燈就刷的亮了，能讓跟蹤者的嘴臉暴露無疑的那種亮，讓王大為心裏好一陣緊張。

　　面對王大為的緊張，柳雪拋了個媚眼，嘴角一翹說虛擬世界能玩出什麼名堂啊，要玩就動真格的，有沒興趣跟我玩一場現實版的《尾行》遊戲啊！

　　王大為張大了嘴，跟蹤你，玩《尾行》遊戲？真格的？

　　對啊！柳雪展顏一笑，你要能神不知鬼不覺跟蹤上我，並在我屁股上摸一把，就算你贏了，我一輩子跟你踏踏實實過日子，怎麼樣，有沒有信心？

　　這當啥！王大為心裏暗自一樂，當年為追柳雪，他可沒少玩過跟蹤。只是婚後，柳雪嫌他沒情趣，一直不讓他跟在身後，他才沒有機會了，天賜良機呢，沒准還能找到初戀的感覺！

行！王大為衝柳雪一點頭，但有一個條件，日子不能定在某一天，在你知道底細的情況下就不好玩了，遊戲嗎，重要的是情趣，而不是情節。

一個星期以內，行不？柳雪這回也很配合，要過了一個星期，取消遊戲資格！

取消遊戲資格意味著什麼，王大為心裏再清楚不過，他悄悄權衡了一下，一個星期時間足夠了，女人對任何事的耐心不會超過三天的。三天以後，要跟蹤自己閉上眼睛就能聞出氣息的老婆來，實在是易如反掌的事。王大為一高興，不玩遊戲了，啪一聲關了電腦，就要進入實踐的《尾行》了再玩虛擬的未免有點小兒科，他可不想讓柳雪瞧不起自己。

一夜無話，第二天一早，柳雪出門時還衝王大為嫵媚地笑了一下，記得玩遊戲啊！一個星期的期限，要抓緊喔！這還要你提醒啊？王大為漫不經心地接了一句，你就準備讓我摸你屁股吧！其實倆人都心知肚明，傻瓜才會選擇在今天出動呢，剛開始進入遊戲，兩人的弦都繃得緊緊的呢。

王大為是個懂得逆向思維的人，他決定當一回傻瓜，幾年夫妻了，他敢肯定，柳雪今天一定會放鬆警惕。因為在柳雪想來，以王大為平日的習慣，今天他一定會在家裏養精蓄銳，好趁自己一鼓勇二鼓衰三鼓竭的時機採取行動，保證進入遊戲後一舉成功。

如今這年頭，聰明人的心思好揣摸，傻瓜的心思誰也揣不透。道理很簡單，有幾個傻瓜按常規出牌啊！王大為今天的出牌就違了常規，整裝出發時他還自我解嘲了一番，成則成，不成就當一次模擬演習，反正自己又不損失什麼，還有六天的機會在後面做替補呢。

王大為記得，柳雪出門時穿的是那套淡綠色的套裙，在盛夏，是很容易辨認的。當初買那套淡綠色的套裙時王大為還從腦海裏飄出一句詩來，說這身衣服穿在柳雪身上，是盛夏的清風，是柳蔭下的清泉呢！

眼下，這陣清風已飄在了大街上，這股清泉已汪在行人的眼裏。不過，沒飄出王大為的視線，沒汪出王大為的眼簾。王大為一點也不急，他知道柳雪吃了早點會去買報，買了報會去逛街，逛了街去美容，美完容會去打牌。選擇什麼時候靠近柳雪在她屁股上摸一把最合適呢？王大為在心裏過濾了一遍，就把目光鎖向了美容院，一般在這時候，就快中午了，柳雪美容之前會吃上一份肯德基套餐，然後躺在美容床上趁做面膜時小憩一小時。美完容出來，也是一天中人最慵懶的時候，多高的警惕性也會在太陽的強烈照射下消失殆盡的。

王大為很為自己的思維敏銳而得意，他決定上理髮店理個發，讓自己精精神神出現在柳雪屁股後面。嶄新的生活就要開始了，王大為都嗅到愛情的

氣味了，確切點說，是老婆柳雪的氣息，吵鬧了半年，也分居了半年，王大為太想重溫柳雪的氣息了。

現實中的跟蹤比遊戲中的跟蹤輕鬆多了，王大為甚至在理髮的短暫瞬間做了個夢，他夢見柳雪圓鼓鼓略帶下垂的屁股正在他的眼前晃動著——伸手可及呢！而柳雪在他手伸出的一剎那還衝他嫣然一笑，然後就把頭拱進了他的懷抱，兩隻粉拳在他胸脯上像雨打芭蕉樣輕輕敲打，嘴裏還不停地撒著嬌——叫你壞！叫你壞！王大為差點笑出聲來，嚇得理髮師修面的刀片一停頓，在他下巴上帶出一道血痕，心情很好的王大為吹著口哨出了理髮店的門，那道血痕有什麼呢？可以讓王大為看起來更有個性啊！他沒跟人家多做糾纏，好脾氣地回頭笑笑出了門。

正午的陽光下，柳雪果然慵慵懶懶邁出了門，沿著街道樹蔭走。走不多遠，還四處張望了一下，可能見王大為沒有跟蹤自己，很失望地把坤包往背後一甩，嫋嫋婷婷往茶社方向走。隱蔽得很好的王大為這時候突然從旁邊冷飲店竄出來，躡手躡腳跟上去屏住呼吸，衝柳雪屁股上的淡綠色套裙下擺伸出手去，眼看就要摸上柳雪屁股，王大為得意地咧開嘴笑了，可惜，他只笑了一下，整個笑容就在臉上凝固了。

王大為明明白白看到眼前亮了一下，就算柳雪的裙子掉下來，就算柳雪的皮膚再白，也不會這麼亮啊！事實上，柳雪的裙子真的被他扯掉了，不過亮了一下的，卻是不知何時從樹蔭下竄出來的一架照相機的閃光燈。

跟著一個耳光甩在王大為臉上，一個熟悉得不能再熟悉的聲音響起來，王大為想不到你真是個色情變態狂，光天化日之下扒掉我妹妹的裙子！不用說，那聲音是柳雪的。前面那個柳雪轉過身來，天啦，居然是柳雪的孿生妹妹柳霞。柳霞哭哭啼啼衝柳雪說，姐姐，你要為我做主啊，姐夫跟蹤我一條街又一條街，騷擾我一次又一次，瞧，我不得已才把他臉上抓傷了，他就惱羞成怒了居然要在大街頭上扒我裙子。

柳雪臉一冷，遞過一份離婚協議來，簽字吧王大為，夫妻一場，我可不想把你的醜事端上法庭！

王大為頭腦一下子懵懂起來，口齒不清地連連解釋，咱，咱們不是，說，說好了玩《尾行》遊戲嗎，你讓我跟，跟蹤的啊！

柳雪長出一口氣說是啊，我跟蹤你半年了，才抓住了你這個色情變態狂的把柄，這《尾行》遊戲玩得可真夠浪費我精神的！

棄婦

　　彩鈴音響時，女人正在全身心玩一個名叫《棄婦》的遊戲，那是一首叫做《愛上一個不回家的男人》的曲子》。

　　這麼一說，你就應該知道了，女人是成了家的，沒成家的姑娘是不會下載這種老歌的。《棄婦》是個很精彩的遊戲，三個女人在網絡中競爭一個虛擬的丈夫，她是正宮娘娘，另一個是東宮娘娘，剩下一個自然是西宮娘娘了，誰先失寵誰將淪為棄婦。

　　在網上，她們都是有著萬種風情的女子，具備一套又一套勾引男人的伎倆，說到底，三個女人比拼的除了姿色還得有智慧。

　　智慧在女人身上還有一種不好聽的說法，叫心計。

　　女人扮的這個正宮娘娘，不消說是心計十足的，要不然她也謀不上正宮娘娘的寶座。眼下她的形勢讓她只消防守，不宜主動出擊，她腹背受敵呢！

　　出擊是不成熟的表現，對一個女人來說，太張揚容易讓男人生出恐懼，男人一旦恐懼你了，後果可想而知。

　　順手抓起手機，摁下接聽鍵，她的眼睛仍然停留在電腦上。

　　你好！她說。

　　我當然很好，問題是你不怎麼好！對方說，標準的普通話呢。

　　她的朋友中，講普通話的很少，她就奇怪了一下，反問過去，我怎麼不好了？

　　快淪為棄婦了，難道要我祝賀你好？對方幸災樂禍地。

　　是嗎？她漫不經心笑了一下，心想是女網友吧，在遊戲中鬥不過自己，採取這種方式擾亂她的心神，太小兒科了！

　　當然是啊，你看看時間就知道了！對方意味深長地笑。

　　她用眼角的餘光掃了一下螢幕，顯示是凌晨一點過十分，她不置可否地撇撇嘴，時間才剛到一半啊！她們這個遊戲得到二點以後才結束，她零點開始進入的。

　　剛到一半？那邊顯然疑惑了一下，男人零點以前屬於外面，零點以後屬於妻子啊！

說我老公啊？她松了口氣，回過頭，才發現老公還真不在身邊晃悠。

那邊像看見她回頭巡視了似的，不無得意地一笑，呵呵，晚了吧，要不要我提供他現在的行蹤？

謝謝，沒那個空！她也笑。

她的笑讓那邊氣急敗壞了，你男人在外面勾三搭四你竟不聞不問？真的甘當棄婦啊！

我願意，怎麼啦！她輕蔑地一笑。

對方氣急敗壞罵了一聲，賤！跟著掛掉了手機。

她甩了甩頭，繼續那個遊戲，可能是剛才的電話給了她某種啟發，她在適當機會出擊。居然，一直未曾想到她會主動出擊的東宮娘娘被殺了個措手不及，跟著她又一個回馬槍轉身殺到西宮，兩個娘娘淪為了棄婦。

遊戲結束時，男人回來了。

男人徑直走到了電腦房，詢問結果，成棄婦了沒啊？

女人甩了甩頭髮，倒是想啊，可惜沒機會！

男人眼光閃爍了一下，你沒什麼吧？

玩個遊戲，能有啥呢？女人瞥了男人一眼，我命由我不由天呢！

沒有就好，沒有就好！男人喃喃自語著，進了衛生間，一會兒，嘩嘩的水聲傳了出來。

女人想了想，翻開手機，剛才的來電居然隱藏了號碼的，會是誰呢？

男人一貫嘴甜，招女人喜歡不是不可能，問題是，真有女人給她打電話也應該是和她爭男人，而不是這種藏頭縮尾的提醒，這年頭的女人向來敢作敢為的。

藏頭縮尾的，絕對是另有隱情。

那種普通話，帶娘娘腔的普通話，只有在京劇裏才可以聽見的！

她眼前陡地亮了一下，是的，隱情，男人對女人才有的隱情。

男人洗好澡時，她已躺在床上了。

男人小心翼翼挪上床，正要躺下時，她忽然暴喝一聲，起來！

男人嚇一跳，觸電般蹦了起來，幹，幹啥？

那麼緊張做什麼，忘了？她輕描淡寫地問了一句。

忘了啥？男人眼裏虛虛的滑過一絲驚慌。

你說過，我三十歲生日這天給我唱段京劇的！她眉眼裏全是笑意，與剛才那聲暴喝判若兩人。

我說過的，對，說過的！男人語無倫次地，就唱，馬上唱！其實男人沒說過，她只在戀愛時和她說過自己喜愛聽京劇，為討她歡心，男人當時像煞有其事吊過一年嗓子。

男人抖抖索索唱完一段臺詞，女人卻沒笑，女人起身給他倒了杯茶，說，潤潤嗓子吧！

男人一股腦兒灌了下去，女人拍了拍男人胸口，唱戲要腔，煮菜要湯，你不是演戲的料呢！

我演戲了嗎？沒啊！男人分辯說。

沒有最好！女人側了身子說，早點睡吧，明天我還要玩那個《棄婦》的遊戲呢！

男人沒睡，心口裏像堵了塊抹布。

男人覺得自己成了個棄婦，遊戲還沒開始就被踢出局了，悄悄地，男人起床把另一個女人送給自己的電話卡扔進了大便器。

回到床上時，女人眉梢上掛著笑，眼角卻亮晶晶的。女人不是睡熟了嗎？剛才還鼾聲動地的！男人尋思著，沒敢喘氣，輕手輕腳縮進了被子裏。

借刀

刀掛在牆壁上，迎門可見。

每一個進來的人都覺得好奇，一個單身女孩子，怎麼就選了這樣一把刀作飾品呢？

這個單身的女孩子，是我！

刀是一個男人送的，這不奇怪，如今的單身女孩子，誰沒點故事呢？

男人送我刀的時候說，等我有錢了，咱們就私奔！

男人握著刀把玩的時候，我眼前就出現了紅拂女的影子，我相信，若干年後，男人一定會像李靖那樣攜著我衣錦榮歸的！

眼下，我是在他鄉。他鄉卻沒了故知，男人的身影遁出了我的視線。

我得把這個傳奇的故事編下去，否則，有負於刀鋒上閃耀的寒光，寒光在很多時候，是與俠氣有關聯的，你能說古時的紅拂不是一個女俠嗎？

城市的夜晚開始冷了起來，那年的冬天，我抱著膀子在街頭漫步時，被那個男人的視線所捕捉，今天，誰的視線會停留在我的肩頭呢？

停留在我臉上的男人，我不喜歡，我知道我長得很好看。我喜歡的是，能關注我溫暖的男人，哪怕只一點點的關注，就足夠了！捕捉到這個男人的眼光時，我的心裏顫抖了一下，男人很年輕，也不懂得掩飾，他的眼睛就那麼直勾勾地剷在我的肩頭，一直順勢剷進我的心裏。

遲疑了一下，我向他走過去，他的眼神躲避著我。

為什麼不看我的臉？我點燃一根煙，壞壞地一笑。

你抱膀子的樣子很讓人心疼！他答非所問。

我的心果真就疼了一下，吐出一個煙圈在男人臉上，用命令的口氣說，跟我走吧！

男人沒問為什麼，很順從地跟在我後面，漂亮女人的指令一般的男人都不會拒絕也無法拒絕！

何況，這個男人真的很一般。

進門時，男人先猶豫了一下，跟著還四顧了一下身後，才顧忌重重換了鞋。

那把刀，顯然把男人嚇了一跳。

怎麼有把刀？他喉結滑動了一下，聲音有點乾澀地問我。

哦，飾品而已！怎麼，你怕嗎？我將了他一軍。

怕啥，頭割下來不過碗大的疤！當他確信屋裏再也沒有其他人後，豪氣幹雲說了這麼一句。

我喜歡男人有點豪情的樣子！

那一夜，我躺在他溫暖的懷裏，睡了個有生以來最為奢侈的一個覺。

以後，他就天天來了！

他沒理由不來，一個進城找事的打工仔，有吃有住還有女人侍候著，是八輩子都夢不著的事呢！

那天，我和他都喝了點酒。

借著酒興，我取下那把刀，反復把玩著，末了，我問他，玩個殺人遊戲好不好？

殺人遊戲，怎麼玩？他眉毛挑了一下。

我從抽屜翻出和那個男人的合影，說，明天我老公就要回來了，我想給他一個驚喜！

你有老公？他明顯地咬了一下嘴唇，有點不高興了。

是的，你借了我這麼多天，該還給他了！我調皮地一笑。

遊戲怎麼玩？他把刀接了過去，眉頭皺得更濃了。

他見了我，肯定會忘情得張開雙臂不知所措！我把香煙彈出一根在鼻子下嗅著。

為什麼呢？他有點好奇，問我。

他想不到我會去接他！我摸出打火機說，他一直以為我在跑團呢，我是個導遊，忘了告訴你嘞！

這樣啊！他若有所思點點頭。

你就趁他發愣那會兒把刀架在他兒子脖子上，我想看看他到底有多勇敢，當初送我刀時他說自己要生在春秋戰國時候，不是高漸離也是荊軻！

就這麼簡單？他不相信。

對啊，玩玩而已，能多複雜！我點燃那根香煙，煙霧讓他看不清我的表情。

晚上，我同他又做了一次，可能是擔心以後沒機會同我在一起了，他做得很賣力，好像要把一生的愛做完似的！

我無所謂了，為報復那個負心的男人，我等了好幾年的時機呢，他萬萬不會想到，我還留在這座城市，我那坐台賣笑換來的錢全砸進了他的行蹤裏，每天有人報告他的消息給我。

　　這把刀該還給他了！

　　車站熙熙攘攘的人流中，跟我想像的沒有兩樣，那個負心男人見了我果然有若木雞呆而不解了，以至於身後他兒子的尖叫他也沒曾注意到。與計畫有出入的是，那個負心男人的兒子居然很有血性，一口咬在挾持他的人握刀的手上，然後趁亂鑽進了人群。

　　我分明看見他眼裏張惶了一下，跟著一個箭步上前，把刀頂在那個負心男人的喉管上，他沒選擇了，車站廣場外面員警正包圍過來。別！我一句話未叫出聲，他的手一抖，有血順著刀尖淌了下來，那刀實在太鋒利了！那刀上有毒！我本來想借刀殺了負心男人兒子的，是他的兒子，把他召喚回去的，這點我深深知道。

　　槍響了！兩個男人的身影重重倒了下去，我抱著膀子縮坐在冰冷的水泥地上。

　　很多人的視線從我頭頂落下來，沒有誰肯停在我的肩頭。

　　這世上的溫暖，與我無關了！我看見那把刀躺在地上，寒光正一點點從毛孔插進我的身體！

取暖

　　被尿憋醒的張君剛把自己光著身子拎出被窩，急匆匆上了一趟衛生間，寒氣就把他全身刮得青紫青紫的，嘴唇哆嗦著的他咻溜一聲又鑽進了被窩。

　　被窩裏卻沒了往日的溫暖，張君發了會失憶症，才想起老婆已經和自己離了婚。

　　是寒潮！讓張君這會才想起了老婆的重要，確切說，是女人的重要，冬天來了，該找個女人取取暖了！

　　取暖？是的，取暖！張君想起一篇叫做《取暖運動》的小說來，好像是個女作家寫的，女人就是女人，明明寫男女之事，偏偏弄個讓人可以一思再思三思的名字，取暖好啊！張君捂著被子長歎了一聲。

　　以前，自己咋就不肯對著老婆一思再思三思呢？

　　張君不是個窩囊的男人，老婆與他離婚的理由很簡單，嫌張君不解風情。

　　風情是個什麼東西？張君現在算是明白了，比方把冬天做愛叫做取暖，就是一種風情！

　　胡亂擦了把臉，張君在廚房裏翻了個遍，也沒找到一口可以讓自己增添溫暖的食物，要擱沒離婚那會，老婆早把熱氣騰騰的小米粥和油亮金黃的油條端上了餐桌。

　　張君貪婪地抽了抽鼻子，好像小米粥的清香藏在櫥櫃的縫隙裏。

　　沒有東西填補空蕩蕩的胃，張君抖著肩膀出了門，真得找個女人取暖了！對著天空飄揚的雨夾雪張君跺了下腳，做出這個決定，開始了取暖運動的第一步。

　　這次出門，他記得帶上了一把天堂傘，老婆第一回罵他不解風情，就與傘有關。也是一個雨夾雪的天氣，他去接老婆，路上，雨雪越飄越大，一把傘把兩人都淋成了落湯雞，不湊巧的是老婆那天身上來了，發了幾天高燒的老婆事後罵了他一句，一個男人，居然不曉得把傘往女人身上傾斜多一份，整個一不解風情！

　　張君現在很想把傘完全傾斜在女人身上，問題是，沒女人讓他傾斜啊！張君的眼光就隨思緒飄忽起來，要是身邊有個冒著雪雨獨行的女人該多好啊！

　　像是聽見了張君召喚似的，一個孑然獨行的女子真的闖進了張君的視線，沒有半絲猶豫，張君把傘傾斜到了女人的頭頂。

張君還非常幽默地來了一句，如果小姐不覺得我的行為唐突的話，請讓我為你遮一片晴空！

　　女人回過頭，嫣然一笑，唐突是有那麼一點，不過我不會拒絕，因為拒絕一個男人的紳士行為是荒唐的！

　　呵呵，好一個善解人意的女人！張君心裏莫名地升起一股溫暖來。

　　女人的行走是漫無目的的，雨夾雪把張君肆虐得夠嗆，張君暗自琢磨，該投石問路了吧！在一個火鍋城外，張君停住腳步，相請不如偶遇，不知小姐有沒有興趣共飲一杯！

　　女人也停住腳，難得大哥一片好意，卻之不恭了！

　　收了傘，張君讓女人先行，然後揮了揮身上的雪花，亦步亦趨跟在女人身後。

　　這回，張君是主動為女人拖的椅子，以前老婆可不止一次批評過他，不曉得為她拉位子，只曉得自己大馬金刀坐下去。

　　女人眼波流轉開來，如今像你這樣有紳士風度的男人可不多了！

　　是嗎，張君笑了笑，手試探著搭上女人的肩頭，那是因為像你這樣風情無限的女人太少了！

　　女人就風情無限地望著張君，隨口吟了一句古詩，還君明珠雙淚垂，恨不相逢未嫁時！

　　張君心裏一片悵然，緣來緣去緣如水，嫁與未嫁都是緣！

　　女人是在喝了一杯酒後忽然說出這麼一句話的，如果大哥不嫌棄的話，小妹今夜是可以屬於你的！

　　真的嗎，張君覺得有股熱氣從湧泉直上百會，看來女人確如老婆所說，只要你善解風情就可以暖玉溫香的！

　　在張君家裏那張寬大的席夢思上，張君第一次非常有耐心為女人解文胸的搭扣，在解搭扣時張君的嘴唇在女人渾圓的肩頭做了不下於二十分鐘的逗留。二十分鐘啊，擱以往，是足以讓他扒下老婆內褲直接進入老婆身體的時間總和。

　　這還不算，張君的嘴唇還在女人精緻的鎖骨和飽滿的雙乳上停留了三十分鐘之久。

　　最後，在女人如潮的呻吟中張君感受到了前所未有的纏綿與溫暖，是的，纏綿與溫暖！張君在一片氤氳幽蘭的暖香中進入了夢鄉，閉上雙眼前張君還想到了另一篇小說的名字，《這個冬天不太冷》。

　　是的，暖冬呢！張君在女人懷抱裏如嬰兒般蜷成一團。

同昨天一樣，是膀胱裏的尿憋醒了張君，張君痛快淋漓地在衛生間尿了一通，鑽回被窩時，女人已經醒來，女人衝張君睡眼惺忪地說，寶貝，冷嗎？

　　不冷！張君手在女人身上游走了一遍，有你在我身邊取暖，我還會冷嗎？

　　既然如此那你該付取暖費了！女人很優雅地伸出兩根蘭花指來手，付取暖費？張君怔了一下，跟我在一起，你沒覺得也溫暖？

　　女人笑了笑，很狐媚，你？只有錢才能讓我覺得溫暖！

　　張君恍然大悟起來，身上的血液開始倒流，他一聲不吭點出三張大鈔甩在女人的胸脯上，被子裏面的暖氣把三張鈔票薰得軟綿綿的，像極了女人的笑。

　　女人的笑聲讓張君從頭到腳，一瞬間變得冰涼冰涼的。

　　更冷了！

辜負

天涼好個秋！

楊小帆跨出酒店門的第一個念頭就是，可不能辜負了這樣明媚的秋日，尤其是這秋日的良辰！怎樣才算不辜負這秋日的良辰呢？當然是如古詩中所說能邂逅一個浣紗的女子了。

最好，那個女子一邊浣紗還一邊溫婉地詠唱著，這樣的邂逅若干年後回味起來，是能讓人沉醉的呢！為了這份沉醉，楊小帆把腳步移向了城外的一條小溪。

邂逅一個美女，幾乎成了單身男人出門在外的一個通病，楊小帆恰好這會就是一個人單身出的門。

像柳宗元《小石潭記》中說的，楊小帆也是沿溪行，忘了路的遠近，只是沒能忽逢桃花林，在他眼前的是一片蘆葦鬱鬱蔥蔥立在那兒，該是蘆葦衰敗的季節了啊？莫非它們正為了等待楊小帆這次邂逅在釋放生命最後的綠色？

像給這片綠色證明似的，一陣悠揚的歌聲在蘆花叢中溫婉地潑散出來。

綠草蒼蒼，白霧茫茫，有位佳人，在水一方……呵呵，在水一方的美妙旋律中，一個女子正輕歌曼舞著呢。

看見楊小帆，女子很意外，一支揚在半空的蘆花就那麼在陽光下閃著貝質的光彩，女子的面頰紅潤而羞澀，似喜似嗔，楊小帆說不上來，腦海只閃出兩個字來——明媚！

是的，好個明媚的女子！楊小帆的眼裏忽然有了玉的潤澤。

玉是能通靈的！

那個女子果然就淺淺地笑了一下，欲說還休的意思。

沈默就是不解風情，楊小帆說話了，請教小姐一下，你說我是應該順流而下還是選擇逆流而上？

女子再次淺笑，笑完吟吟作答，我可不在那水中央哦！

楊小帆心裏一動，好個善解人意的女子。

那麼，楊小帆調皮的一伸手，如果小姐不認為我冒昧的話，能不能賞光一敘啊？

呵呵，遠行正好無人相伴！女子很爽快，一切聽憑先生您的安排！

女子把一切二字咬得很重，重得楊小帆眉梢抖了兩抖。

女子手中的蘆花一剎那間似乎有了靈氣，在陽光照耀下輕舞飛揚起來。

好美麗的一朵花！楊小帆嘖嘖讚歎了一句。

是說我嗎？女子嫣然一笑。

女子的笑讓楊小帆想起一首詩來，他清了清嗓音，抑揚頓挫念起來，芙蓉花發滿江紅，盡道芙蓉勝妾容，昨日妾從堤上過，如何人不看芙蓉？

女子的眼波是在楊小帆的吟哦中流轉開來的，其實，世上最美麗的花，你見過卻不一定知道的，女子說。

是嗎？楊小帆一怔，有自己見過卻不知道的花嗎，那是什麼花？

是包漿！女子吐出舌尖，聽說過嗎？

包漿，有這種花嗎？楊小帆在腦海裏狠狠把認識不認識的花名過濾了一遍。

這是一種能開在石頭上的花朵！女子眼裏一下子亮晶晶的有了內容。

能在石頭上開花，就一定能在所有物體上開花了！楊小帆停頓了一下，能說得詳細點嗎？

可以！女子紅唇輕啟，包漿，就是一些器物，由於長年累月地被使用或者廂守觸摸，其表層形成的一種滑熟可喜，幽光沉靜的蠟質物，包漿承載歲月，見證光陰，這樣的花朵是可以終生不敗的！女子幽幽地說完，跟著又歎口氣，不知道作為女人，這朵包漿是不是可以終生不敗呢？

楊小帆看見女子眼光迷離了一下，楊小帆沒有猶豫，上前一把攬住女子的纖腰，讓我為你的包漿添一份見證光陰的芬芳吧，如果你願意！

女子的臉微微一紅，吐氣如蘭說，謝了，一切全憑先生安排！

這一次，女子沒把一切二字咬得很重，相反的，很輕，輕得像滑過心頭的一絲漣漪。

楊小帆和女子在這樣的漣漪中回到了他下榻的酒店。

進了門，女子羞澀地衝他一笑，拿起一件睡衣進了洗澡間。包漿，怎樣的一朵花呵！楊小帆似乎看見女子的胴體在水花中凝上一層螢白的光環，怎樣滑熟可喜的光環啊！楊小帆的呼吸急促起來，為掩飾自己，楊小帆順手抓起桌上的一份晚報，他不想讓一個懂得包漿的女子看出自己的淺薄來。

淺薄只在晚報上的花邊新聞裏才有的，他想。這不，晚報一標題醒目地提醒外地遊客，在某些景區，很多操不正當職業的女性以種種方式誘惑客人，然後設下圈套捉籠子。

包漿，會不會是一個以浪漫為口實的籠子呢？一念及此，冷汗只躥頭頂的楊小帆撥通了大堂的保安電話。

天底下，哪來那麼巧的邂逅啊！還包漿，還是石頭上最美麗的花朵？罌粟夠美麗了，可它也夠毒的了！楊小帆打開一瓶酒來，他要看看，女子是怎樣讓包漿在身上散發芬芳的。

楊小帆喝酒只是無意識的一個模仿，電視上那些勝券在握的人，在跟對手玩小把戲時都這種德性，楊小帆忘了自己是沾酒就醉的。

女子穿了絲質睡衣出來時，楊小帆已經微微有了醉意，女子俯下身來，衝他耳語說，知道為什麼我這朵包漿會為你開放嗎？

不知道！楊小帆暈暈乎乎回了句。

因為我不想辜負這秋日的良辰！女子說完，一個吻輕輕落在了楊小帆的耳垂上。

辜負？對的，是不能辜負了這良辰美景！清醒過來的楊小帆熱血上湧起來，剛要替女子寬衣解帶呢，門外傳來了保安急促的腳步聲。

技巧

叫我怎麼說你呢？孫二虎點燃一根煙，姿勢居然還有那麼點派頭。

我被口裏的啤酒噎了一下，一個無業遊民，過得還挺跩的！

果然孫二虎很跩地噴出一口煙來，哥們，這泡女人，是要有點技巧的！

他這麼跩是有理由的，我剛從派出所出來，很狼狽，因作風問題被抓進去的男人，出來時不狼狽的，少！

我很不以為然，別以為我老婆這會趕我出來我就矮你三分了！虎死不倒威呢。

孫二虎急忙擺手，哪能呢，我是就事論事！

我一翻白眼，技巧，俅，錢一砸出來就沒技巧了！男人跟女人之間的距離不就一張床嗎？錢是縮短這張床最有效的技巧。

要是那女人比你有錢呢？孫二虎慢悠悠吐出一口煙來，並不直接跟我交鋒。

比我有錢的女人？我倒真沒勾上一個！我立馬低了頭，但低頭之前還不忘嘟嚷了一句，有錢的女人可以用權來壓她啊！

嗤！孫二虎從鼻子裏哼了一聲，要是人家丈夫比你還有權呢？

這樣的女人啊，借我兩個膽我也不去惹，除非我不想活了！這是大實話，沒事找虧吃啊！

呵呵，見識淺了不是？孫二虎很響地咕了一口啤酒，我這不活得很滋潤嗎？

你是說，你泡的女人，都是貴夫人？我嚇了一跳，那些冷若冰霜的貴婦人對我們向來都不屑一顧的，會看上你孫二虎這個無業遊民？打死我也不信。

瞧你，瞧你！孫二虎一副居高臨下的表情，貴夫人首先也是人不是？最主要的，她是個女人不是？更重要的，她還是個寂寞的女人不是？

人家再寂寞，也跟你搭不上界啊！我滿臉疑惑地盯著孫二虎。

要搭界很簡單啊！孫二虎摸出一張名片塞給我，上面掛著寵物醫師的頭銜。俅，他不就念過幾天獸醫專業嗎？

貴婦人都喜歡養寵物，你個獸醫充其量跟人家的貓啊狗啊打打針，消消炎，咋就能上升到縮短一張床的距離呢？

孫二虎見我還狀若木雞呆而不解，很耐心地點化我說，要打動一個女人，你得先打動她的貓或狗！

怎麼打動，貓和狗未必能聽懂你說話不成？謬論！我冷笑。

關心它們啊，隔三岔五一個電話，要麼問它飲食要麼關心它的發情期，當然……孫二虎稍帶作一下停頓，順便也關心一下寵物的主人，問她睡得好不好，運動作得夠不夠……是愛屋及烏啊！我恍然大悟起來。

孫二虎很得意，石頭都能捂熱，何況是人？

我能想像得出，捂熱了的貴婦人在孫二虎一句「我要是你懷裏一隻貓或狗該多麼幸福」的感歎下寬衣解帶的全部過程。

要知道，只有寂寞無邊的女人才會養寵物，把精神寄託在寵物身上！

換而言之，孫二虎就是那些女人身邊的一條貓和狗，能讓女人產生征服的快感，倒真不失為一種技巧呢！

不過我還是不服氣，那些貴婦人會屈尊到你門下行苟且之事？這是實話，要不是剛從號子出來，我才不會到他家喝酒扯閒話，什麼環境啊？當然不會！孫二虎回答得很爽快，一般都是我主動上門。

那些單身貴婦人家的大門可是有千百雙眼睛盯著呢，我只上了兩次普通單身女人的門就出了問題，孫二虎可是吹牛說他跟那些女人差不多隔十天半月就幽會一次的呢！

盯怕啥，越盯越安全！孫二虎嘩一聲拉開他的衣櫃。

幹什麼呢，要我換衣服？他櫃裏那些衣服我能看上眼？有電工制服，有灌氣的坎肩，有通下水道的防水服，有市民糧行的藍布褂，整個一底層行業服飾的大展櫃。

我去一次換一次工作服，誰會疑心？貴婦人家裏水龍頭壞了，電路出問題了，難道讓人家自己動手？孫二虎得意地笑，笑完指一指自己身上的白大褂，當然，還是這套穿著習慣！

當寵物的得有寵物的心態，我懶洋洋告別孫二虎出來，沒精打采的。

媽的，被一個無業遊民上了一課也就算了，他弄的那些女人居然一個層次比一個高，我的臉擱在哪裡，在單位，我好歹也算一方諸侯吧！

憤憤然回到家，老婆還是不肯開門，隔著門洞聽見裏面傳來了幾聲狗吠，我火了，問老婆，怎麼回事，家裏養狗也不告訴我一聲？

告訴你，憑什麼啊！老婆沒好氣遞出來一句，你以為你有狗對我忠心啊！

這話把我一下子噎癱在門口，孫二虎的名片很有技巧地從我口袋裏溜了出來，探頭探腦地望著我的家門。

跺腳

信不信，老子只要跺一下腳，這半條街酒樓的酒杯全得跳起來求饒！疤棍一揚臉，衝我說。

我跟疤棍是同學，因了這層關係，我就開了句玩笑，說疤棍你要一跺腳，准得栽！

話沒說完，衣服一緊，有人從背後拎住了我，怎麼跟疤爺說話呢？

我還沒明白過來咋回事，疤棍手中的金屬拐杖一點我身後，下去，他想跟我怎麼說都行？

我小時候救過疤棍，所以他這會兒沒翻臉，不過疤棍沒了喝酒的興趣。你小子，以後少跟我提栽字！

疤棍出道以來，就栽過一回，兩幫小混混鬥毆，疤棍的一條腿廢了，不過，他的刀也準確遞進了那邊老大的肺部。

都沒死，坐了十年牢出來，疤棍架著一副金屬拐杖繼續做老大。那個老大不做了，冰涼的刀子插進胸膛的滋味並不好受，算是歸了正。

我咧了嘴賠笑臉，不提，一定不提！

疤棍的手下，那個拎我衣領的人饒了一句舌，你以為眼下這座小城還有人值得疤爺跺一下腳嗎？告訴你，能讓疤爺用拐杖指你一下，你都要倍感榮幸！

被人用拐杖指著是很受侮辱的事啊，咋要感到榮幸呢？混賬邏輯啊這是！我等他們走後喃喃自語。

當然是混賬邏輯了！悶子給我遞過一杯茶說。悶子是疤棍的司機，這會奉命送我回去，疤棍這人，怎麼說呢，腿丟了一條，江湖規矩卻沒丟，怎麼請我來的怎麼送我走。

我很奇怪，問這個悶頭悶腦的年輕人，你為疤棍做事，還敢說他混賬？

悶子拿眼望一下我，不吭聲了，顯然他在估摸我和疤棍的交情。

我拍了拍他的肩，意思是讓他放心。

悶子臉上皮膚松了一下，顯然是搞懂了我的暗示。

一個人，不把女人當人，你說是不是混賬？過了一會悶子小心翼翼地問我。

那要看什麼樣的女人了！我沉吟了一下回答。

悶子低下了頭，好一會才輕輕吐出一個字——雞！

我一正臉色說悶子，應當說是為生活所迫的女人，叫人家雞，本身你自己就沒把女人當人！

悶子抬起頭，眼圈紅紅的，到底是搞學問的人，謝謝你為她們正名！

謝我正名？莫非，悶子對這些女人中的某一個有好感？

你是說，疤棍不把她們當人？我聯想起悶子先前說的話來。

是的，疤棍拿她們當畜生呢！每次叫了小姐不讓我們手下走，要人家當面和他做，誰不聽話就挨打，用拐杖抽人家大腿。

悶子停下來，點上煙，手抖了抖說，其實她們也挺可憐！

怕可憐就不該掙這份錢！我苦笑了一下，這小夥，悶是悶了點，還沒失人性。

可我們是無辜的啊！悶子忽然又來了這麼一句。

我決定調侃悶子一句，怎麼無辜啊，免費親臨現場看A片，多少人夢寐以求呢？

你不知道的！悶子忽然火了，看也就算了，他還要我們在　邊笑！

在一邊笑，疤棍這不是變態嗎？我一愣，忽然沒心思調侃了，變態是一種社會隱患呢？他的危害性，不是簡單的社會治安那麼簡單的！

你笑了？我小心翼翼問了悶子一句。

沒，一回也沒！悶子說。

我再一次拍了拍悶子肩頭，以示嘉許。

可是，他說了，以後再不笑，就打斷我一條腿！悶子如釋重負吐出這麼一句話來，呼了口長氣，顯然這話壓在他心頭很久了。

以後是什麼時候呢？到了以後再說吧！我安慰悶子。

悶子的手機就是在這會兒響的，時候拿捏得很准，車剛好把我遞到家門口。

迷迷糊糊我聽悶子說了句，好的，疤爺，我馬上到綠島來！綠島是小城最有名的娛樂城，那裏的小姐也最有名。

我剛才喝得有點高，回了屋，往沙發上一歪，就打起了呼嚕。

當然，還做了夢，夢裏的疤棍氣急敗壞拿拐杖代腳跺地面，身子一傾斜，人栽了下去。

呵呵，我在夢中笑響了幾次，我說疤棍啊疤棍，咋沒見哪些酒杯跳起來求饒呢？

第二天醒來，我下樓吃早點，順手買了張晨報，居然我看見了疤棍，疤棍很沒有形象地跪在一個人面前，那人影面部進行了處理，怎麼看怎麼像悶子。報紙上說，疤棍死了，是跪著死的！

　　咋回事？我在看守所探望悶子時問他。悶子說，不是我，是他自己跺了一下腳！

　　跺一次腳就送了命？我很好奇。

　　他跟女人做那個，要我笑，我不笑，他一氣之下拿拐杖跺地面！悶子看了看我，眼裏發光，那拐杖，金屬的，杖尖上套的塑膠筒穿了，剛好跺在一根破皮的電線上，電流一衝上去，人就栽了下來，偏偏頭又撞在茶几上。

　　就跺了一下腳這麼簡單？我問。對啊，就跺一下腳這麼簡單！悶子咧了下嘴，卻沒笑出來。

解悶

雨不光沒停的意思，反而越來越纏綿了。跑不成摩的，張明洋點了根煙順著大街上的廊簷一步一跳地在街道邊上晃，反正呆家裏也是一個人對著電視發呆，不如到街上看看景，怎麼說這大街上的面孔也比電視上千篇一律的化妝美女要生動吧！

對，生動！張明洋心裏好久都沒有生動過了。

啪！一個水花自腳邊四濺開來，在他褲腿邊生動成一個圖案。

你他媽怎麼走的路啊！張明洋感覺自己這麼罵了一句，但聽不出明顯生氣的意思，他覺得沒那個必要，罵也只是一個形式，表達自己對這件事的看法而已。

對方卻生了氣，你他媽還是活人啊，以為你是一具行屍呢！

行屍？很久遠的話了，莫非是陳中明！一回頭，果然是他個大蒜鼻子。

大蒜鼻子很委屈，狗日的真是具行屍啊，跟你晃了兩條街，都沒看出是我來？

看你？你以為你是張柏芝啊？就真是張柏芝來了，老子還捨不得韓紅呢！張明洋學著手機短信裏的幽了一默。

兩人是初中同學，晃一晃十幾年沒見了呢，行屍是當年陳中明送張明洋的綽號，說的是他這人對什麼都沒自己的看法，有那麼點人云亦云的意思。

大蒜鼻子抽了抽，幹啥呢？雨天都不肯閒著！

張明洋說，閒著能碰上你？

也是的！大蒜鼻子歎了口氣，我也是怕閒得無聊才上街的。

這日子過得，太了無生氣了！張明洋說。

喝二鍋頭都不覺得血液迴圈加快呢！大蒜鼻子誇張地說。

陳中明這話說得比張明洋的要水靈，張明洋心想，不能順人家意思說了，再說又成一具行屍了！那樣也太沒出息。

那是你沒挑對下酒菜！張明洋冷不丁就冒出這麼一句。

陳中明一時沒銜接上來，喝二鍋頭他就那麼一溜出口而已，下酒菜？什麼下酒菜能讓日子有點生氣？

小姐這道菜啊！張明洋意味深長地笑笑，沒品過吧！

陳中明不甘示弱，呵，搞的天底下就你一人有雄性特徵似的！

要不，咱們就站這兒比劃比劃，看誰經歷的女人多？

行啊，只當解解悶！兩人一拍即合。

瞧見沒？張明洋忽然神神秘秘一招手，示意陳中明蹲下來。

陳中明就蹲下來，順著張明洋的手指頭望過去，一個穿露臍裝的女孩就游進了他們的眼簾，女孩打一把傘，看不見頭，小腹那段白，讓兩人眼球迅速充了血！

陳中明張開了嘴，喉嚨裏似乎要爬出一隻手來，你認識？

什麼叫認識，叫熟識！這樣說吧，我熟識她身上的每一寸肌膚！張明洋從包裹摳煙，半天沒摳出一根來，倒是陳中明遞過來一根。

狗日的，豔福不淺啊！陳中明惡狠狠把煙點燃，猛抽了一口，好像吸的是女孩身上的青春氣息。學生妞呢，我前天跟她開過鐘點房的！張明洋洋洋得意一晃腦袋，鐘點房，曉得不，最近流行的，這些女孩比那些坐台的女大學生本分多啦！

曉得曉得，報紙上做過報導的！陳中明撇撇嘴，說以為就你一人與時俱進啊！

女孩蹦蹦跳跳過去了，沒看見蹲在角落的他們。

張明洋衝女孩背影打了一個響指，陳中明有沒打響指，他從這聲響指中明顯感到自己落了下風。陳中明就拿大蒜鼻子使勁嗅，一嗅就在雨中嗅出一種成熟女人的脂粉香來！

那邊那邊！陳中明迅速把臉抬起來，語氣很急促。

哪邊，哪邊？張明洋受到感染，脖子四處打轉。

女孩對面那穿移步裙的，皮裙，看見沒？陳中明把眼光遞過去。

張明洋恨不得順眼光爬過去，一成熟少婦款款而來，盛夏的雨中，少婦走得很別致，一對酥胸半露，可惜也讓把天堂傘遮住了頭部。

誰，你認識？張明洋喉嚨有點缺氧，嘶嘶作響。

認識，太認識了，霓虹燈下的哨兵呢！陳中明微微一笑。

她演過霓虹燈下的哨兵？張明洋把根煙遞不上嘴了。

瞧你，都被時代拋棄了不是？霓虹燈下的哨兵說的就是那些走夜的女人啊！陳中明解釋。

走夜的女人？張明洋還是一頭霧水。

行屍啊行屍！陳中明憐憫地望了他一眼，咋就跟你深沉不起來呢，做不正當職業的女人知道嗎？

你就說雞不得了！平白無故被奚落張明洋有點不高興了，我他媽隨手一指，街上女人個個都可以說被我上過，哄誰呢？

哄你，你當我真是無聊啊，昨晚上，對，她那乳房你注意啊，走路一顫一顫的，發現沒，貨真價實的傢夥呢！陳中明咂了一下嘴，似乎在回味昨晚的貨真價實。

廢話，女人那傢夥都貨真價實，都一顫一顫的！張明洋分辯。

外行了不是？陳中明眼神裏一陣恍惚，有好多假冒偽劣的呢，豐過胸隆過乳的才不一顫一顫的，都上下抖動，像過了保質期的麵包！陳中明一副世事洞明的口氣。

哈哈哈，過了保質期的麵包！張明洋為這個比喻忍不住笑出了眼淚，陳中明也笑，笑完了才發現女人沒影了，兩人狠狠抹了一把淚，說改天再解悶吧，得回家去，養精蓄銳呢！

養精蓄銳好了的張明洋回家準備發響院子裏的摩托車時，一個穿移步裙的女人正橫鼻子豎眼站在院子裏，挺有閒情啊你，蹲大道蹭人家煙抽！女人生氣時皮裙一抖一抖的，乳房一顫一顫的，手裏的天堂傘還滴著沒斷線的水珠子。

陳中明好點，陳中明是在街頭轉角處碰見的小姨子，小姨子的露臍裝下小腹還那麼白，不過嘴裏的話才讓他臉上真正發白，小姨子說，我跟姐找你半條街了，再不簽離婚協議，姐讓你瓦片也分不到一片，不信你就試試！

洗澡

　　霧都罩在雨婷頭上了，雨婷還不相信這是真的。怎麼會有霧呢？而且是在夏天，雨婷所在的這座北方小城，打她嫁過來就沒見過一場霧。

　　雨婷很不自在地抖了抖肩膀，想把霧氣抖落的樣子，這舉動很好笑，有這樣想法的人更可笑。

　　雨婷不覺得自己好笑，霧讓她很狼狽，黏黏糊糊的，光滑的絲裙，這會跟她皮膚纏綿得不行，她不喜歡這感覺，清爽一直是她鍾愛的一種生活。

　　一定得回去洗個澡再去上班，她尋思著，遲到就遲到吧，扣獎金就讓扣唄！她甩甩頭，表也不看就把踏板車掉轉了方向。

　　有什麼比一個人的心情重要呢，用很少的獎金換來身心莫大的愉悅，這筆開銷是值得的！一念及此，雨婷從學校直接就回了家。

　　愛人出差了，送孩子的事才落在了她的頭上，踏板車在霧氣中慢慢遊弋著，也很纏綿的樣子。這樣的纏綿，雨婷一直不習慣。

　　沒准洗個澡出來，霧就收了呢，鎖了踏板車上樓時雨婷格外留意了一下天上的太陽。太陽寡白寡白的，連蛋黃都算不上，懶洋洋在霧中左衝右突，一副缺少營養發育不良的模樣。

　　其實真正發育不良的是雨婷的身體，開了淋浴，雨婷在鏡子裏用目光把自己撫摸一遍後，發現自己又瘦了一圈，好在，那些男人欣賞的地方沒瘦下來，這讓她或多或少感到欣慰。

　　幹嗎不能稍微豐滿點呢？雨婷喃喃自語，女兒家是水做的肉，只有有肉的女人才能給男人水一般的滋潤。像自己這樣的，居然有人說得那麼好聽，叫骨感美，都是那個叫舒淇的明星給鬧的。

　　自己跟舒淇真的很像麼？她不甘心地赤身裸體跑到客廳，那裏有張舒淇的泳裝照，是愛人貼的。

　　牆上的舒淇笑得很乾淨，沒半絲邪念，可她的電影卻拍得那麼騷情，令好多男人把她當作審美的風向標，自己的丈夫也是。

　　有病！她氣哼哼瞪了一眼舒淇，轉身剛要邁向浴室，門忽然洞開了。

　　女人的本能讓她三兩步竄進了浴室，誰啊？她顫著嗓子詢問了一聲。

　　我！一個大大咧咧的聲音響起來，你還想是誰啊？居然是愛人——陳哲。

這麼早就回來了？雨婷從浴室探出頭來，很疑惑，你不是還有三天才結束的嗎？

怎麼？不歡迎我回來啊！陳哲大大咧咧的表情換成了滿臉的狐疑，我還沒問你呢，大清早洗個什麼澡啊？

是啊，大清早洗個什麼澡呢？雨婷的頭一下子僵在浴室門口。早上洗澡還真找不出什麼過硬的理由來！雨婷張了張口，說不喜歡霧嗎，霧又髒不了身子。

沒等雨婷回答，陳哲的腳步聲急匆匆竄進了臥室。

幹嗎呢，屋裏有強盜啊！雨婷沒好氣嘟囔一聲。

陳哲卻沒回應的意思。

出幾天門怎麼變這德性了？等雨婷擦乾淨身上水珠出來時，陳哲已經悶著臉在陽臺上抽煙了，邊抽邊比劃著陽臺與地面的高度。

幹什麼呢？雨婷走過去，從背後環住陳哲，想學張君瑞月夜跳粉牆啊！

我還用得著跳啊，要跳也是有人揀那東窗跳！陳哲陰陽怪氣的。

東窗，什麼東窗？雨婷略一思索，惱了，你什麼意思，誰東窗事發了？

陳哲說我能有什麼意思，只有怕東窗事了的人才會打掃戰場！

打掃戰場？雨婷一回頭，才發現自己收拾得好端端的臥室被翻得一團糟，一直不習慣收拾的雨婷為了給這次出差回來的陳哲一個家的溫暖，好不容易花費的精力居然被他說成了欲蓋彌彰。那麼，自己的洗澡豈不是成了此地無銀三百兩？雨婷不敢往下想了。果然不出所料，陳哲冷冷又來了一句，洗吧，也沒什麼的，不過相信你心裏也清楚，有些東西是永遠也洗不乾淨的！

你——懷——疑——我？一字一頓吐出這四個字，雨婷回到客廳一把扯下那副舒淇的畫像，你以為天底下的女人都像她拍的三級片那麼騷情啊！

當然不是！陳哲踱過來，起碼你不像她，你比她會掩飾！她的騷情在眉眼裏，你的騷情在骨子裏！

畜生，有你這麼誹謗自己老婆的嗎？雨婷一個巴掌甩了過去，因為渾身氣得顫抖，雨婷身上裹著的浴巾一下子滑落下來。陳哲眼裏亮了一下，五官扭曲著衝上來，猛一把抱住雨婷撲倒在地板上，我就是畜生了你怎麼著？

陽光掙出濃霧照進客廳，雨婷在陳哲身下一動也不動，任憑陳哲折騰著自己的身體。

霧更濃了，這回是在雨婷眼裏。

雨婷擺了一下頭，她想待會還得從頭到腳洗個澡，洗完澡以後呢？

再說吧！

她忽然笑了一下，為洗澡兩個字，傻兮兮的苦笑起來。怎麼會有這樣的想法呢，真是的！

失望

　　白活了，白活了！張麗娟從電腦桌前抬起頭，看看人家韓國人，這生活才叫過得有質量，連婚外情都上升到了人性的高度。

　　李偉民自打月頭離婚後，一直還沒在單位什麼發表意見的，這會兒忍不住，慢條斯理扶了扶眼鏡，怎麼了，是不是對自己婚姻生活失望了啊？

　　一向嘴上不關門的李豔麗見縫插針來了一句，失望了不怕，學人家李偉民，為自己再活一回，多好！

　　李偉民離婚時的理由就要是為自己活一回的，不過他眼下活得並不是多好，而是很一般。

　　很一般的李偉民這會兒就裝出活得多好的樣子來，諄諄教誨張麗娟說，有個聖人說了的，這人嗎，一生應該這樣活！

　　怎樣活？李豔麗立馬擺出一副不恥下問的高姿態，眼角餘光卻瞅著張麗娟。她一直認為張麗娟和李偉民之間有故事，要不李偉民離婚沒一個月張麗娟就忽然嚷嚷白活了呢？

　　前半生不要怕，後半生不要悔啊！李偉民喝了口茶，抑揚頓挫念起來。

　　就這啊，還聖人說的？李偉民看見張麗娟不屑地撇了下嘴角諷刺說。

　　李偉民就故意咳了一聲，含有著重提醒的意思，比如說你吧，就活反了，前半生怕狼怕虎，後半生悔恨交加！

　　張麗娟撲哧一笑，你的意思是你不屬於這活反了的人啊？

　　當然活反了！李偉民作出仰天長笑世人皆醉我獨醒的樣兒，能總結出這話的聖人還能不知錯就改嗎？

　　李豔麗再也忍不住，狗嘴裏吐不出象牙來，就你還聖人，要我看改成剩人得了，被人挑上剩下的婚姻上失敗的人！

　　李豔麗話沒說完，張麗娟冷冷接了一句，人家這叫個性，不像有的人，寧願一輩子過得了無生氣的，像螞蝦，一錐子紮不出血來！這話是暗暗影射李豔麗老公沒骨氣，被李豔麗像使喚巴兒狗似的。李豔麗一下子被弄懵了，眼神愈發狐疑地看著張麗娟。

　　李偉民感激地望了張麗娟一眼，誇張地學著趙麗蓉小品上前握住張麗娟的雙手一疊聲地感歎說，同志啊，可找著你啦！

張麗娟也幽了一默，眉飛色舞說，這叫與善人居，如入幽蘭之室，久而不聞其香！

李偉民就深深嗅上一番作陶醉狀，香，果然是香！

嘖嘖！李豔麗鬧了個無趣，揶揄說，聞香識女人呢，要不要繼續？我回避！

回避就不必了！李偉民調侃說，要繼續也是晚上，女人的香是夜間才會怒放的！

那行啊！張麗娟拎起小坤包，就這麼定了，晚上廣場上為你怒放！

李偉民吐了吐舌頭，好的，在第三個垃圾筒旁邊怒放啊，那地方有養分！

張麗娟嫋嫋婷婷走過李偉民時還故意擠了擠眼，李偉民會心地一笑，他知道，李豔麗剛才受了奚落，晚上一定會在廣場附近打伏擊，他才不會讓李豔麗抓住把柄呢！李豔麗是小人，小人不會放過任何傳播謠言的機會。只是讓李偉民搞不懂的是，一向自甚高的張麗娟怎麼會跟自己站在了同一戰壕的。

李偉民不知道，張麗娟眼下正覺得婚姻有那麼點不對勁，這不對勁是看了韓劇後才襲上心頭的。

她清晰記得韓劇中有這麼一個鏡頭，在黃昏暖暖的斜陽下，陽光透過窗簾在女主人臉上開成一朵花，是男主角溫情的眼光讓這朵花怒放開來的。

是的，對話中用了怒放這個詞！

張麗娟腦海當時就空白了不下十分鐘，自己的婚姻怒放過嗎？沒有！沒有自然是白活了。

一個人白活在世上，與行屍走肉有什麼區別？張麗娟是在一剎那間認識到李偉民的偉大的。

沒准，李偉民能讓自己在花期即將錯過時怒放一次呢？

第二天上班，李豔麗是臉上怒放著黑眼圈走進辦公室的，李偉民早到了，正心安理得喝牛奶。

李豔麗仔細盯著李偉民的臉龐看，李偉民臉上很滋潤，是那種夜生活過得很豐富的滋潤。

李豔麗有點糊塗了，你們昨晚在哪個廣場啊？

昨晚，廣場？李偉民摀著肚子笑，天底下咋有你這樣的人啊？給個棒槌就當真，你真去了廣場？

不光去了廣場，我把每個垃圾筒邊都逛遍了！李豔麗悻悻然地補了一句，不知道的人還以為我是撿垃圾的。

哈哈哈，失望了吧！李偉民嘴裏的牛奶噴了出來，我看你真要重新活一回才對，這麼幼稚，小孩子都不相信的玩笑你也信，在垃圾筒邊怒放？哈哈哈！

李偉民的笑聲是被張麗娟的冷哼打斷的，在垃圾筒邊怒放很荒唐是嗎？

李偉民的笑凝固在臉上，他結結巴巴看著張麗娟說，你是說，你昨夜真去了廣場？

張麗娟沒回答，不過她的眸子裏寫滿了失望。李偉民望著張麗娟哀婉的眼神，內心一下子悔恨交加起來，昨天晚上咋就怕狼怕虎了呢？

一切等待，不再是等待

　　我在候車室等車。

　　這事兒，在當今未婚的男男女女中很是尋常，一方出門回來，總有另一方提前到候車室候著。其實不提前根本沒關係的，現在的列車能準時到達的比熊貓還稀少，晚點的偏偏又比過街老鼠還多。提速，提的是候車人心率不暢的速！可我還是習慣了提前到候車室等車，沒准人家火車准點一回呢？那不明擺了惹女朋友生氣，女朋友一生氣吧，就跟中央電視臺李詠說過的話如出一轍了，後果很嚴重！

　　要是結了婚的男人，就不怕，再嚴重你也得回家躺一張床上和解吧。

　　小別勝新婚，這其間的道道成了家的男女都懂。

　　我沒有成家，就得一切等待！

　　這話讓我想起一句歌詞來，一切等待，不再是等待！誰唱的呢？央金蘭澤唄！

　　這會兒，我先唱它一回吧，反正候車室裏亂糟糟的，沒誰指責我五音不全的。

　　……一切等待，不再是等待……我一句尾音還沒拖完呢，一個清脆的女聲打斷了我，啥叫一切等待不再是等待，邏輯不通嗎，難道我乾巴巴守在這就不再是等待了？

　　我皺了一下眉，打量了這個等待的女人一眼。

　　居然，模樣可圈可點的，像央金蘭澤！

　　呵呵，請原諒我的淺薄！其實自打我知道淺薄一詞後，我就沒有深刻過。

　　她這是不是等待呢？我沉吟了一下考慮如何措詞就問她，先說你等待多久了！

　　一個小時！女人揚了一下柳葉眉。

　　那換算成秒是成千了呢，夠長的！我感慨地說。

　　上萬秒我都等待過，成千算啥！女人撇了下嘴。

　　等你愛人吧！我笑了一下。

　　你怎麼知道？她瞪圓了眼。

有幾個未婚的女人有耐心等男朋友一小時以上？做夢吧！你等她一小時不叫等，她等你一秒鐘也叫等！這點道理都不懂，一定叫柴米油鹽醬醋茶給弄成低智商的居家女人了。

　　我就很同情地歎了一聲說，回去吧，長時間的等待，會把習慣寵壞的！

　　長時間的等待，會把習慣寵壞？女人眼裏亮了一下，看不出你還很深刻啊。

　　我深刻？這是盜版人家汪國真的話呢！我就決定再深刻一回，衝那女人說，人是行走於天地的樹，樹是靜思於天地的人，你要麼學會人一樣行走，要麼學會樹一樣靜思！

　　你是暗示我不該發牢騷嗎？她臉一紅，這一回智商不低。

　　不是暗示，是她已經真真切切發過幾次牢騷了，她要不發牢騷，也不會打斷我的歌聲。

　　一首歌都沒唱完就讓人給活活掐頭去尾了，你甘心啊！如同一個孩子，坐在那兒等一場盛宴，剛嘗了幾個小配碟就被趕下桌，擱誰心裏都不快活的。

　　我的不快活並不因為她長得像央金蘭澤那樣可圈可點就消失了，可圈可點也是別人的可圈可點啊，與我何干？

　　女人還算識趣，立馬閉了嘴退到一邊。

　　我調整了一下情緒，提氣收腹，再唱……一切等待不再是等待……

　　這次是候車室的喇叭打斷了我，媽的，過街老鼠出現了，我等的那班車果然很認真負責的超時晚點了。

　　我沮喪地看了一下手錶，看完了惡狠狠吐了一口痰，漫漫長夜，怎麼辦？女人也看了下表，不過沒吐痰，女人皺了一下好看的柳葉眉，湊上來說，要不我們一起去外面廣場邊的包房K歌吧？在候車室呆著，太無聊了！

　　唱歌，很好的提議啊，那地方，一男一女，想不浪漫都不行！真如央金蘭澤唱的，遇上你是我的緣嗎？

　　反正跟女朋友所謂的等待都不再是等待了，為什麼遇上新的緣要拒絕呢，多不人道啊！

　　女人的歌唱得好，尤其是《遇上你是我的緣》這首，我們先對歌，後對口型，末了肩對肩頭挨頭纏綿在包房裏。當然，僅是相擁相吻的那種纏綿。

　　在一片迷離的音樂聲中，時光以秒計算很快成千上萬地躥了過去，高分貝的旋律對它們沒半點誘惑，幹嗎要誘惑呢？反正一切等待不再是等待了！

手機響起來時，我聽見女朋友的聲音在候車室響起來，不是說接我的嗎，怎麼不見人影啊？

我衝女人晃了下手，示意她不要出聲，然後拿腔捏調說，實在等不及了，我在家聽碟片呢！我以為女朋友要生氣的，哪曉得她在那邊很體諒地哼了一句我們剛才吼了八百遍的歌……一切等待不再去等待……遇上你是我的緣……她遇上誰了？掀起包廂的落地窗簾我望著候車室，只見一個男人正挽了女朋友的手往外走，兩人狀態很是親密。

我很尷尬回了一下頭，看女人，孰料女人一下子變得臉色鐵青，掏出手機就按了一串號碼，只見那個男人抽出一隻手來，把手機舉到眼前看了看，剛要接聽，就被我女朋友一把搶了去，摁了掛機鍵。

女人使勁咬了咬嘴唇，眼圈開始濕潤，我拍拍女人的肩說，沒什麼的，剛才不是說了嗎，一切等待不再是等待嗎？遇上你是我的緣呢！

女人沒頭沒腦接了一句，你是不是還想暗示我？一切出軌不再是出軌啊！

完了女人冷不丁號啕大哭起來，這是兩碼事啊？你不懂的！

真的是兩碼事嗎？望著女人慟哭的身子，我淺薄地笑了一下，笑完發現竟然有兩滴淚等不及似的砸了下來，難道眼淚也覺得一切等待不再是等待了嗎？

天涯咫尺

　　我給龔玉打電話，龔玉其實就在我隔壁辦公室，我想像著我的聲音從手機傳到幾千裏外的交換器上再通過電波再傳到隔壁龔玉的耳朵裏，感覺這高科技硬是厲害，一下子就詮釋了我讀初中花了一學期也沒領悟透的一個成語，天涯咫尺！

　　是的，我這會兒就跟龔玉天涯咫尺來著。

　　我懶洋洋問龔玉，幹什麼呢你？

　　龔玉在那邊笑吟吟地，正在領會您的講話精神呢！龔玉這話我愛聽，我今天早上才簽發的講話材料，瞧，多貼心的女人！

　　那你可要領會得深刻一些啊！我語帶雙關的暗示她，像龔玉這種既漂亮又有情趣的女人我可得若即若離地控制在手心裏，不然，外流了是多大的損失？

　　龔玉也語帶雙關，您想怎麼深刻啊？

　　我就打了個哈哈，轉移話題說龔玉我昨天夢見你了。

　　龔玉也打哈哈，我見天在您眼皮底下，招之即來，揮之即去，還需要夢見啊！

　　我故意拿話引龔玉，啥叫招之即來，這話很容易讓人想歪的呢！

　　龔玉裝糊塗，怎麼個歪法啊？小女子願聞其詳呢。

　　我壞壞地笑了一下，招之即來是一種不正當的職業女性專用話語，用在你身上多不合適啊？

　　說完這話，我就等龔玉在那邊撒嬌著用指頭虛點我一下說，哎呀您真壞，然後掛掉電話。

　　一般這種玩笑話題在大白天是淺嘗輒止的，在夜晚可以深入下去，作為一局之長，這點分寸我還是懂得的，作為女人，龔玉這點羞澀還是要顧忌的。

　　偏偏，龔玉在那邊抬了抬屁股，我聽見有裙紗跟皮椅脫離的窸窣聲，跟著龔玉的聲音從千里之外順著電波又交換過來，人家這麼本份的人咋知道那是怎麼一回事啊，要不您招我一回試試看適合不？

　　我怔了一下，招你一回，大白天招一身騷啊！我笑了笑，還是把話題扯到夢裏吧，夢裏的話真真假假的，人誰不做點夢呢，我說，昨晚我不是在夢裏招你了嗎？

哦，夢裏啊！龔玉在那邊很響地喝了口茶，是暗示她喉頭發乾麼？喝完茶龔玉的聲音水汪汪傳過來，夢裏都做些啥呢？我們！

這「我們」兩個字弄得我心旌動盪起來，我也喝了口茶，你說呢，這男人女人之間能做點啥呢？

龔玉就在那邊作沉思狀，跳舞，唱歌，喝酒還是玩牌？

瞧瞧，淺薄了不是？我噴了一下嘴，在夢裏，男人和女人只會做一件事的！

什麼事啊？龔玉在那邊撒起嬌來，你說嗎，你明明曉得不是人家在做夢的！

龔玉這一撒嬌吧，把您換成了你，瞧見沒，缺一個心眼的女人呢。

當然是探討愛情啊！我故意慢吞吞的。

怎麼個探討法啊？龔玉也故意順路往上引。

比方說看愛情電影！我想了想回答龔玉，龔玉一直喜歡看一些韓劇，動不動就感動得稀裏嘩啦的。

我可是聽說，愛情電影鼓勵男人找個完美的女人，卻告訴女人這世上沒有完美的愛情呢！龔玉旁敲側擊說。

所以這電影就不宜長久地看啊！我高深莫測地笑起來。

不看再做什麼呢？龔玉傻乎乎地追問了一句。

幻想啊！我擺了套子讓她往裏鑽。

幻想也行啊？龔玉顯然沒發現我的企圖。

當然行，用不同的女人來滿足自己對女性的幻想，這可是我的強項，不過我不能告訴龔玉，在女人面前，男人得要點伎倆，比如說，昨天我不就幻想和你在一起談一場地老天荒的愛情嗎？

龔玉在那邊一定漲紅了臉，地老天荒的愛情，說白了不就是一張床？龔玉又很響地喝茶，完了衝我低語了一聲，要我過來嗎？

過來？我恍惚了一下。

是啊，如果我記得沒錯，你辦公室的套間裏放著一張單人床！龔玉在那邊竊笑了一聲。

我心虛地望了一眼套間，光天化日之下，那床有點不懷好意地望著我。

我擦了把汗，說，不，不方便吧！

龔玉忽然在那邊笑了起來，我都聽見茶水噴散桌面的聲音在噗噗作響，龔玉說，虧你還在夢裏幻想愛情來著！

我說怎麼啦，有什麼不對嗎？

龔玉正了正臉色，在那邊一字一句地說，女人對愛情的幻想跟男人是有區別的！

輪到我說願聞其詳了。

龔玉說，很簡單，女人喜歡用同一個男人來滿足自己對不同男人的幻想！

完了，我聽龔玉在那邊說，嫂子，這樣的男人你可得控制好點！

嫂子，控制誰呢？我打開門，見一女人正怒氣衝衝朝我走來，天啦，那不是亢小佩嗎，自打跟她拿了結婚證，她可一直把我控制得牢牢的。

亢小佩不說話，拿眼盯著我看，她的瞳孔裏，明明白白浮現出一張床來，床中間一點一點有縫隙裂開，天涯咫尺般的往下沉。

找個女人騙騙

我決定找個女人騙騙。

千萬別以為我是在賭氣，一個離過婚的男人對什麼都看得淡而又淡，還犯得著賭氣？賭氣是毛頭青年們做的事，我已經不毛頭了。

我頭上夾雜的白髮可以證明，我嘴裏的假牙可以證明，呵呵，在這兒我有必要聲明一下我的假牙，那是因為我牙齒打小就是四環素牙，偶爾笑一笑吧，崢嶸畢現，嚇跑了不少妙齡女子，我就忍一時之痛，換了一副假牙。您要以為我老得牙都沒有了，可大錯特錯了，我才四十郎當歲呢，屬於一枝花的年齡。

妻子之所以跟我結婚，這副假牙是功不可沒的。

當然，妻子和我離婚，這副假牙也是罪魁禍首。

為一副假牙離婚，這可能是天底下最奇怪的一個理由，因為，我們的感情，尚算融洽。

但妻子說了一句很哲理的話，你都武裝到牙齒了，還有什麼不能武裝的？這句話的引申意義是，紅唇白齒尚有假，紅嘴白話更當不得真了。

妻子覺得自己受了騙，很委屈。

我難道不委屈嗎？呸！離婚判決書下來時我惡狠狠吐了一口痰以示憤慨，哪曉得那副假牙也隨著噴薄而出了，惹得一旁正鬧離婚的幾個女人捂著嘴笑，剛才她們還一個個期期艾艾的搞得比竇娥還冤。

我很納悶，你們又沒裝假牙，捂個什麼嘴呢，假模假樣的，偽裝淑女呢。

打那以後，我特煩捂嘴笑的女人。

現在，我得找一個捂嘴笑的女人騙一騙，而她馬上就要來到我身邊了。

這不奇怪，網上不就流行一夜情嗎，要騙，自然是在網上騙了，這是體制範圍內允許的。呵呵，要知道，大多數女人對出軌是渴望的，只不過有的敢於嘗試，有的約束自己罷了，千萬別以為玩一夜情的女人有多麼墮落，偶爾背離一下生活常態有什麼不行呢？人類都前進到在克隆人了，這不也同樣背離生活常態嗎？

捂著嘴笑的女人有個好聽的網名叫偽裝淑女。

我當時和她搭訕時很費了一番腦筋，我給自己取個網名叫受不得委屈，明眼女人一看就曉得我一定受過天大的委屈，女人是有母性的，總愛時不時播撒一下自己的同情。

　　偽裝淑女跟我有那麼點同病相憐，她也剛剛離了婚，離婚的緣由跟我有得一拼，男人嫌她不夠淑女。媽的，夫妻之間還怎麼去淑女，難道要女人衝男人點頭哈腰跪在床頭說大爺，今兒由小女子侍候您，請寬衣解帶？還是學古人斂衽展眉，輕啟朱唇地施禮，夫君，奴家不識魚水之歡，萬望海涵？

　　有病不是！

　　我就同情了偽裝淑女幾回，沒想到，偽裝淑女在視頻裏對我的同情掩面而泣，為不讓我再受委屈，非得前來為我獻一次身。

　　我說，你不怕飛蛾撲火啊。

　　偽裝淑女捂嘴一笑，我這叫寧為玉碎。

　　行啊，我今天倒要見識一下偽裝淑女是怎麼玉碎在我床上的，是碎成一地的落紅嗎？我這麼想著，惡毒地一笑，笑完發現周圍有點不大對勁。

　　先是對面賣報的老大媽忽然不吆喝了，跟著纏著要給我擦皮鞋的那個啞巴男人也急匆匆跑了，剩下一個倒買火車票的漢子也露出一臉討好的笑來。

　　我拍了拍自己的臉，讓肌肉鬆弛下來，讓偽裝淑女一下車就受到驚嚇，多沒道德啊。

　　偽裝淑女一走出火車站出口，就拿眼光四處掃描，我說過我是受不得委屈的人，偽裝淑女眼光一下子就鎖定了我，一點也沒讓我受委屈地吊在了我的脖子上，我的雙手順勢環住了她的腰。

　　她的舌頭很不淑女地撬開我的牙齒縫，喃喃衝我低語了一句，我不想偽裝淑女了！

　　呵呵，偽裝也要偽裝得下去啊！我暗自得意。

　　為了讓這塊玉早點碎成落紅，我們直接在火車站旁的旅館裏開了房。

　　我要求拉開窗簾，偽裝淑女沒反對。

　　於是我們就開始脫衣服，我先幫她脫，脫到一半時，她不耐煩我的笨手笨腳，唰唰就把自己扒乾淨了，乖乖，離過婚的女人小腹居然還那麼平坦光滑，我的身體像油井般燃燒起來。

　　我的衣服是叫她給撕下來的，她真的一點也不偽裝淑女了。

　　我嗷的一聲撲上去，她也旁若無人地喊叫起來，我們搞得地動山搖，像彼此雙方很有默契似的。

但我還是感到了一絲絲的不對勁，似乎前進中受到了什麼阻礙。

最後，我一頭霧水地從她身上爬了下來，是離婚久了還是疏於溫習，我居然和第一次跟女人上床樣狼狽，偽裝淑女躺在床上捂了嘴吃吃地笑，笑完我發現她的身下是一片落紅。

她居然還是處女？

我有點惶惶不安了，她卻假模假樣施上一禮，夫君，要不要休整休整再次臨辛奴家？

八百年不遇的美事呢，咬一咬牙，我喘上幾口粗氣，餓狼一般再次撲了上去，這一次偽裝淑女不叫了，她開始低低地呻吟，全身心地享受，享受我嗎？不得而知。

事後，確切說事隔三天後，她給我發了一個短信，說別以為撿了多大的便宜，我那處女膜是重新修補的。

重新修補的？我怔了一下，想起偽裝淑女捂了嘴吃吃發笑的樣子，笑我的淺薄，狼狽，還是無知？

對著那條短信，我狠狠地呸了一口，這一次假牙沒噴出來，倒是有一顆鬆動了，被我咽進了肚裏，狗日的騙子！我一賭氣砸了手機。

打假

　　張成明是在婚後當夜就發現顧紅以前肯定做過小姐的，儘管顧紅在床上表現出了一個新娘子應有的羞澀，而且為配合這羞澀她還故意表現出對性事經驗極端的生澀，但張成明還是隱隱感覺到了顧紅的興奮。光興奮可以理解，關鍵是顧紅興奮裏頭藏著掖著的那份享受。

　　對男人猛烈進攻的那種享受！

　　張成明原本是興致勃勃的，準備真正領略一番巔峰狀態下的那種瘋狂，為了這新婚之夜，他整整半年沒碰過女人的身子了。

　　對於每隔半個月就會去髮廊消費一次小姐的張成明來說，這半年他是呈饑餓狀態出現在顧紅面前的。

　　眼下，活色生香的顧紅因為那幾聲掩飾不住的呻吟令張成明激情頓消，昂揚的號角聲一下子變成了鳴鑼收金。

　　顧紅很奇怪，婚前一直對她身體一直望梅止渴的張成明面對真正的梅子怎麼一下子無動於衷了，難道是餓過勁了？

　　對餓過勁，顧紅是深有體會的，做小姐以前，顧紅在一家餐館刷盤子，通常是早上一根油條和一杯白開水簡單對付一下，中飯不到三點基本沒指望，而三點正是一個人最沒胃口的時段，人都累得站不穩的她也僅僅扒兩口飯充一下饑就撲倒在床上。一覺醒來，饑腸轆轆的她又得上崗了，夜晚是服務員最為忙碌的時候，十點以後，餐館才能閒下來，老闆也有心思安排廚房炒上幾個菜了。但奇怪的是，面對這夢寐以求的幾個菜，顧紅早已沒了半點胃口，有經驗的領班告訴顧紅，她這是餓過勁了。

　　一直到做了小姐，顧紅都對這種感覺記憶猶新。

　　現在，她有理由相信，張成明婚前既算沒有跟人同居過，起碼也有嫖妓的跡象。

　　嫖妓不可怕，可怕的是同居！做過小姐的顧紅知道婊子無情王八無義一說，若是同居，則是既有情又有義的事了。新婚之夜的顧紅盯著張成明在心裏冷笑了一聲，這個口口聲聲說自己單純的男人其實並不單純啊。

　　誠然，張成明的心思現在跟單純是不搭界的，他的心裏亂糟糟的。怎樣才能證明顧紅做過小姐呢？忍氣吞聲過一輩子是他無法容忍的，一個天天從

事打擊假冒偽劣商品的工商幹部，居然娶了個假良家婦女為妻，滑天下之大稽呢這是。

張成明這才意識到顧紅的心計之深非一般人之所能及了，他點燃一根煙，開始回想起和顧紅的相識經歷來。

那天他值班，接到一個投訴，顧紅的投訴，一個外地來小城做生意的經營業主，投訴買到一款假手機。

張成明去了，把假手機勒令店主收回，也順帶和假良家婦女顧紅共進了晚餐。

那時的顧紅，是很讓人顧影而憐的，一副孤苦無依的弱女子模樣。

張成明就英雄氣短兒女情長起來，一而再再而三的為顧紅跑前跑後的幫忙，一直到顧紅生意走上正軌，當然也一直讓他們的感情走上正軌。

娶顧紅，張成明不是沒合計過，雖然顧紅是個無業人員，但她店裏流動的資金，卻足夠他掙半輩子的！

何況，顧紅的臉蛋也好身材也好，均是上上之選。

可怕的上上之選！

張成明噴出一口煙，問顧紅，老婆啊，能不能告訴我結婚前你有過男朋友嗎？

男朋友？顧紅淺淺地一笑，你就是我的初戀啊，傻樣！

張成明也覺得自己這一問很傻，張成明就換了個話題，那麼你有過性經歷嗎？

有啊！顧紅倒不忌諱，她瞪圓了眼，莫非你沒有？

張成明尷尬地一笑，說沒有你也不會信，是吧？

顧紅就也笑，那你是逢場作戲還是假戲真做啊，逢場作戲和假戲真做是有區別的呢！

張成明說，你希望呢？

顧紅不容置疑，當然是逢場作戲了！

張成明故意張大嘴做吃驚狀，你這話咋聽起來像做職業小姐說的啊？

顧紅不吃驚，顧紅說，你這話可不是職業嫖客說的！

張成明臉一寒，你做過小姐？

顧紅眼一凜，做小姐可以從良，包養過情人的就難說了，縱然藕斷絲還連著，鬧不好就有舊病復發的傾向。

張成明雙手一攤，你從良我不反對，但你不能從到我頭上！

顧紅則一聳肩，我還就從到你頭上了，有本事你也為自己打一回假啊，投訴我！

張成明不投訴顧紅，他猛一把將顧紅扳倒在床上，狠狠壓了上去。

顧紅在下麵，眼閉著，雙手長長地攤開，不說話，一任張成明在她身體裏長驅直入。

這樣的顧紅，讓張成明後怕起來，若干年前的一幕浮現在腦海中：有一次，外地求學的張成明在下晚自習時盯著一個在餐館刷盤子的女孩，把人家摁在冰涼涼的地上強暴了。那一次，女孩也是眼閉著，雙手長長地攤開，不說話，一任他在女孩的身體裏長驅直入。

後來張成明悄悄打聽過那女孩，聽說她改行做了小姐。做了小姐的顧紅這一次沒有享受到張成明進攻的快感，她猛然驚跳起來，二話沒說甩了張成明一個嘴巴。

五年前的那個人真的是你？

張成明捂著臉不敢否定，這是瞞不住的，顧紅的反應一如當年的再版，張成明跪了下來，當年，他也這麼跪過。不過顧紅當時昏迷了，假如，顧紅能再次昏迷該多好，張成明哀歎一聲，垂下頭來，生活中有些假到底是打不掉的！

米裡有蟲

　　女人是在淘米時發現那條蟲的，瑩白色的身子，肉滾滾地擠在米粒中，粗心人是絕對看不出來的。

　　但女人是細心人，還是那種少有的細心人，細心的女人一般都精緻，女人也是。

　　女人就皺了一下眉眼，拿手指甲去挑那條米蟲，女人的手指甲呈橢圓形，修長，如古詩中所說的，十指尖尖如春筍，女人的指甲就如同春筍尖上那蔥綠的筍葉。

　　米蟲卻身子一縮，令筍尖那片葉兒失去了目標。

　　女人微怔了一下，拿了雙筷子，在米粒堆裏扒來扒去地尋找。

　　這樣的尋找是有難度的，沒見過米蟲的你一定會這麼以為，大錯特錯不是？米蟲是瑩白色的不假，米也是瑩白色的不假，但有經驗的主婦都知道，米蟲的兩端是黑色的，儘管這黑色很不起眼，但你不能因為不起眼就忽略不計不是？

　　女人沒忽略不計的意思，她再一次把水漂上，根據營養學家的建議，米應該少淘幾遍的，淘多了會營養流失的。

　　她寧願這會兒半點營養也沒有，米裡有蟲！想一想，胃裏都要作翻的。

　　像給女人證明似的，她的胃酸立馬上湧了一下。

　　米是喬米，青梗如玉，女人居住的這個小城在古時曾出過娘娘，娘娘打小吃喬米長大，擁有青梗如玉的身子，皇上選她進宮後，娘娘念念不忘這一方水土，結果喬米成了貢米。

　　女人不是娘娘，卻也擁有青梗如玉的身體，男人在和女人嬉戲時常會憋著嗓門學太監口音，娘娘吉祥，奴才給娘娘請安！

　　女人往往會假模假樣端一下身板，玉手一抬，語氣慵懶，儀態萬千來上一句，愛卿平身！

　　男人往往這會兒就不是平身了，而且一彎腰，把娘娘擁進懷裏，平端著放到床上，身子有起有伏地運動起來！想到這兒，女人臉上微紅了一下。

　　米蟲浮了上來，有起有伏地在水面上掙扎。

　　男人就在這時候回來的。

女人沒抬頭，依然精心挑選喬米中的雜質。

女人知道自打出了那事，男人看自己眼光就是躲閃的了，當一個人眼光開始躲閃你時，他的心基本就躲在你看不見的地方了。

看不見心的日子，呵呵，女人使勁把那條米蟲甩進米袋裏，那是什麼日子啊？

吃飯時，男人悶著頭，眼睛盯著碗裏的飯，那飯是青梗如玉的，一如他曾誇過的女人的身體，不過這身體眼下讓他寢食不安了，再香的飯又如何，四個字──食不甘味！

女人忽然笑了一下，拿筷子敲了一下碗沿，碗是景德鎮的，他們成家時買的。

聲音很清脆，男人的拿筷子的手抖了一下，心呢，女人想一定是蹦了個老高吧。

女人就抬頭，望著天花板，好像男人的心蹦在那上面了。

男人知道女人有話要說，就抬了頭，拿眼望著女人。

女人挑了一口飯含在嘴裏，這樣可以讓她腮看起來圓潤些，女人一向認為自己是個圓潤的女人。

女人今天特想圓潤一回，女人就停了筷子，說，我想聽你叫我聲娘娘！

男人疑疑惑惑地推開碗筷，盯了女人的臉蛋細細地看，沒看出一分反常來，男人就低了頭，打拱作揖樣欠下身子說，娘娘吉祥！

後面那句奴才給娘娘請安卻被平白無故地掐斷了。

掐斷就掐斷吧！女人不在乎，同往常一樣，女人假模假樣端一下身板，玉手一抬，語氣慵懶，儀態萬千地來上一句，愛卿平身！

男人猶豫了一下，彎腰貼近女人，把女人擁進懷裏，見女人沒拒絕的意思，男人眼裏放了一下光，跟著一咬牙，把女人平端在了床上。

女人青梗如玉的身體再一次綻放開來。

男人身子有起有伏地運動起來。

女人的臉卻沒紅。

男人說，我混賬。

女人沒答腔。

男人說，我掌自己的嘴行啵。

女人沒吭聲。

男人就不說話了，下床，穿衣。

女人也下了床，穿衣，完了衝男人說你走吧。

男人不敢看女人，眼光再一次躲閃開來，女人不再理他，一轉身進了衛生間，蹲下身子開始狂嘔起來。

男人跟進來，問，你怎麼了？

女人停止了嘔吐，指了指廚房，說，米裡有蟲！男人知道女人見不得蟲子，見了就會翻胃。

男人就去了廚房，米袋打開著，青梗如玉的喬米中，果然有那麼一條米蟲擠在米粒間蠢蠢欲動著。

扔了吧！男人折回身子問女人。

女人點點頭說，是該扔了！

男人就提了米袋下樓，女人站在窗前，看男人把米袋丟進垃圾桶後，還拍了拍手。

拍什麼手啊？女人心說，你自己不就是一條蟲嗎！完了撥出一串號碼，衝那邊說，王醫生，我下午來做手術。男人不知道，女人青梗如玉的身體裏已經有了一條令她自己厭惡的蟲，儘管那蟲是無辜的！

霧裏看花

步入雅蘭咖啡廳，卡拉OK與迷幻燈的嘈雜映得人們的臉上如癡如醉。黨小菊居然選擇了一個淡藍的包廂而坐，以她的性格應該選擇淺紅或橙黃才對，紅色象徵愛情，黃色象徵幸福，藍色則代表思考。還消思考嗎，只一眼，就能把黨小菊從人群中拎了出來。

音樂茶座裏，黨小菊正迷離著雙眼傾聽那英的那首《霧裏看花》，千萬別以為是那英借了我一雙慧眼喲，實在是黨小菊太醒目了。

醒目的不是她的長相，確切地說，是她身上那套淺綠色的連衣裙，低胸無袖的那種，據說今年很流行。

呵呵，我送的！

當時我送她是存了點花心的，兩人單獨相處時我可以偶爾把目光拐個彎，欣賞一下她深深的乳溝，有時候順帶還能看見驚鴻般一閃而過的乳暈。

在沒正式得到黨小菊以前，這些於我都是很具誘惑的，有幾次我被那乳暈撐著心跳加速血脈賁張呢！

當然送她裙子時我還是說得冠冕堂皇的，我說小菊啊，這身裙子很淡雅的，最適合你這種具有東方古典美的女性穿了。

黨小菊就很古典地回眸笑了一下，問我，什麼感覺啊？

我使了老大的勁才把眼光從黨小菊低胸的領口上拽下來。

什麼感覺呢？我搜了一會腸又刮了一會肚，才想起書上看見的一句話來，然後我就盜版了送給她，我說，是盛夏的清風，更是柳蔭下的清泉。

黨小菊一聽這話，臉上立馬就漾起了春風，眼中立馬就湧上了清泉：那我以後天天穿啊！她盈盈一笑衝我撒嬌。

好啊，我可是相看兩不厭的！我一邊貧著嘴，一邊用眼角餘光在她胸脯處又狠狠掃描了一回。

她就真的天天穿上了。

今天，是我跟她訂婚的日子呢，你想啊，黨小菊馬上就名花有主了，還穿這低胸的衣服，豈不是便宜了別的采花人？

剛才我在拎出黨小菊之前，可是把咖啡廳的男人拎了個遍，黏著黨小菊的目光有N道呢，最可氣的是那個服務生，手端託盤彎著腰不停在她身邊獻殷勤，老祖宗咋說的？無事獻殷勤，非奸即盜。

瞧，服務生的眼光夠奸了，居然也學我把目光拐進黨小菊的乳溝裏去了。

我三步二步跨過去，衝服務生一揮手，你去吧，有事我叫你！

黨小菊怔了一下，說，我還沒給你叫東西呢！

我說我自己沒長嘴啊。

黨小菊就沒話了，服務生挺直了身子走了，一副目不斜視的樣子。

黨小菊卻斜視了我一眼，站起身，扯了扯連衣裙的下擺，半截酥胸就肆無忌憚地衝擊我的視線了。

我說小菊你就不會換套衣服啊？

黨小菊眼裏恍惚了一下，換衣服，這衣服不好看嗎？

好看也不能見天穿啊，我說你咋那麼固執呢？

黨小菊咬了咬嘴唇，你自己說相看兩不厭的。

話說三遍還是閒話呢，看一百遍眼裏會長挑針的！我沒好氣地用手指敲了一下桌子。

黨小菊不說話了，抿了一口咖啡，想想，加上一塊方糖；再抿一口，再想想，再加一塊方糖；還抿一口，還想想，還加一塊方糖。

有這樣喝咖啡的麼？膩不死人才怪！

黨小菊忽然就說話了，我聽說男人喜歡換女人，不喜歡換衣服的。

我還聽說女人喜歡換衣服，不喜歡換男人呢，我說你哪那麼多聽說啊？

黨小菊轉了轉手中的咖啡杯，說你希望我換衣服啊。

我沒置可否，對於黨小菊這樣有古典的思維的女子我還真估不透。

黨小菊不說話了，抬頭，看牆上一副字聯，聚此同好，詩書禮樂看經典；散時莫忘，古典香茗品春秋。

一件連衣裙能穿出經典來？切，我心裏冷笑了一下。

黨小菊忽然站起身來，說，我去一下衛生間，失陪了！

黨小菊很古典地去了衛生間，咖啡廳裏是用得著古典的地方嗎，跟未婚夫還用得上說失陪麼？真是的！

我繼續坐那裏遐想著黨小菊的身體，要是黨小菊一絲不掛，我還能一眼從人群中拎出她麼？我為這個荒唐的念頭嚇了一跳。

跳完才發現，一盞茶的工夫了，常小菊還沒回到我身邊。

我站起身來，四處張望，一大幫女孩的臉蛋在我眼前晃動著，哪一張是黨小菊的呢？

我臉上漾著的清風一下子沒了，我眼裏湧上的清泉一下子也沒了。

倒是咖啡廳老闆一眼把我從人群裏拎出來，他說一個小姐讓他轉交一樣東西給我。

什麼東西呢？

你一定猜著了，對的，是那件連衣裙，我的思維戛然而止，那英的那首《霧裏看花》的旋律不失時機的又響了起來！

尊重

手機響時，張曉東猶豫了一下。

真的，就一下！張曉東可以向老天爺發誓的。

並且他立馬就意識到這一下的猶豫很不合時宜，然而補救卻來不及了，妻子在他身下停止了運動，接著妻子的身體先是硬了起來，再接著還冷了下來。

張曉東很識趣，一言不發從妻子身上翻下床來。

妻子不看張曉東，逕直去了衛生間。

該死的手機！張曉東惡狠狠操起手機，想看看是哪個不識趣的狗東西打來的，認識張曉東的人都知道，週四晚上給張曉東打電話是典型的不識時務！張曉東妻子是個醫生，他這個醫生妻子不知從哪兒得來的研究理論，說每週四晚上做愛是對生理和心理都十分有療效的一項輔助運動。

妻子是很敬業的醫生，連做愛都上升到輔助療效境界的醫生，你要說她不敬業就未免太不尊重了不是？張曉東一向尊重人，尤其是妻子，更是值得大尊重特尊重的。

但對這個冒冒失失打來電話的人，張曉東有理由不尊重了。

不尊重歸不尊重，摁下接聽鍵，張曉東還是衝那個陌生的號碼壓下心頭的不滿問了句，請問你是誰啊？這時候打電話！

那邊人沒說自己是誰，很委屈地說了一聲，你自己叫我這個時候打的啊，還好意思問我是誰！

這聲音很好聽，是個女的，但再好聽張曉東這會兒也沒興趣聽，張曉東就十分不滿地又給了一句，我叫你打的？我叫你學乖你咋不記得呢！

那邊顯然沒悟過來張曉東在暗怪她不會做人，張曉東不需要她悟過來，啪一聲掛了電話。

怎樣才能回到輔助療效的日程上呢？張曉東聽著衛生間嘩嘩的流水聲發起呆來，發呆是有必要的，張曉東的妻子一直是個令自己迷戀的女人。

結婚這麼多年，張曉東除了每週四能接觸她的身體，其餘時候她一直把自己包裹得緊緊的，就差在家裏穿白大褂戴口罩了。

而且，每次做完事，妻子也是立馬衝洗乾淨，進了屬於她自己的領地。

兩人一直分床睡，這是妻子在國外留學時養成的習慣。

張曉東眼下已熟悉了妻子的種種習慣，唯獨不熟悉的，是妻子的身體！

妻子喜歡關著燈和他做愛，張曉東也沒練習火眼金睛，這樣也好，彼此間一直有新鮮感存在，不像別的夫妻動不動就來上一句，我算看透你了！

張曉東知道自己看不透妻子。

手機卻像看透了張曉東的尷尬，再一次嘲笑般地響了起來。

還是那個號！

張曉東不接，手機就固執地響。

忍無可忍了，張曉東就又一次摁下接聽鍵，那個好聽的女聲傳過來，你真的不記得我了嗎？

張曉東拿腔拿調學了句說，我記得你媽，行不！

我媽死得早，連我都不記得，你咋記得啊？

瞧瞧，整個一沒心沒肺的女人。

張曉東怔了一下，跟一個沒心沒肺的女人發脾氣顯然有點不尊重人來著，張曉東就冷了下腦子，沉聲問，到底你想做什麼啊，說清楚行不行？

你讓我這時給你打電話的啊，真忘了？可以想像得出對方還是一臉的認真。

張曉東沒辦法了，只好低聲下氣的，好，就算我讓你打的，有什麼事啊？

對方卻咯咯笑了一下，沒事就不能打嗎？

張曉東說，抱歉，真不能打！

完了張曉東補上一句，我已經尊重你了，希望你也尊重我一回！完了掛上電話，這一回他是以關機方式對她的。

掛完電話，妻子出來了，破天荒地衝張曉東使了個眼色，徑直又走向剛才的戰場。

張曉東不敢怠慢，馬上調緊情緒進入狀態，妻子一反常態，打開燈，衝張曉東說，不想知道誰打的電話啊？張曉東的唇這時剛滑過妻子的鎖骨，張曉東就含含糊糊說了句，管他呢！

尊重人點行？妻子點了張曉東一額頭，是我海歸同學打的！

你同學？海歸的？張曉東嚇一跳。

對啊，做個實驗，看你在惱羞成怒的狀態下會不會失控，忘記對人起碼的尊重！這也是我和她共同研究的一個課題。

張曉東停止了運動，拿眼盯著妻子，那我應該得多少分？

及格了！妻子一把抱住張曉東，你不知道的，在國外，好多紳士都沒能及格的！

面對妻子眼裏點燃的興奮，張曉東的身子先是一硬，跟著再是一冷。

　　怎麼啦？妻子感覺到他的變化，手臂蛇一般纏繞上來，攔以前，張曉東會受寵若驚地享受妻子的這番溫存，但此時的張曉東一言不發翻身下了床，徑直去了衛生間！

　　在嘩嘩的流水聲中，他的很敬業的妻子躺在那兒，納著悶，這麼有療效的輔助運動，張曉東咋說停就停了呢？

未遂

　　出發前，李小毛又在腦海裏把那條小巷狠狠過濾了一遍，這才揣上匕首，呼出一口長氣，假裝一臉輕鬆地出了門。

　　雖說是第一回實施搶劫，但李小毛對搶劫環節一點也不陌生，他家裏有各種各樣的暴力片，譬如兇殺的，譬如群毆的，譬如偵破的，不過李小毛琢磨得最多的，還是搶劫。

　　一個生活窘迫的人，是需要錢來支撐門面的，男人活的不就是一張臉嗎？

　　眼下，李小毛找錢只有一個途徑了，那就是搶劫，其他的途徑李小毛也不是沒嘗試過，可嘗試完了李小毛最終只得出一個結論來，那就是——致富的步子太慢了！

　　李小毛就把眼睛盯住了離家兩條街遠的一小巷處，小巷偏僻，卻是單身男女都喜歡偶你光顧一下的地方，因為那兒有個公廁，稍微對搶劫有點心得的人都知道，人在尿急的情況下是跑不快的。以李小毛的身手，從匕首點住別人的後腰再從別人口袋裏掏出錢來也就一瞬間的工夫。這裏說的別人，多是女人，再精明的女人在這種情況下大腦也會短路，至於尿不尿褲子則不在李小毛關注的範圍之內了，你能指望一個搶劫犯有給你換尿片的義務嗎？

　　他想的是得手後，如何享受這筆不義之財。當然是花天酒地一番，花天酒地後呢？應該找個女人銷魂一下才對，飽暖才思淫欲的，在這一點上，李小毛還是跟得上孟聖人的思維的。

　　孟聖人前一句饑寒起盜心他現在已經在實施了。

　　夜色，在李小毛所在的小城還是很明顯的，這座小城沒有紅燈區，也沒有眾多的夜總會，夜色斑斕一說用在這裏也顯得奢侈了一些。

　　幸好夜色不夠斑斕，不然李小毛臉上的神色就是司馬昭之心了。

　　李小毛在小巷口開始打量那些單身女人，李小毛的打量不是盯人家臉蛋看，而是盯人家屁股蛋，小城女人都喜歡挎坤包，坤包剛好吊在屁股蛋那兒。

　　李小毛當過幾天皮包店的員工，知道哪種包貴，哪種包賤，挎得起真皮坤包的一般都是有錢人，否則，絞盡腦汁下一次手弄個空歡喜，還抵不上因緊張而驟然死去的幾千萬細胞呢！

像要配合李小毛搶劫行動似的，一女子挎著真皮坤包擠進了李小毛的視線。

　　李小毛開始紮著頭往女子靠近，匕首在褲袋裏被他攥出汗來。

　　李小毛，你幹什麼呢你？李小毛手中的熱汗還沒散發出來就被這聲嬌呼嚇出了一身冷汗。

　　李小毛就惶恐萬分地抬起頭，乖乖，竟是一個星期前給自己看過病的女醫生。

　　女醫生叫什麼名他忘了，女醫生記得他不奇怪，人家給李小毛寫過病歷。而且後來李小毛又去復診了一次，之所以復診，是因為李小毛覺得吧，女醫生的胸脯很好看，尤其是她俯下身子給自己檢查時，那對乳房顫巍巍的能叫他心跳加速。

　　面對女醫生的詢問，李小毛囁了一下嘴，不幹啥，玩兒！

　　女醫生疑惑地轉了一下頭，這地方有啥好玩的，老老實實回家陪女朋友吧！

　　李小毛臉紅了一下，女朋友嫌他窮早把他蹬了，李小毛打個馬虎眼說，沒女朋友呢，我單身！

　　李小毛說單身時，女醫生眼睛亮了一下，女醫生說，你要真沒事幫我個忙吧！

　　幫什麼忙？李小毛心裏說一個窮小子能幫你什麼忙啊！

　　女醫生揚了揚手裏的燈管說，幫我裝盞燈管！

　　這個忙好幫，李小毛點點頭，就隨女醫生往回走。

　　一路上，女醫生不停地撥手機，越撥越生氣，李小毛莫名其妙說，咋啦？

　　女醫生眉眼裏透出不耐煩來，狗日的又出去打野了，連手機都關了！

　　李小毛不是苕，一聽就知道女醫生是罵她男人。

　　果然女醫生回了頭衝李小毛說，小李子，娶了媳婦要對人家好啊！

　　李小毛靦腆地一笑，說我要找個大姐這樣的做牛做馬一輩子都行的！

　　女醫生親昵地刮了一把李小毛鼻子，說看不出你倒怪能哄姐的！

　　李小毛的鼻子馬上就飄過一陣蘭花香來。

　　蘭花香薰得李小毛神思恍惚起來，女醫生手指都這麼香，那身上該是如何的芬芳啊！

　　胡思亂想著，李小毛進了女醫生的家門。

　　換盞燈管是小事，但李小毛照樣換出一身汗，主要是女醫生換了睡衣在李小毛腳下幫忙扶凳子，居高臨下的李小毛順著女醫生睡衣領口望進去，兩團雪白膨脹的東西重重擊中了他。

女醫生扶得很穩，但李小毛還是從凳子上跌了下來，他跌的姿勢像深謀熟慮似的，一下子就把女醫生撲在了沙發上。

　　李小毛的嘴巴就勢噙住了女醫生的乳頭，女醫生像是掙扎了一下，兩隻手就箍住了李小毛的後腰。

　　本來事情是可以順理成章水到渠成的，可就在女醫生的引導下李小毛手忙腳亂褪自己衣褲時碰到一點麻煩，那把匕首探出頭來，不小心劃破了女醫生的大腿，腿上一涼的女醫生隨口問了一句，什麼東西啊，李小毛！

　　李小毛面對女醫生的裸體輕描淡寫說了一句，沒什麼，一把匕首！

　　話音剛落，女醫生忽然變了臉色，瘋了一般從身上掀開正要進入自己身體的李小毛，不管不顧衝出門外，在樓梯間一臉惶恐地大叫起來，搶劫啊，強姦啊！

亮劍

　　張雲龍看電視，看的是《亮劍》，結果一下子被李雲龍的氣勢給迷住，是男人或多或少骨子裏有那麼點英雄崇拜。張雲龍就感歎說，狗日的，咋就讓我生活在和平年代了呢？要攔我生戰爭年代，就沒他李雲龍什麼事了，我好歹也是一條雲中的龍啊！媳婦對他的這番話很是不齒，你張雲龍要能成英雄，公廁裏那些老鼠都敢跳出下水道跟貓叫板了！整個胡同裏誰不知道張雲龍晚上起來解手還要媳婦陪啊，說到這兒有必要交代一下，張雲龍一家住筒子樓，家裏沒衛生間，跟好多人公用一個廁所。

　　眼下在中國，好多人住這樣的筒子樓，這樣的地方，就算有戰爭，也是鄰裏之間的戰爭，小偷強盜什麼的是不屑於在這兒擺戰場的。

　　沒多大價值唄！

　　即便鄰裏之間，也難見硝煙，大家都上足了發條一門心思奔小康，見得最多的也是廚房裏的油煙，急行軍的腳步聲倒是有，可那全是為生活奔波的鼓點啊！

　　張雲龍這會兒就踩著鼓點出的門，門出了，心思還丟在《亮劍》的情節裏，狹路相逢，勇者勝，首先就要看你有沒有膽量亮出自己的劍來！李雲龍這番亮劍精神他記不太全，狗日的，什麼時候自己也亮上這麼一回劍讓媳婦徹底睜大眼睛，重新認識一下自己，一個大男人，一輩子在媳婦眼裏窩窩囊囊的，那不枉披了一張男人皮麼？

　　張雲龍想到這兒，不由地仔細看了看自己身上的這張男人皮，黑且不說，幾天沒刮臉了，有點像鬧市中的無業遊民。

　　其實李雲龍不也生個無業遊民相麼，那個大大咧咧言語粗俗的傢夥咋就碰巧成英雄了呢，自己跟他就差一個姓啊，要是自己也碰巧英雄那麼一回，狗日的！張雲龍想到這兒情不自禁笑了起來。

　　笑完之後，張雲龍才發現自己跟在一個漂亮女人身後上了公共汽車，擱平日，張雲龍都是步行上班的，坐公汽，多奢侈的事啊！奢侈歸奢侈，張雲龍卻沒後悔，人家李雲龍後悔過嗎？沒有！

　　公汽就公汽吧，在和平年代，公汽就是戰場呢！報紙上不是報到過不少反扒英雄嗎？沒准他張雲龍的名字今天就跟英雄掛上鉤了。

一念及此，張雲龍莫名的興奮起來。

一般的小偷都喜歡選擇婦女女兒童下手，張雲龍就把眼光盯住了自己前面那個漂亮女人，我這麼寫你千萬別以為張雲龍肚子裏有幾根花花腸子，實在是張雲龍視力不太行，再遠一點他看不真切，也好，就盯住這個漂亮女人吧！

張雲龍這麼想著就很響地喝了一口豆漿，臉上浮現出一股得意的神色。

女人也一手端著豆漿，一手捏根油條，這種做派在公汽上很常見，多半是過慣了朝九晚五日子的上班族。女人的半邊屁股靠在座位上，中國的公汽大多擁擠，這種站在過道上擠公汽在電影鏡頭上很常見。

張雲龍的思維在這會兒剎了一下車，狗日的，想起來了，多少鏡頭中小偷就是尋在這個時機下的手啊。

張雲龍就尋思上了，如果自己是小偷，該從哪兒下手呢？包，女人的包！張雲龍看見女人屁股上那個精緻的小坤包了，坤包很漂亮，像只漂亮的蝴蝶趴在女人屁股上。

張雲龍的手躍躍欲試了一下，如果，小偷的手在伸進女人坤包的一剎那間，自己能不能以迅雷不及掩耳之勢擰住那雙罪惡的手，暴喝一聲，他奶奶的！這可是李雲龍的口頭禪啊，多兇殘的小鬼子一聽這話就拉稀擺帶了。

呵呵，張雲龍似乎看見小偷跪在地上衝自己磕頭作揖的拉稀擺帶相了，他奶奶的，當英雄的感覺就是不一樣！

想到這兒，張雲龍很英雄氣概地挺了一下腰桿，英雄就得有個英雄的樣兒不是？偏偏，公共汽車沒配合張雲龍的英雄行為！剎車聲在這一刻陡然響起。

張雲龍到底不是英雄，他沒能成為中流砥柱，而是隨慣性往漂亮女人身上撲了過去，撲過去時張雲龍眼睛沒閉著，清清白白看見一隻手正探向了女人的坤包。

他奶奶的！張雲龍暴喝一聲，一隻手飛快地向那只趴在女人屁股上的蝴蝶伸了過去。

偏偏，蝴蝶倏地一下子移到了女人的前面，張雲龍心中電光火石般一轉，狗日的，居然敢在光天化日之下動手！

又是一聲他奶奶的暴喝聲響起，張雲龍的手擦過女人的屁股到了女人的小腹前，不過，那只手比他快了幾秒鐘，在張雲龍的手剛剛落到女人小腹的一瞬間，那只手猛然改變了方向，啪一下繞過女人的身子，甩在了張雲龍的臉上。

狗日的！咋就沒拉稀擺帶呢？張雲龍懵懵懂懂的，自己明明亮劍了啊！

　　難道不是狹路相逢？摀著發燒的臉蛋抬起頭，張雲龍一臉茫然地看著對面那個男人，狗日的！怪事呢？那個漂亮女人正從坤包裏摸出一張紙巾來，眼光無限愛憐地擦著那個男人的嘴巴，男人嘴巴上也吃了油條樣，油光光的，跟漂亮女人的嘴巴一樣。這張嘴巴眼下正氣憤憤的，他奶奶的，哪來的流氓！占我媳婦便宜，真當我不敢亮劍啊？

　　他亮什麼劍？張雲龍恍恍惚惚睜大眼，對面一文弱書生正一點也不窩囊地望著那個漂亮女人！

早酒

李四喜一邊咽著熱乾面一邊盯著那杯早酒發呆。

那杯早酒不發呆，只是靜靜地立在桌面上，有點無動於衷的樣子。

你能奢望一杯早酒對你有所表情麼，切，發神經不是？酒只有進了人的身體內部才會有所表情，那表情一般是通過人的臉部表達出來，比如亢奮，比如充血，還比如，比如太多了，對於不怎麼喝酒的李四喜來說，這比他高中時學過的函數還難以理解。

怎麼就鬼使神差叫了一杯早酒呢？李四喜把一根熱乾面條含在牙齒縫裏，開始使勁回憶這杯早酒是怎樣來到他面前的。

好像是漂亮的老闆娘端來那碗熱乾面後笑眯眯地問了一句，先生是要稀飯還是豆漿？

武漢人吃熱乾面，多數以這兩樣東西佐於下喉，也就是說，除了這兩樣你別無選擇了。

李四喜一向是個別無選擇的人，在家是老婆全權當家，他的意見僅供參考，在單位是所有人都能當家，唯獨他連保留意見的機會都沒有，誰會在意一個門衛的意見呢。

一向別無選擇的李四喜覺得吧，這老闆娘笑眯眯的眼神還藏著另外一種說不清道不明的意思，什麼意思呢？嗯，蔑視，一定是了！

李四喜忽然就硬邦邦來了一句，給我一杯早酒吧！男人只有喝了酒才有底氣，有了底氣他李四喜就不是別無選擇了，在酒精的刺激下，他可以要風得風要雨得雨的，古人為什麼千金買醉，不就是圖個一醉解千愁嗎？

李四喜沒那麼多的愁來解，他只想自我選擇一回，喝早酒就是自我選擇的前提，有點投石問路的意思。

顧客就是上帝，老闆娘當然遵從上帝的選擇了。

早酒來了，李四喜卻沒碰它的意思，對於一個不善飲酒的人來說，是很容易忘了一杯早酒的存在的。

忘了早酒存在的李四喜開始專心致志吃起熱乾面來，他有一個習慣，一旦專心做某一件事時，天大的事也會忘在腦後，這樣的習慣，是他做門衛多年養成的。

可他忘了，有人惦記著那杯早酒的存在。

結賬時，他掏出三元錢丟給老闆娘，呼出一口芝麻醬的熱氣來，轉身就要走人。

還差二元呢，笑眯眯的老闆娘把三個鋼鏰撿起來在手心裏掂得脆響。

差二元？李四喜有點恍惚，漲價了，熱乾面？

裝糊塗啊！老闆娘依然把鋼蹦一個個掂起來又一個個往手心裏丟，好像那脆響比蕭邦的鋼琴曲還要耐聽。

李四喜被鋼鏰的脆響撞出一臉的不耐煩來，吃碗熱乾面給三元錢的選擇也錯了嗎？

老闆娘拿嘴往那杯早酒面前努了一下，這酒不是你要的啊？

李四喜這才看見桌上那杯早酒來。

是自己要的嗎？李四喜腦子晃了一下，就算叫了又怎麼樣呢？自己一口都沒有動它，有理由選擇不付錢的！李四喜就理直氣壯起來，今天可是他要自我選擇的開端呢。

留著吧，我改天來喝！李四喜說。

改天？老闆娘笑眯眯的，改天酒就出氣了，這可是二鍋頭，一散勁，還喝個什麼勁兒？

二鍋頭咋啦？李四喜不喝酒，散勁不散勁不都是喝嗎？

不一樣啊！女老闆陰陰地來了一句，娶妻當娶黃花女，喝酒當喝二鍋頭，散了勁的酒跟破了身的女人沒區別的！

這話一下子戳到了李四喜的痛處，他媳婦跟他洞房時就沒見紅，儘管她虛張聲勢叫了幾聲疼，可李四喜還是感到了不對勁。

不對勁也不敢問，李四喜沒任何選擇的餘地，媳婦肯嫁他還覺得委屈得不行呢！

但在一個開小吃店的女人面前，李四喜不想委屈自己，李四喜就氣勢洶洶一拍桌子，你什麼意思？

老闆娘嘴角一翹，能有什麼意思，你要的早酒你就該付錢，三歲小孩就明白的事啊！

李四喜不怒反笑起來，那我想要你是不是也一定得付錢啊，「要」在這兒有另一層解釋，是男女間做愛的隱語。

老闆娘臉色一變，端起酒說，大清早的，你咋不說人話呢？行了，這酒我喂狗也不賣給你喝了，免得你狗嘴裏吐不出象牙來！

我偏喝！李四喜一賭氣就往老闆娘面前衝，他最聽不得人家罵他狗了，門衛，在多少人眼裏不就是一條看門狗嗎？

　　老闆娘猝不及防，被李四喜一衝，仰面躺在了桌子上，李四喜伸手去搶那杯早酒，做事專心的他忘記了那杯早酒正在老闆娘的乳房邊上，老闆娘手一偏，想躲開他，李四喜的手就不偏不倚地攬住了老闆娘顫巍巍的乳房。

　　很飽滿！李四喜這一回是別無選擇了。

　　身後一股酒氣襲了過來，伴隨著酒氣襲來的，是一股勁風。

　　砰！李四喜只覺得頭上硬邦邦挨了一響，勉強回過頭的李四喜看見，老闆娘男人手裏正拎著一根擀麵杖，男人眼裏充血，一臉的亢奮，顯然這是一個喝了不少早酒的男人的症狀。

只溶於口

一個男人到了四十歲，如果還沒點緋聞的話，那他首先就是在政治上的不成熟。只有在政治上不成熟的男人，才不曉得與時俱進，而從某種意義來講，緋聞就是與時俱進的產物。

張成俊承認自己在政治上不成熟，但不承認自己不與時俱進。

緋聞那玩意，能證明個啥呢？除了能證明你身體好，還能證明你骨子裏整天發著牢騷，僅此而已。

是的，僅此而已！發著牢騷的男人，很容易讓人想起畢卡索他老人家筆下的公牛。

女人的身體，脫光了都一樣，心理作用罷了，為這一時的心理快感弄得自己像在白宮搞情報似的，處處小心謹慎，是大可不必的。

嚴格點講，張成俊個人還以為，弄緋聞比搞白宮的軍事情報都艱難，搞情報被抓住，頂多遣送回國，玩女人被抓住，那就一輩子得裝孫子。遣送回國是英雄，裝孫子是狗熊，這其間差別也太大了點，張成俊一向認為自己是掂得出輕重的人！

女人身上，說到底不就那兩個半球扣人的眼嗎，張藝謀張導給大傢夥扣眼的機會了啊，《滿城盡帶黃金甲》播出來後，網上迅速躥紅了這麼一句話，擠一擠，乳溝會有的！

張成俊想到這兒暗自笑了一下，他笑是因為他突然想把這句話篡改一下，蹭一蹭，緋聞也會有的！

中國人一向有篡改文字的嗜好，張成俊自己就悄無聲息地嗜好了一把。

蹭一蹭，當然是蹭女人的乳房了！張成俊第一次下了樓沒去車庫取車，直接上了街面等公交。

想蹭女人的乳房，公交車是他唯一的選擇。當然，電梯裏也可以蹭的，但幾率太低，千分之一的概率呢，不可能每部電梯會擠得密不透風吧！

公交車就差不多輛輛密不透風。

只是這樣的蹭，很艱難！

是艱難這兩個字讓張成俊興趣盎然的，艱難，多久以前的事了？

自打當上雀巢咖啡本地最大的銷售商，他的日子就順風順水起來了。

雀巢咖啡好啊！張成俊一上車就發現，車上的扶手拉環，正是他公司的廣告產品，上面一滴下墜的液體正往杯中落下，水面有一圈波紋，那是先行墜下溶進水中的一滴咖啡，乳黃色的口杯裏，有一圈黑中帶黃的水暈動盪著，讓人想起女人的乳暈。

只溶於口，不溶於手！多麼絕妙的雀巢咖啡廣告詞。

怎麼跟自己要蹭的那兩團半圓有異曲同工的通幽之處呢。

乳房，在男人心裏也應該只溶於口吧！張成俊的喉結滑動了一下，舌頭不由自主地伸出來，舔了舔嘴唇，嘴唇發幹呢。

空氣一下子乾燥起來！

張成俊下意識地往過道裏面擠，他想擠到一處溫潤點的地方，張成俊的嗓子眼不大好，一遇乾燥空氣就容易打噴嚏。

在公共場所打噴嚏，很不紳士的行為呢，張成俊一向以紳士自居的！

溫潤點的應該是女性的氣息了，還得是年輕豐滿的女性，你能指望一乾癟老太太散發出溫潤的氣息嗎？不能，她自己都溫潤不過來呢。

偌大一輛公交車，找一個年輕豐滿的女性並不難，張成俊沒擠上三步就被一片溫潤包圍了。

感覺真的不錯呢，這溫潤讓張成俊想起了在母親子宮裏被包圍的感覺。

母性的氣息，那一瞬間擊中了張成俊，人到中年的他，居然孩子氣般地想，如果再能重溫一遍奶香就更美好了，奶香，是女人身上最為迷人的醇香了。

張成俊的渴望立馬寫在了臉上，只要蹭一蹭女人的乳房，這個願望就實現了。

這樣的蹭，與緋聞是背道而馳的。

張成俊開始拿眼睛打量身邊的女人，女人很年輕，當然，也很豐滿，從低開的領口望進去，一道深深的乳溝引領著張成俊的思維遐想開來。

這乳溝可不是擠出來的，純天然的。

張成俊嗓子眼裏灼了一下，啊啾，一個噴嚏就氣勢磅礴地噴射了出來。

眼看那團唾沫就要飛到女人的乳房上，張成俊急了，那可是代表母性醇香氣息的，也是人類繁衍後代的聖地啊，怎麼可以讓一團唾沫無恥地貼上去呢。

張成俊下意識地伸出手，他以為他的手可以像電影上的那些武林高手一樣，掌一伸，即可把那團唾沫消化於無形。

偏偏，公交車嘎一聲來了個急剎車，張成俊到底不是武林高手，他連基本的馬步都紮不穩呢，失去重心的張成俊往女人身上一撲，那只手就非常配合地抓住了女人的半邊乳房，

　　抓跟蹭是有區別的！這點張成俊明顯感受到了，女人的乳房高傲挺拔，一如女人的心氣。

　　啪，一記響亮的耳光甩在張成俊臉頰上，張成俊另一隻手上牽扯的拉環被強大的衝擊力一掙，應聲斷了下來。

　　塑膠拉環上面雀巢咖啡那句膾炙人口的廣告詞醒目地砸在張成俊的眼球上——只溶於口，不溶於手！

　　女人的乳房真和咖啡一樣原理呢，張成俊十二分難堪地閉上眼睛在心裏喃喃自語了這麼一句。

事情不是你想像的那樣

　　張明洋從寧小芙肩上抽回手說，事情不是你想像的那樣，小蓉！

　　寧小蓉撇了一下嘴，說，我想像了嗎？我可什麼都沒敢想像。

　　張明洋舌頭打了一下結，可，可你臉上，為，為啥那麼不屑呢！

　　寧小蓉不惱反笑，是不是我應該笑出一臉燦爛，說打擾了打擾了請你們繼續啊！

　　繼續什麼？張明洋推了一下滑到鼻樑上的眼鏡，迷迷惘惘問了一句。

　　寧小蓉這下真的生氣了，見過無恥的，沒見過你這麼無恥的，手都伸到大姨子肩頭了還能這麼鎮定自如！

　　鎮定自如不好嗎？做醫生，尤其是主刀的醫生，這是必不可缺的一條呢！張明洋思維打了一回岔，這一打岔吧，他就暫時忘了寧小蓉的存在，轉身又去關注寧小芙了。

　　張明洋這會兒又進入了醫生的角色，他甚至沒心沒肺地忘記了，第一這不是醫院，第二寧小芙不應該是他的病人。

　　甯小芙是來找姐姐甯小蓉的，偏偏寧小蓉不在，張明洋在。

　　寧小芙就不由自主地聳了一下肩，千萬別以為寧小芙崇洋媚外，學美國人動不動聳肩以示驚奇，大姨子見到妹夫本不屬於驚奇的範疇。問題先是，當初，張明洋可是被介紹給寧小芙做女朋友的，問題再是，當天寧小芙的肩周炎發作疼得肩膀一聳一聳的，太失淑女形象，問題還是，人家張明洋已到門口了，是箭在弦上，寧小芙就推出妹妹甯小蓉英勇救陣了。

　　救陣的結果是，兩人居然就碰出了火花。

　　寧小芙無所謂，想像一下也是的，反正她們雙胞胎，誰嫁張明洋都一樣的！

　　事實卻證明，雙胞胎歸雙胞胎，誰嫁誰就不一樣，張明洋居然是個百裏挑一的好男人。

　　等寧小芙一進入自己的婚姻生活就傻了眼，事情不是她想像的那樣，好男人能讓女人把日子過得風生水起的。

　　這樣說，也並不是說甯小芙男人就十惡不赦了，只是吧，跟張明洋一比，就差了那麼一大截。

女人是容易把芝麻大點瑕疵想像成西瓜大的動物，這虛榮心一作祟吧，那一大截就成孫悟空一跟斗翻出去的十萬八千里那樣遙不可及了。

　　她寧小蓉明明白白跟自己一個模子裏鑄出來的，憑什麼要遙遙領先呢？甯小芙的妒忌可想而知。

　　所以當張明洋發現寧小芙皺著眉頭聳了一下肩時關切地問了一句，小芙，你咋啦？寧小芙就有理由地撒了一回嬌，人家肩周炎發了，疼的唄！

　　張明洋說是嗎，我這兒也沒藥，要不先給你揉揉？張明洋是個敬業的醫生，祖祖輩輩懸壺濟世讓他打小就銘記了這樣一句話，醫者父母心！這會兒他沒把自己當妹夫了，他把自己上升到了父母心的高度。

　　寧小芙沒把自己下降到子女輩的低度，她只是隱隱覺得，寧小蓉享受的這一切，應該是自己無私奉獻出來的，既然奉獻了大半輩子，那麼索取一回也是有必要的！寧小芙就心安理得閉上了眼說，行啊，你給揉揉吧！張明洋雖說主刀醫師，但長期在醫院工作，一通百通，對按摩或多或少還是曉得一些，隨著他的兩隻手輕輕捏上寧小芙的肩頭，寧小芙就進入了一種通體舒泰的境界。

　　一個投入地揉捏著，一個全身心地享受著，誰也沒聽見門鎖聽啪噠一聲開了，寧小蓉的身影閃了進來。

　　寧小芙那種幸福的呻吟就毫不掩飾地鑽時了寧小蓉的耳朵。

　　好一幅男盜女娼圖！寧小蓉惡狠狠一跺腳，這才驚醒了張明洋，張明洋愣了一下，才覺得不大對勁，寧小蓉眼裏正寫滿了鄙夷與不屑呢！

　　真的，小蓉，事情不是你想像的那樣！張明洋又一次解釋說，小芙肩周炎發了，我給她止止痛！

　　甯小蓉滿以為寧小芙會歉疚一下給自己一個合情合理的解釋的，可寧小芙壓根就沒打算解釋，偶爾索取這麼一回還需要解釋，那他寧小蓉也太不知恩圖報了。

　　面對寧小芙的淡定，寧小蓉面若寒霜冷笑一聲說，那我心絞痛發了，你是不是也給揉揉啊！

　　張明洋是個遇事不動腦的人，張明洋說那可揉不得，得上醫院才行。

　　甯小蓉大馬金刀躺在沙發上說，不嘛，人家就要你揉揉嘛，她要讓寧小芙知道，張明洋在自己面前就是只貓，一隻溫順的貓，即便給你寧小芙揉肩頭，那只是偶爾地偷一下腥。

　　偏偏，這只貓今天讓寧小蓉抓心了，張明洋不僅沒給她揉心口，反而冷著臉訓起她來，你不要學那個蔡桓公好不好，諱疾忌醫是不對的！懂麼？

寧小芙捂住嘴竊笑了一下，諱疾忌醫？張明洋真是書呆子，甯小蓉諱的是他張明洋，忌的是她寧小芙才對呢，什麼疾什麼醫的啊，不搭界的！

　　到底是孿生姐妹，甯小蓉立馬知道寧小芙正在想什麼笑什麼，寧小蓉就抬起頭急急忙忙衝寧小芙表白了一句，你笑啥，我老實告訴你，事情根本不是你想像的那樣。

　　寧小芙才懶得想像呢，一拎包，嫋嫋婷婷走出門去，這一回她的肩頭沒一聳一聳的。這麼快肩頭就不痛了？這個問題倒是令張明洋站在那兒半天也無法有個合情合理的想像！

驚蛇

　　陳啟美愛看點雜書，跟一般人有區別的是，陳啟美看的雜書差不多都要上溯到千年以上，一個活在千年以上精神世界的女人，是沒有幾個男人能將她琢磨透的。

　　包括她的丈夫李剛！

　　這會兒陳啟美正在看《酉陽雜俎》，說王魯為當塗令，頗以資產為務，會部民連狀訴主簿貪賄，魯判曰，汝雖打草，吾已驚蛇！

　　打草驚蛇由此引申而來，陳啟美合上書，開始考慮一個很重要的問題，草已經蔥蔥蘢蘢在眼前了，有沒有必要驚一驚蛇呢？

　　不用說，陳啟美是懷疑丈夫有了外遇，但懷疑不等於事實，陳啟美多多少少是懂這個理的，只是懂並不是說就要吃這個啞巴虧。

　　既然是打草驚蛇，首先就得拔草尋蛇吧！

　　陳啟美揉了揉太陽穴，開始回想李剛回國後的行蹤。

　　是的，這事要從李剛回國後說起，確切說要從一瓶法國香奈爾香水說起。

　　李剛回家的第一件事就是去了浴室，這很正常，一般出差的人都會洗個熱水澡的，在過去的千年以前，叫洗塵，這點陳啟美在雜書上看過。

　　陳啟美就耐心躺在沙發上等李剛洗完塵後給她來個小別勝新婚，這一點，雜書上也有出處。

　　跟以往有區別的是，這一回，李剛的塵洗得讓陳啟美有點失去了耐心，不過回過頭一想，陳啟美還是沒計較什麼，李剛這回畢竟出的遠門，歐洲，要洗掉幾個國家的塵呢。

　　陳啟美就扳著指頭數丈夫停留過的幾個國家，法國。義大利，奧地利。

　　扳到法國時，陳啟美眼裏浮上一瓶香奈爾香水，扳到義大利時，陳啟美眼裏浮上一雙精緻的鐵獅東尼皮鞋，扳到奧地利時，陳啟美眼裏就浮上斯沃洛斯奇胸針。

　　李剛應該在這些國家停留時為她想起這些的，一念及此，陳啟美興致勃勃翻開了李剛的行李箱，一瓶香奈爾正典雅華貴而不失芬芳地躺在行李箱最底層，那水晶的瓶身閃耀著令人炫目的光芒，旁邊還有一雙鐵獅東尼高跟

女鞋，也虎視眈眈著，炫吧，看你最終炫到我的化妝櫃裏！陳啟美無言地一笑，合上行李箱，靜靜地坐在那兒，等李剛出來給她一個意想中的驚喜。

她甚至對著化妝鏡一遍又一遍地練習，怎樣才能讓自己的驚訝加欣喜表演得恰到好處，或者叫天衣無縫。

幾國的征塵終於洗掉了，李剛出來，沒動行李箱，卻從手提袋裏摸出一雙鐵獅東尼女鞋遞給了陳啟美，說，穿上它，你就鶴立雞群了！

陳啟美一臉期待地撒嬌說，鶴立雞群多沒意思，古書上說了的，要聞香才能識女人的！陳啟美故意把個香字咬得很重。

可惜，沒用！

李剛提起行李箱，以倒時差為由進了臥室，他倒是香，香香甜甜進入了夢鄉。

陳啟美眼裏一下子長滿了荒草，草上有另一雙鐵獅東尼女鞋眈眈虎視著，倒時差？天衣無縫的藉口呢，陳啟美望著李剛的背影輕輕咬了一下嘴唇。

咬完又失悔，一個常咬嘴唇的女人是不懂掩飾的，她要很好地掩飾自己，直到把那條蛇找到為止。

香奈爾成了唯一線索，陳啟美知道，在小城，沒幾個女人能消費得起這種法國香水，能消費得起這種香水的女人都會去巴黎春天養顏塑身會館。陳啟美就去了，辦了金卡，天天泡在那裏，她有時間更有耐心，同時她更清楚女人的虛榮心。

根據推算，那瓶香水應該才開啟不久，剛開啟的香水跟常開啟的香水是有著千分之幾的差別的，這差別在於香味的鮮與淡，陳啟美別的強項沒有，唯獨對香味特別敏感，香奈爾，可是由內而外的芬芳呢。

巴黎春天塑身養顏會館是貴婦雲集的地方，大凡貴婦，總讓人聯想到豐腴，是的，豐腴！

為了消除豐腴，這些貴婦都在不要命的跳一種有氧健身操。

陳啟美不需要拼命，她只是靜靜坐一邊看她們跳，有時候順便替她們遞一下手巾飲品什麼的。

別小看了這一順便，陳啟美是個心思縝密的女人，終於讓她在那幫女人手提袋裏看見了那瓶曾讓她炫目的香水。

香水有毒，好像是一首歌的名字吧，當時陳啟美怨毒地盯了一眼那瓶香水後二話沒說轉身就下了場和那幫女人健起身來。

健完身，她先走一步，故意把自己那雙鐵獅東尼女鞋留在那瓶香水的手提包邊，順腳穿走了女人的鐵獅東尼女皮鞋。

　　做完這一切，她就走出巴黎春天塑身養顏會館外面，拿了一瓶飲料，把一根吸管含在嘴裏，靜靜等那個女人出現，巴黎春天塑身養顏會館外面有一道斜斜的臺階，上面鋪有地毯，穿高跟鞋是很容易趔趄一下的。

　　陳啟美知道，那個女人腳下的鐵獅東尼女鞋是不單單會讓她趔趄的一下的。

　　果然，女人在下那道斜斜的臺階時，陳啟美先是看見女人身子往後仰，跟著又努力往前傾，隨著啪噠一聲脆響，女人手中的提袋飛起來，那瓶香奈爾碎在了地上，女人捂著折了的腳脖子淒厲地叫了起來。

　　晚上，陳啟美脫下鐵獅東尼女鞋，衝李剛晃了晃腳丫子，一臉嬌笑說，老公，古人說聞香識女人，你聞聞到底香不香？

　　李剛皺了皺眉頭，拿手在空中揮舞了幾下，你當你腳上擦有香奈爾啊！陳啟美輕輕淺笑著，擦？我用腳踩還差不多，踩香奈爾的腳，你不想聞聞？

　　一臉警惕的李剛不說話了，拿眼看著陳啟美，陳啟美是一副無辜的表情。

撞牆

　　換了我，找個這樣的懶婆娘，早就一頭撞牆了！興平的摩托車剛一熄火，李文玉就甩著濕漉漉的長髮衝他來了這麼一句。

　　興平沒時間接嘴，他知道這會兒李文玉已經燒好了中飯。

　　李文玉有潔癖，每次炒完菜都要洗頭，說怕頭髮上有油煙味，還說頭髮上有油煙味的女人會惹男人不歡心。

　　興平看著李文玉好整以暇的樣子心裏刻薄地給了一句，你倒是勤快，你倒是弄得香噴噴的，可也不見你男人有多上心你啊！

　　這是實話，興平和李文玉男人在一個學校教書，但好端端的，李文玉男人辭去了這個太陽底下最光輝的職業去幹那無商不奸的事了。

　　跟個奸商過日子，還得瑟個啥勁呢？興平甩開膀子一手提油壺，一手拎蔬菜進了屋，兩家是隔壁，他人進了屋卻不影響李文玉的眼光也跟進屋。

　　瞧瞧，亂的！李文玉誇張的歎息了一聲，就被興平腳後跟一帶，把後面的顫音和抒情給帶回去了，防盜門防盜功能不咋的，但隔音效果卻很有點咋的！

　　這婆娘，真是懶到骨頭裏了！興平罵了一句，手裏卻不閒著，先淘米，做飯，再擇菜，沖洗，搞得比課間十分鐘孩子們排隊上廁所還緊張，真要撞牆也輪不到興平啊！

　　這麼勤快的男人去撞牆，老天爺會依麼？真是的！

　　防盜門連著響了三下，是兒子武武和姑娘文文的腳步聲，這對雙胞胎轉眼就過了十二歲，興平手裏停了一下，想起十三年前的一個夜晚。

　　興平和婆娘做了功課，摸著婆娘肚皮說，說你跟我可享福了，婆娘還沉浸在興奮中，說，享啥福呢？

　　興平壞壞地一笑，別人生孩子一次生一個，你跟我可是一次生兩個，撿多大的便啊！

　　這話婆娘聽著玄，但在興平這個家族卻不稀罕，他們祖祖輩輩的男丁，基本都生雙胞胎。

　　後來，果然生下了武武和文文，婆娘懶，正好，不操心再生孩子了，就把心操到麻將館裏了。

照慣例，婆娘今天不會回家吃中飯了，這是春天，正適合打麻將。

興平在這一想之後，思緒就有點信馬由韁了，婆娘妖妖嬈嬈的身段就浮現在眼前，興平之所以寵婆娘，還是因為婆娘在床上會媚人，不過最近婆娘火不正，老輸，就只顧去媚麻將了。

石頭都能焐熱的，她就不信媚不順那一百三十六顆麻將子。

興平的身子開始發熱，他決定，等孩子上了學，就去找婆娘，他是體育老師，下午沒功課，精力旺盛的興平就想補一補自己兩口子的功課。

興致勃勃的，婆娘也找到了，問題是，婆娘輸紅了眼，沒看出興平眼裏的意思，再說，這種事，興平也不好意思往上面引，麻將館是啥地方啊？三教九流集散地，多少家長裏短就在這裏集了散，散了集的。

興平不想被集進去更不想被散開來，體育老師也是老師，怎麼說也是有高尚情操的人吧。

有高尚情操的興平就憋了一把勁快快打道回府，在經過李文玉門口時，他停了一下，停是因為風把李文玉的一條內褲吹出了陽臺，興平順手撿起來，去敲李文玉的門。

門開了，李文玉穿著睡衣，慵懶地打著呵欠問，什麼事啊？

興平漲紅了臉，小聲說，你的內褲掉出來了！

李文玉恍恍惚惚的，順手一提睡衣，往身上瞅，內褲掉出來了？沒啊，在身上呢！

興平眼前一白，一段光潔白膩沒半點妊娠紋的小腹呈現在興平眼裏，到底是沒生過孩子的女人，水色正得沒法比，自己婆娘的妖嬈跟眼前的嫵媚是有很大區別的呢。

李文玉見興平不眨眼地盯著自己小腹，臉一紅，點了他一額頭嬌嗔說，你真壞！興平被這一點暈乎乎的，兩腿不由自主地跟了進去，李文玉回身的一瞬間，幾縷長髮帶著氤氳幽蘭的清香拂在興平的鼻子上。

興平全身膨脹開來，他的手臂不聽使喚地擁了上去。

李文玉沒有拒絕興平，這是春天，萬物都在發情的季節，李文玉為什麼要拒絕？老公經常徹夜不歸，她的守身似乎沒了意義。

李文玉是個勤快人，這點興平一下子就領略到了，完了事，她為他細心地撿乾淨身上每一根頭髮，還替他洗了澡才讓他回的家。

一個男人，應該活得清清爽爽的！李文玉是這樣說的。這樣一說吧，興平發現自己還真沒活清爽過。清清爽爽的日子過了三個月，李文玉忽然不讓興平碰她了，說是男人回來了。

再以後，李文玉很少炒完菜就洗頭了，她一聞油煙就嘔吐，臉上也有了妊娠斑。

已經很少打麻將的興平婆娘一次陪興平上街回來，看見李文玉正睡眼惺忪地抱著一根苞米棒啃得津津有味，嘴邊的口水流得老長，興平婆娘誇張地衝興平說，瞧瞧，那吃相，八百年沒吃過似的！

興平沒吭聲，表情複雜地望了一眼李文玉，興平婆娘又補上一句，換了我，找個這麼不講究的婆娘，早就一頭撞牆了！

不講究的李文玉一家不久後就喬遷了新居，徹底從興平一家人的視線裏消失了。

不過巧的是，有一次興平無意在一醫生朋友口中得知，這城裏又多了一對雙胞胎孩子，孩子的母親名叫李文玉，人家不用B超檢測就知道自己一定懷的是雙胞胎孩子。當時醫院裏所有醫護人員還以為她是故弄玄虛呢，沒想到硬是真的！

興平聽完那消息，恍恍惚惚就起身走，稀裏糊塗的，頭一下子撞到了一塊比女人小腹還光滑細膩的牆壁。

都說了沒有啥的

你真有把握把門弄開？四玉最後一次問李志。

李志有點不高興了，信不過我的人還是信不過我的手藝？

李志是專業開鎖的，在小城有些年頭了，而且還在派出所登了記的。

用人不疑，疑人不用，這話在小城有點過時了，四玉雖說點了頭，可還是滿肚子狐疑地又盯了一眼李志手中派出所的證明。

有什麼法子呢？她只是人家的一個保姆。

保姆丟了鑰匙，主人知道了那還了得。

四玉就想到了開鎖的李志，先不露痕跡的把門弄開，再不動聲色地配一把鑰匙，這招瞞天過海還是同樓的保姆三香教的。

真的沒問題？四玉還是有點不放心，三香就惱了，都說了沒有啥的，我又不是沒丟過？

沒丟過什麼呢？四玉剛要聽出點眉目，三香卻忽然掩了嘴巴，氣急敗壞瞪了四玉一眼說，你安的什麼心啊你？

四玉能安什麼心呢，她只想求個證明，以圖心裏踏實。

李志到了防盜門前，上下打量了一通，冷笑說，就這還防盜，還國外先進技術，俅，老子一分鐘搞定！

四玉插了一句嘴，搞定歸搞定，但一定要保證不弄破門不傷漆。

話沒落音呢，門被李志不知怎麼搞弄了幾下，就開門迎客了。

李志就把自己當成客，很有成就感地邁了進去，大大咧咧地往沙發上一躺說，都說了沒啥的，不信你檢查一遍，要傷了一點漆，我半分錢都不要你的！

四玉就蹲下身子，拿眼掃描拿手觸摸，果然，硬是沒見傷著一點漆。

四玉臉色就活泛起來，四玉倒了一杯純淨水給李志，說，李師傅哎，你的手藝真硬呢！

李志接過水，喝了一口，說再硬也是白硬，照樣沒婆娘上門！

這話容易讓人往歪處想，四玉臉就紅了，四玉臉紅起來有點少女的羞澀，四玉說，李師傅你是眼氣高吧！

李志眼氣不高，喝了水，李志迷迷糊糊說了一句，像妹子這樣的，我李志要能遇上一個，一輩子為她開鎖都值得！

四玉掩嘴作生氣樣，瞧，你這人吧，心不壞嘴巴上倒會使壞！

李志說我怎麼使壞了？

四玉嘴一撇，說，你要天天給我開鎖，不是咒我天天掉鑰匙，變了相罵我沒腦子呢？

輪到李志沒腦子了，李志說，丟個鑰匙咋跟沒腦子扯上了？

丟三落四的人不是沒腦子是啥？四玉白了一眼李志。

李志急忙打自己嘴，說是我不對，今兒我不收費了行不？

四玉急白了臉，那不成，我可不想占大哥便宜。

李志不接錢，說，我大清早說不吉利的話，你要被辭了工作我可擔當不起！

四玉就撲哧一笑，你屬烏鴉的啊，說句話那麼靈，就真被辭了，也沒有啥的！

真沒啥？李志半信半疑，仍然沒接錢。

都說了沒有啥的，咋不信人呢？這回輪到四玉有點不高興了。

四玉不高興的樣子很耐看，李志就忍不住多看了一眼，看得四玉眼裏也有了內容，這錢不收是值得的！李志想。

第二天，李志沒出攤，他夜裏淨做夢了，夢見和四玉一起卿卿我我的，這一夢吧，就把睡眠質量搞下降了，真到日上三竿時才烏青著眼爬起來。

一開門，卻傻了眼。

兩個員警站在門前。

夜裏很辛苦吧？一個員警問。

李志臉紅了一下，以為員警知道他做了春夢，李志就不好意思笑了，勉勉強強，沒睡踏實。

另一個員警譏諷說，做賊的人能睡踏實，那就是賊祖宗了！

李志不是賊祖宗，回了一句，你什麼意思？

什麼意思？我問你，昨天你是不是幫人去開鎖了？

這個呀，李志以為四玉到派出所表揚他了，李志就得意洋洋地，開個鎖而已，都說了沒啥的，還值得四處張揚啊，這四玉也真有心！

人家當然有心，不然那麼巧，你前腳走，後腳人家就被盜？員警說，手段跟你如出一轍，門上一絲劃痕都沒有！

李志頭一下子大了，大歸大，頭卻是清醒的，請來的左鄰右舍都證明，李志是清白的！

員警問完筆錄走了，左右鄰居安慰李志說，沒啥的，身正不怕影子斜！

李志卻不開心，都說了沒啥，可擱你頭上試試？人家怎麼看我？尤其是四玉，自己剛對人家有點想法卻出了這麼一檔子爛事。

　　李志決定去四玉那兒好好瞅瞅，誰有本事跟自己一樣，不傷一點漆就弄開防盜門了呢？

　　李志瞅在天黑了去的，還喝了點酒壯膽，李志心裏給自己打氣說，我只是去瞅瞅現場，能有啥呢？

　　當然能瞅見四玉更好，四玉眼裏的內容令他想到頭天晚上的夢，四玉身上更有內容呢！可惜李志在夢裏把內容都給忽略了。

　　李志去的時候正是四玉沖澡的時候。

　　李志本來是在防盜門外揣測強盜怎麼下的手，他發現強盜還是留下了一絲痕跡，跟專業開鎖的區別是，這個強盜從下邊先下的手，因為門框下邊有一點凹痕，這凹痕要很專業的鎖匠才能看出，李志就很專業地按圖索驥試了一把，門居然也在一分鐘之內給弄開了。

　　弄開了門的李志想到四玉眼裏的內容，就直挺挺地走了進去，四玉都說沒有啥的，他就是天天來開鎖也沒有啥的！

　　李志在沒有啥的意識中看見四玉白白的身子從浴室裏探出來，跟著是一聲尖叫淒厲地響起來，能有啥呢？這麼驚慌失措的！李志不滿地搖了搖頭。

單獨

下班了，我還一人單獨在辦公室裏忙乎著，說忙乎只想證明我自己不閒，其實我知道，在單位，我基本上就是個閒人。

一個沒職沒權的人，不是閒人是啥？單位像我這樣的閒人獨我一個。

閒久了會生病呢！這話是老輩人傳了幾千年傳到我耳子裏的，為了有個健康的身體，我學會了自己找事做。

平常為領導跑腿，那不叫做事，叫拍馬屁！隔三岔五幫女同志幹點體力活，也不叫做事，叫獻殷勤！我這會在辦公室擦桌子抹玻璃拖地板才算得上真正的做事，要沒這點雜事讓我做，我就找不出好意思呆在單位領工資的理由了。

電話鈴就是在我做事時響起來的，我放下拖把，抓起話筒，懶洋洋說了一句，下班了，有事明天打來吧！

那邊傳來一個咯咯笑的女中音，知道下班了，聽不出我是誰嗎？

聲音很媚也很柔，當然，也有點熟悉，我正在大腦過濾這聲音呢，那邊又補了一句，人家只是想單獨和你說會話嗎！

一聽這話我不覺得陌生了，是辦公室的倩兒！倩兒經常跟領導單獨出門，也經常跟男同志單獨相處，但跟我，似乎沒有單獨過，她沒跟我單獨的理由啊！

我才是一個單獨的人呢，我個人認為。

單獨說點啥呢？我很曖昧地調侃了一句，單位最美麗的女子要跟我單獨怎麼能不叫人幸福呢！那邊立馬傳來倩兒的嬌嗔，哎呀，你可真壞！我的骨頭在倩兒的嬌嗔中一陣酥麻，好像倩兒春蔥般的蘭花指正隔空虛點在我額頭上！

呵呵，單獨好啊！我說倩兒你打算在哪跟我單獨呢？

倩兒估計是沉思了一下，時間稍長了一點，倩兒在那兒羞答答地說，到雕琢時光吧！

雕琢時光可是一個製造浪漫的地方，我心中一喜，莫非倩兒把我當成了她雕琢的對象？正瞎琢磨呢，倩兒又說了，記得單獨來啊，多一人我會生氣的呢！

廢話，多一人她不生氣我也生氣呢！單獨多好，男女單獨時可以做很多不單獨時做不出的事，我心花怒放收起電話出了門，把拖把單獨撇在了洗手間。

　　倩兒果然單獨在包間等我，她用手支住下巴，一副沉思的模樣，橘黃色的燈光照在她臉上，朦朧而不失真切，美人如花隔雲端呢！

　　喝點啥，咖啡還是檸檬？倩兒問。我說還是菊花茶吧，我喜歡傳統點的東西，舶來的玩意無福消受啊！

　　倩兒聽出了我話裏的隱語，倩兒就衝我笑，能讓人口舌生津的那種笑，笑完還含情脈脈地來了一句，幸虧我不是舶來的玩意，你們男人啊，怎麼都喜歡傳統的東西呢！

　　是嗎？我眉眼裏全是笑，我們男人，還有誰啊？

　　倩兒的小粉拳捶了過來，像雨打芭蕉那樣韻味十足，你可真夠壞的，人家明明都和你單獨了，還能有別個男人嗎？

　　我立馬感到什麼叫受驚若寵而不是受寵若驚了，學著電視劇上那些士為知己者死的鏡頭我衝倩兒一抱拳，承蒙小姐錯愛，小生無以為報啊！

　　人家只想和你單獨坐坐，報不報的人家可不敢奢望！倩兒衝我一拋媚眼。

　　我被這媚眼激得豪氣幹雲起來，怎麼叫奢望呢？只要倩兒小姐您一聲令下，小生赴湯蹈火，在所不辭！

　　倩兒呡了一口菊花茶，貼進我耳邊詭秘地說，不怕我這會考驗你啊！一股齒香立馬幽幽逼了過來。

　　考驗，我是多麼渴望考驗啊，倩兒小姐，求求你考驗我吧！我學周星馳來了個無厘頭式的表演。

　　倩兒撲哧一笑，摸出手機，按出一串號碼衝我說，考驗正式開始！

　　我不解地望著倩兒，什麼意思？

　　倩兒眨眨眼，待會手機通了，你只要對那邊大口大氣說一聲，找老李聽電話就行了，剩下的事我來做！

　　我掃了一眼號碼就去聽手機，一段音樂過後，那邊響起一個很不耐煩的女高音來，誰啊，連頓飯也不讓人好好吃！

　　我看了一眼倩兒，心想可不能在她面前沒了男人的霸氣，我中氣十足地喝了聲，找老李聽電話！那邊有什麼東西啪地一響，可能是筷子掉地上了，女高音氣勢一下子矮了下去顫聲叫起來，老李，快，電話，口氣很大的！

　　老李在那邊剛說了一句，您好，請問是哪位？我這邊手裏的茶杯就啪一聲掉在了地上，天啦，這聲音太熟悉了，居然是我們李局長的。

要不是倩兒手疾眼快，沒准我一哆嗦，手機也掉地上了，倩兒搶過手機，嬌嗔說，人家這會在雕琢時光呢，你還不過來！

　　那邊局長說了句什麼我不清楚，只聽倩兒一臉得意地賣弄，要不玩點小伎倆，你那母老虎會放你出門？快點啊，人家想和你單獨說會兒話嗎，記得單獨啊，多一人我會生氣的！完了倩兒笑吟吟地掛上了手機。

　　多一人她會生氣，莫非我就不是人了？我衝倩兒點點頭，語意雙關地說，謝謝你的單獨啊！完了頭也不回走出了雕琢時光的大門。

　　不用說，倩兒沒出來送我，我是單獨出來的，倩兒知道我嘴緊，會獨守她和局長這份隱私的。

　　回到辦公室，拖把還在洗手間單獨躺著，我扛著它走上大街，燈影下，我和拖把的影子相擁著，這回我不單獨了。

　　拖把這東西應該是舶來品啊！

幫忙

　　吳成剛把腳蹺上茶几，遙控還沒調到體育頻道，寧紅就在廚房裏喊，就曉得看足球，也不曉得幫忙搭把手！吳成只好慢吞吞站起來，挽起袖子作衝鋒陷陣狀，說吧，要幫什麼忙？

　　雞蛋，把雞蛋打了調勻！寧紅拿嘴努了一下，別搞得跟個相公似的，伸手不沾一根草！

　　吳成說，冤枉，有我這麼勤快的相公麼？這話沒摻假，吳成眼下正勤快的翻箱倒櫃呢，他不知道雞蛋放在哪兒。

　　瞧瞧，搞得像不是屋裏人似的！寧紅氣咻咻一彎腰，不知從哪兒就摸出了四個雞蛋。

　　吳成瞧傻了眼，調侃說，一個雞蛋都這麼難尋，小偷要進來尋摸點值錢的東西，起碼得死幾億個腦細胞！

　　寧紅懶得聽他夾槍帶棒的嘲諷，吼了聲，快點，鍋裏要起火了！

　　吳成就手忙腳亂去敲雞蛋，用筷子哐當哐當調，邊調邊把身子往客廳探，電視上甲A聯賽已經開打了。寧紅見他半天調不勻，一把搶過碗，說，我來調！吳成捋下袖子剛要撤退，寧紅冷哼一聲說，不看這場球我就不信能死人！

　　吳成一下子有了心如死灰的感覺，說，還有什麼要幫忙的，快點說！

　　寧紅不緊不慢地，把蔥白剁碎了，煎雞蛋不放蔥，你吃啊！

　　不加蔥的雞蛋腥，吳成是個見不得腥的人，吳成就拉長了臉，又卷起袖子，把幾段蔥白放在案板上，刀一揮，劈裏啪啦剁上去，沒兩下，一截蔥白飛起來，撞在寧紅眉骨上。

　　寧紅把碗一頓，雞蛋汁濺了出來，不想幫忙就明說，陰陽怪氣幹什麼？

　　吳成覺得很委屈，我不想幫忙了嗎？我袖子都卷那麼高了！寧紅嘴一撇，袖子卷那麼高稀奇啊，想打人才卷那麼高的！

　　吳成惱火了，我想打人了嗎？我明明幫忙剁蔥來著！

　　寧紅嘴角浮上一絲譏諷來，幫忙剁蔥？你那架勢剁人還差不多！

　　吳成停了下來，低頭看自己架勢，沒什麼不對啊！

　　寧紅嘴不停，剁蔥用得著把案板剁得叮噹響？不知道的還以為你在剁排骨呢！

這句剁排骨刺傷了吳成，多少回了，寧紅動不動就埋怨吳成，瞧人家對門的大偉，頓頓排骨，你倒好，偶爾吃頓雞蛋還叫改善生活，怎麼好意思說得出口？

吳成把刀啪的一聲剁進案板，說，想吃排骨也得有那個命啊！這話有所指，當初寧紅和大偉戀愛過，不知怎麼的就黃了。被揭了傷疤的寧紅眼圈一紅，罵了聲，你滾！

吳成不怒反笑，行！我滾得遠遠的，不礙你的眼行不？讓人家給你送排骨湯喝！完了，使勁一摔廚房門，真的換上鞋出去了，不就一頓雞蛋嗎？可吃可不吃的！吳成心想我雖然下了崗，並不等於我就下了志氣。寧紅沒追吳成，她知道，用不了半小時，吳成又會腆著臉回來的。這吳成，一輩子是個一事無成的命，連生個氣都沒點陽剛味兒！

雞蛋倒是調勻了，但蔥白還一段一段的，寧紅歎口氣，去拔刀，刀吃進案板很深。寧紅居然拔了兩下沒拔動，這也叫幫忙？越幫越忙！再過一會兒，兒子要回來吃飯了！兒子上中學後，吃飯像有餓死鬼追著，只差往喉嚨裏倒了。孩子時間可耽擱不起，寧紅想了想，取下圍裙，出門換上鞋去敲大偉的門。

大偉系著圍裙開了門，他正在廚房用高壓鍋煨排骨，見是寧紅，大偉搓了把手，問，有事嗎？

寧紅說，麻煩你給幫下忙，刀吃進案板上了！

大偉就跐上鞋，過來，刀吃得很深，大偉只輕輕一掐就出來了。大偉是個喜歡下廚房的人，見蔥白長長短短的散在案板上，大偉說，有你這麼剁蔥的嗎？看我的！大偉就非常嫻熟地操起了刀子。

寧紅沒攔住，不好意思紅了臉，哪好要你幫這個忙呢？我行的！

大偉說，你行不行當我不知道啊？

寧紅心就一跳，這話在十年前她就聽過，兩人在一起共同燒過幾回菜，寧紅的廚藝有幾份還是大偉教的呢。大偉祖上是廚師，大偉對廚藝就耳濡目染了些，算不上行家裏手，但也比一般人強個幾分。

寧紅就笑，乾脆你幫忙幫到底，把這個蛋給煎了吧！兒子老說我煎的蛋腥味重。大偉說這簡單，加點醋一調就去了腥味，你不是喜歡吃醋嗎？

寧紅嘴一撇，你才喜歡吃醋呢！

兩人就哈哈大笑了起來，還沒笑完，一個聲音酸酸地在客廳響了起來，貓仔戀上魚，不就圖個腥麼？去了這一味多可惜啊！

兩人嚇一跳，轉身看客廳，是吳成！吳成陰陽怪氣地，要不要我再滾一回啊，反正你們在一起我也幫不上忙！

撒野

機會不是天天都有的，得瞅！

只有瞅准了機會，這野才撒得有價值，才能撒得一鳴驚人，當然，能振聾發聵更好！

李小環躺在靠背椅上，一邊拿手摩挲著肚皮，一邊聆聽著婆婆房裏的動靜，手中的遙控器基本上只是一個道具而已。

以前，李小環可不敢大白天躺在椅子上看電視，不光不敢躺，還得手腳不停地做家務，做得低眉順眼的。

誰叫她是從鄉裏嫁進城裏來的呢，用婆婆的話來說，這叫從糠缸裏跳進了米缸裏，好不容易你瞅空子跳進來了，就應該爭氣不是？

李小環自認為是爭氣的，比城裏那些媳婦會過日子多了，那些媳婦除了吊著男人膀子逛大街逛商場，能料理個啥呢？

鄉下來的李小環忽略了一點，人家比她會料理男人，料理的結果是，人家一個個挺著肚子在家裏吆三喝四，連公公婆婆一塊的料理了。

李小環的肚子卻沒日趨挺拔的意思，而且她那「好朋友」還很殷勤，一月總要光顧那麼幾天，這讓李小環很受打擊。

人是受不得打擊的，尤其是女人，李小環就像飽受摧殘的花朵，一副苦大仇深的模樣在街頭巷尾轉悠，能遲一分絕不早到一秒回家。

婆婆臉上是一幅打了底色的油畫布，上面什麼顏色都有，就是缺少喜色。

轉悠的結果，是她碰上了一起嫁進胡同裏的四玉，那天在胡同裏，又一個女人挺著肚子胖鴨一般搖搖晃晃過來了，李小環很自卑地把頭扭向了一邊。

偏偏，蹣跚的腳步聲在她耳邊停了下來，小環，是你？一個熟悉的聲音響起來。

李小環不得不扭回頭，居然是四玉！之所以李小環用上了居然兩字，是因為四玉居然挺著肚子。

兩人都有同樣的婦科病，宮寒！

患這種病的女人，懷孕的幾率是很低的，低到讓人希望渺茫，那是她們婚檢時發現的。

李小環嘴裏像塞了個鵝蛋，有點吞不進去吐不出來的感覺。

四玉搋了她一拳頭，說還不恭喜我！

李小環就苦著臉說，恭喜，恭喜！

四玉到底和李小環一起長大的，拿手在李小環肚皮上摸了一把，說，咋還不顯形呢？

李小環的悲傷一下子就顯了形，嗚嗚哭起來，像鄉下受了委屈的媳婦見了娘家人，四玉撇撇嘴，瞧你，都城裏人了，怎麼一下子打回原形呢？

李小環不哭了，問四玉，哪裡得的單方？完了指了一下四玉的肚子。

四玉說什麼單方啊，要信科學，我找不孕不育專家看的！

李小環就跟四玉去了那家不孕不育專家醫院。

科學就是科學，李小環自然就也有了，眼下，四個月了呢，本來，四個月的孩子在肚子裏是不怎麼顯形的，李小環動不動把手放到肚子那裏摩挲一番，多多少少就含了示威的成分。

婆婆是精明人，示你的威去吧，我老眼昏花了，看不見！

李小環不怕婆婆看不見，智者千慮還必有一失，你個城裏老太婆能跟智者比麼？

當然不能比！

這不，婆婆屋裏的煙味飄了出來，婆婆喜歡抽一口，有三十多年的歷史了，其實這煙味很好聞的，李小環鄉下的娘也抽。

自己娘抽和婆婆抽還是有區別的！

李小環就重重咳嗽了一聲，婆婆嚇一跳，打開只留了一道縫的房門，問，怎麼啦，小環？

能怎麼呢？李小環陰陽怪氣一使臉色，有人要充當隱形殺手唄！隱形殺手，殺誰？婆婆到底年紀大，反應遲鈍了些。

李小環就使勁挺了下肚子，可惜不怎麼顯海拔，殺祖國未來的花骨朵啊！

婆婆臉色一下子蒼白了，不就一根煙麼，多少花骨朵都沒殺死，你這鄉下來的花骨朵反比城裏溫室養的嬌嫩了？

婆婆到底是城裏的婆婆，曉得是可忍孰不可忍一說。

鄉下來的花骨朵？李小環冷笑，有本事讓你兒子養溫室的花骨朵啊！她知道，以婆婆家的條件，找城裏媳婦難度係數不亞於中國足球隊想在世界盃有所作為。

婆婆果然一下子像癟了氣的足球。

李小環可不管這足球癟不癟，她需要的是踢兩腳出出氣。

李小環就站起來，一步一步逼近婆婆，嫌棄我這肚子的花骨朵了是吧？行，我打了他！

完了，李小環就使勁一把拉開防盜門，蹬上鞋，作勢要去醫院，她要婆婆跪著向她求饒，抱住她的腿甩自己嘴巴。

她聽四玉說過，城裏婆婆咋啦？該可著勁治的時候絕不能心軟，否則，坐月子時她會想著法兒刁難你的，既然瞅准了機會撒野就得野上路！

婆婆果然心虛了，一把上前抱住了李小環的腰，這跟李小環的設想有點出入，抱腰跟抱腿是多大的區別啊！

不行，無論如何得讓婆婆跪地求饒，不然這野就撒得沒什麼價值了。

想到這兒，李小環使勁掰婆婆的手，很有氣勢地把腳跨出了防盜門。

婆婆的手順著她的設想往下滑，果然抱住了她的腿，只是，李小環邁步的力度大了些，婆婆沒抱住，李小環踉蹌了一下，手在空中一陣虛抓，張牙舞爪一番卻什麼也沒抓住，整個人一跟頭栽下了樓梯！

懷了孩子的人，還這麼撒野！李小環醒來時，聽見丈夫這麼咕噥了一句，懷了孩子就不能撒野了？李小環很不服氣地頂了一句，拿手習慣去摩挲隆起肚皮，一摸，卻摸了個空。

激情

放下電話時，我的耳朵裏還縈繞著李小青甜脆的回音，狗日的，終於可以過一個激情週末了。

在回音中，李小青的音容笑貌逐漸凸現出來！

最先凸現的是她的紅唇，飽滿得像五月的紅櫻桃，嗫一嗫都能流出蜜汁的那種；跟著凸現的是她的豐胸，絕對豐滿圓潤有如雨後的草莓；最後凸現的是她翹鼓鼓的屁股蛋，一搖三晃能引起你心旌動搖的半圓！

現在，這個紅唇的主人，豐胸的主人，屁股蛋的主人居然真的要來和我共度激情週末了。

換了別人，只怕已經血脈賁張心跳加速了，我還能如此冷靜足以證明我定力之深。

要沒這點定力，李小青會來找我？切！

雖然李小青說過N回了，要來省城一定找我，但找我就一定要給我度個激情週末的承諾嗎？

沒必要的，一個網友而已。儘管視頻裏她已經跟我擁抱過N回了，也相吻過N回了，但那都只是虛幻的激情宣洩！

這一回，可是要真刀實槍地宣洩激情了呢，她親口說的，網上做三年夫妻了，好歹也該讓我洞房花燭一回。

我不是一個缺少女人的人，但跟網上的老婆動一回真格的，我還是隱隱有那麼一點渴望。

我渴望體驗網路和現實那一點微妙的區別，而區別馬上就要以激情的方式上演了。

值得期待不是？哪怕是犧牲一個週末也在所不惜了，知道我的人都曉得，週末我一般睡到下午兩點才肯起床的，我得補充自己日常透支的體力。

這一回，我不打算補充了，透支到底吧！為李小青這樣妙曼的女子透支應該說是我的榮幸。

怎麼說我也是一個離過婚的男人呢！

李小青來得很准點，在我做春夢的時候她推門而入的，我沒有掩門，這個位址她早爛熟於心了，本來我打算去車站買束鮮花接她的，但她說了，老婆回家沒必要興師動眾的。

瞧，多實在的女人！

過日子比我前妻強多了。

我就把打算買花的錢和打的的錢買了肯德基和零食飲料放在家裏，以等她回來了據案大嚼。

她喜歡叉開腿坐在電腦桌前據案大嚼的，這姿勢很居家女人的味道。

果然，在我被一泡尿脹醒時，我看見了據案大嚼的李小青，不過是在我臥室的床頭櫃邊據案大嚼。

我剛從床上彈起來，又嗖一下鑽進被子，自己身上只有一條三角褲，未免有點太那個了吧。

李小青一點也沒在意，咋了，想把膀胱撐破還是想讓我給你洗尿片？我知道我的膀胱受不得委屈，也不想讓她洗尿片。只好委屈自己發燒的臉，垂頭鑽進了洗手間。

外面傳來李小青的哈哈大笑。

洗漱完畢，我出來，盯著李小青的紅唇看。

李小青笑了笑，撅起嘴巴，要不要來一下，我喜歡俄羅斯式的長吻！

我說就這麼來，不醞釀一下？

李小青胸脯一挺，我都醞釀三年了，還醞釀？

於是，我又嗖一聲鑽進了被子，李小青也鑽進來，激情是不需要過程的，清晨的時光是美妙的，李小青的身體也是美妙的，我應該投入的宣洩才對！

但是，我到現在也無法明白，生活中為什麼會有那麼多的但是。

一個回合結束，美妙的李小青說了一句並不美妙的話，李小青說，老公，老婆的事你是不是不應該袖手旁觀啊！

那當然，我的一隻手還停在李小青的胸前，憑什麼要老公袖手旁觀呢？

李小青高興了，拿嘴使勁在我臉上啄了一下。

什麼事？我懶洋洋地說，不是告訴你了嗎，老婆的事老公不會袖手旁觀嗎！

那我真有事了呢？李小青一翻身趴到我的身上，拿指頭在我胸前劃來劃去說。

她這麼一翻身吧，我有事了，感覺血又往上躥，全身上下又有了反應，我一把把她掀下去，猴急猴急就往她身上撲。邊撲邊隨口問了一句，什麼事啊？這是我的優點，不能光顧自己感受不是，李小青被我逗得激情再起，

滿面潮紅，死死抱住我低聲呢喃說，其實也沒什麼事，就是我懷孕想做個人流，完了在你這住幾天，圖個方便！

圖個方便？人流？我沒聽錯吧！望著李小青正投入呻吟的表情，我停止了運動。

是啊，人家不是沒結婚嗎？你剛好單身，不是方便是啥？李小青在我背上擰了一把，還不抓緊時間享受，等去了醫院回來想激情也不行了呢！

這就是你所謂的激情週末？我的亢奮一下子沒有了，取而代之的是備受侮辱，媽的，什麼事嗎？這是！

難道你沒感受到激情嗎？李小青一副受到侮辱的表情，難怪前妻跟人跑了！

前妻跑跟你什麼關係？我氣哼哼地打斷她。

跟激情有關啊！李小青也氣哼哼地爬起來，你咋那麼虛偽啊？

我虛偽了？望著李小青清晰凸現在我面前的身體，我忽然眼前冒起金星來。

那金星冒得，可真夠激情的！

年輕的時候

　　人在年輕的時候，要對得起年老的時候！知道麼？吳剛打開冰櫃，取出一瓶冰紅茶遞給寧小菊。

　　甯小菊撇一下塗得閃亮的嘴，說怎麼叫對得起，怎麼又叫對不起？

　　像你做的這個事，就是對不起！吳剛把眼光摺在寧小菊胸脯上，那酥胸竟有大半露了出來。

　　做小姐的，不露是招不來回頭客的！這點吳剛也不是不知道，但他總替寧小菊難為情來著。

　　寧小菊一點也沒難為情，嘻嘻一挺胸，人不風流枉少年，你不懂的！

　　吳剛就歎口氣，說身子是自己的，名譽是自己的，該愛惜時還要得愛惜！

　　寧小菊眼圈忽然就紅了，愛惜了身子就愛惜不了肚子，愛惜了名譽就愛惜不了日子，您是站著說話不腰疼呢！

　　吳剛就有點於心不忍了，也是的，在這幫小姐中，甯小菊是吃得最差的，別的小姐一來就大呼小叫買什麼開心果，美國提子，總之什麼貴買什麼，只有寧小菊，頂多一包葵花籽和一瓶冰紅茶。

　　有幾個按摩小姐捨得苦自己啊！

　　讓吳剛想不通的是明明每天神情最疲憊的人是寧小菊，生活上偏偏對自己最刻薄，她那麼多的客源應該收入不菲啊？。

　　這次吳剛忍不住了，多了句嘴問她，你幹那個事應該很來錢啊，一瓶冰紅茶也叫愛惜肚子？

　　寧小菊忽然漲紅了臉，哪個事來錢啊，我有底線的！

　　吳剛心裏就沒來由地暖了一下，這閨女，還是曉得愛惜自己的！

　　甯小菊擰開茶蓋，喝了一大口，然後使勁甩了甩空著的那只手說，酸死了，疼死了，哪天有人給我按按多美氣！

　　吳剛一大把年紀了，自然不可能給寧小菊按摩，吳剛就從櫃檯下摸出一包葵花籽丟給她說，送你的！

　　寧小菊怔了一下，真送的！吳剛點了點頭，說你要天天守住底線，我天天送！

　　寧小菊就不做聲了，一顆趕一顆往嘴裏喂葵花籽。

一直到把那袋葵花籽磕完，寧小菊才往回挪步，走幾步還不忘回頭，衝吳剛揮了揮手。

以往她可不，以往她一買東西就耷下腦袋跐著棉拖鞋飛快地離開。

寧小菊的手在街燈下揮起來很好看，瑩白中透出點暈黃，像一隻白玉蝴蝶。

這樣的一雙白玉蝴蝶卻要沒日沒夜地在男人身上游走，吳剛歎了口氣，搖搖頭，伸出自己的一雙手在燈光下仔細琢磨起來。

如果說自己的手也是蝴蝶的話，只能是那種與樹木顏色一樣的枯葉蝶了。

正琢磨呢，一隻更枯更硬的蝴蝶旋進吳剛眼皮底下，隨著那只蝶旋進來的，是張一百的鈔票。

來包煙！一股酒氣逼過來。吳剛嚇一跳，抬起頭，一個黑漢正站在櫃檯前，漢子臉上一條醒目的刀疤在街燈閃著磣人的光芒，很熟悉的一張臉啊！

吳剛撓了撓頭，找完錢，卻依然想不起在哪兒見過這張臉。

刀疤臉撕開煙，彈出一根給吳剛，自己也叼上一根，搖搖晃晃往寧小菊走進去的按摩店邁步。

千萬別是去找小菊的！吳剛雙手在胸前合了個十字。完了又覺得好笑。一個不找小菊，兩個不找小菊，小菊靠什麼養活自己？靠一瓶冰紅茶，還是靠一包葵花籽？

吳剛把目光從按摩院那邊收回來，開始清點今天的收入，店面不大，但養活他自己綽綽有餘了，即便有個家，省著點過，也不是不能往前淌的！想到家，吳剛心裏疼了一下，當年自己要勇敢一點，沒准就有個女人為自己端茶遞水了，也沒准就有個小菊那麼大的女兒了。

當年，對的，當年！吳剛眼前一亮，剛才過去的刀疤臉不正是二十年前，強姦了翠蘭的程武嗎？

翠蘭是在和吳剛約會時被程武逼到郊外強姦的，當年程武的刀光嚇走了隨後趕到的吳剛，加上程武手下的兩個小混混虎視眈眈著，吳剛沒敢作任何反應。

倒是翠蘭，掙扎時奪住程武的刀給程武破了相，事後被獸性大發的陳武給一腳踹暈了過去。

狗日的程武！

吳剛想起自己對寧小菊說過的話來，人在年輕時不要做對不起年老時的事，吳剛就毅然決然關上店門，一步一步向按摩院走了過去。

刑滿釋放的程武這會在幹啥呢？他邊走邊尋思，走到門口，吳剛猶豫起來，畢竟，這樣的地方不適合他進去的。

寧小菊的哭叫聲就在這一瞬間響起的，哭聲中夾雜著驚恐和無助，叔，我求你了，我不做那事，我有底線的！

　　做小姐還有底線，我操！就聽一聲慘叫響起，寧小菊跌跌撞撞跑了出來，一只好看的手臂垂了下來。另一隻驚惶的飛舞著，救命啊，他把我的胳膊扭脫臼了。

　　一大幫小姐湧了出來，像麻雀炸了窩。

　　程武的刀疤臉猙獰著，手上拎著一把水果刀，媽的，跟大爺我玩底線，老子的底線就是啥都玩過，單單沒玩出人命。

　　那我今天陪你玩出人命！一個聲音硬邦邦擠進來，程武一愣，手中的刀還沒遞過去，一個半老男人的身影不要命地撲了過來，一腳踢到了他的襠下。

　　那動作，居然是程武年輕時候沒有過的迅猛與快捷！

　　而且，還出人意料的兇狠！

　　年輕的時候，就該踢出這麼一腳的！吳剛望著隨慣性插進自己懷裏沒了柄的刀，自言自語了一聲。

其實你可以恨我

你可以不知道你要女人什麼，但你必須清楚女人要你什麼！

咎一鳳冷冷說完這一句話後，把手中的離婚協議再往前一伸，簽字吧，別指望我會回心轉意。

陳文強心裏揪了一下，那你究竟要我什麼？

什麼也不要，就要你離婚！咎一鳳還是那副表情。

陳文強嘟噥了一句，不就是陪你妹妹喝了杯咖啡嗎，當初你……

當初我咋啦？咎一鳳眉毛一揚。

陳文強忍無可忍了，當初你遭流氓強暴我說過什麼沒？

咎一鳳臉一變，就知道你還對這事耿耿於懷。

陳文強辯解說，我沒有，是你逼我說這事的。

咎一鳳不怒反笑了，說是嗎，本來我不恨你的，但現在，我開始恨你了。

為什麼？陳文強頭一次發現跟自己同床共枕這麼多年的妻子如此陌生。

女人的愛是被疼出來的，我不否認你疼我，可女人的恨是被騙出來的，你敢否認你沒騙我，在我被強暴這事上？咎一鳳逼視著陳文強。

陳文強無言以對了，誠然，他一直沒能忘掉這件事。

多說無益，陳文強掏出筆刷刷簽下自己的名字。

咎一鳳很小心地把協議對折好，裝進坤包，起身，目光從臥室掃到廚房，衛生間，又在書房那兒停留片刻，轉身就往門口走。

換鞋時，咎一鳳身子晃動了一下，扶著門丟下一句話來，其實你也可以恨我的！

愛的極致才是恨呢！陳文強冷笑，很客氣很刻薄地回敬一句，恨你！請問小姐你貴姓啊？

之所以這麼說，是陳文強決定遺忘咎一鳳了。

轉瞬被一個疼過愛過的男人遺忘，對女人來說是最殘忍不過的事。

這樣的還擊是最有效的！

咎一鳳的眼淚刷一下漫出來，但防盜門擋住了一切，這淚只有自己風乾了。

同時風乾的，還有陳文強曾經給過自己的溫暖。

至於嗎？你姐姐！陳文強對著吝一凰點燃一根煙，強顏作笑說，不就陪你喝了次咖啡，要陪你上床那不鬧得天翻地覆的？

　　真離了？吝一凰也點燃一根煙，避重就輕問他。

　　陳文強點頭，並伴著重重的歎氣。

　　不捨得？吝一凰的聲音從煙霧裏躥出來。

　　也不是，就是太熟悉她了，一時不習慣！陳文強把煙滅掉，那種輕車熟路的習慣，你不理解的！

　　換個人，也可以習慣的啊！吝一凰意味深長地眨了下眼。

　　那不是習慣，那是我去適應別人，你知道的，我不喜歡去適應別人！陳文強苦笑了一下。

　　讓別人來適應你啊？吝一凰誘導說。

　　你當天下女人都跟你姐一樣啊！陳文強苦著臉，有些事，可遇而不可求的！

　　啥叫可遇不可求？吝一凰笑，譬如說我，就可以劃歸可遇又求之列的！

　　陳文強一怔，這個雙胞胎妹妹想幹啥呢？

　　想想她的單身，想起在咖啡館裏她曖昧的眼神，陳文強心裏動了一下，可也僅僅是動了一下。

　　陳文強搖了搖頭，說，你也代替不了你姐姐！

　　我姐姐真就那麼好？吝一凰不無妒忌地吐出一口香煙，好像要把肚裏的怨氣吐出來。

　　跟好不好無關！陳文強擰了一下眉，我跟你說過的，夫妻間重要的就是習慣彼此的存在，輕車熟路的那種習慣，你懂麼？

　　吝一凰不懂，有點懵然了。

　　可我一直是姐姐的影子啊，你能習慣姐姐就不能習慣姐姐的影子嗎？吝一凰還是不甘心。

　　影子是最見不得光的，想來你應當知道！陳文強勉強笑了一下。

　　可姐姐，吝一凰咬了咬牙，姐姐所以和你離婚，多半是為了成全我啊！

　　成全你？莫名其妙！陳文強冷笑。

　　姐姐知道我這麼多年不結婚就是為了等你！吝一凰說完這話，淚就刷地往下漫，這點她們姐妹倒真一個樣。

　　姐姐說她不該把你獨霸這麼久的，這一次剛好有了藉口。

　　陳文強說那我是不是應該謝謝你姐的成全啊！

　　吝一凰的笑容還沒爬上嘴角呢。

陳文強又一句話接上來，作為女人，你可以不清楚你要男人什麼，但你必須知道男人要你什麼？把這話轉告你姐姐吧，算是給她一個恨我的理由！

　　完了陳文強掉頭就往外走。

　　卉一凰起身就追，門外正站著卉一鳳呢，要是被陳文強撞見，盛怒之下的他，肯定會給姐姐兩個耳光。

　　偏偏，陳文強只是滿臉狐疑站在門口，衝卉一鳳問道，一凰你咋這麼快跑我頭裏了啊！

　　在陳文強很充滿狐疑的問答中，卉一鳳的臉漲得通紅，這話比問她小姐請問你貴姓還要殘忍！

你一定活得很累吧

文文是在新婚之夜接到晶晶電話的，當時她正和丈夫巫山雲雨來著，忽然手機就響了，響得很不是時候。正在興頭上的丈夫皺了一下眉頭，停止了運動。在這個時候給文文打電話的人一定不是個聰明人，文文第一個反應就是晶晶，在文文眼裏，晶晶一直都不是個聰明的女人。

跟一個不聰明的女人做閨中密友，是可以很大程度上顯示自己聰慧的，這點毋庸置疑。比方說今天，是文文出嫁的日子，晶晶也趕今天出閣，兩家住隔壁，文文的丈夫又是撒煙又是遞好話，上上下下面面俱到，真可謂是八面玲瓏。晶晶男人呢？除了望著新娘子傻笑，啥也顧不上，這不是自找沒趣嗎！

文文衝丈夫抱歉地笑笑，接了這個很不合時宜的電話，喂，晶晶嗎，春宵一刻，你打什麼電話？文文埋怨說。

晶晶沒說話，那邊隱隱約約傳來抽泣聲，文文一怔，想起出嫁前一晚上晶晶的話來，文文啊，新婚之夜會很疼嗎？

莫非晶晶男人弄疼了她？文文是婦產科護士，新婚之夜大出血的病例不是沒見過的，文文就緊張起來，是不是流很多血很疼啊，晶晶你快點告訴我！

晶晶不抽泣了，小聲說，疼什麼啊，他都沒碰過我！

天啦！文文差點氣歪了，貓兒不吃魚，怕腥不成？莫非晶晶男人弱智，要女人引導！

果然被文文不幸言中了，晶晶嫁過去一打聽，男人還真有那麼點弱智！

文文是在新婚第三天接到晶晶電話，才曉得這一事實的，怎麼辦啊？晶晶在那邊泣不成聲了。

能怎麼辦，要麼離，要麼不死不活過下去！文文說，就晶晶那智商，肯定會選擇不死不活過下去。

晶晶果然不願離，她家底子薄，男人的彩禮，供弟弟上大學了，離婚，她爹娘不打斷她的腿才怪，從鄉下嫁進城，是掉進福窩裏了呢！

不離你就主動引導吧！文文歎了口氣，心裏琢磨著，晶晶咋這麼不幸呢，連點起碼的女孩矜持都沒了，多累啊！

兩人是在度完蜜月後回門見的面，晶晶瘦了許多，文文拍了拍晶晶的臉蛋，咋，他還不肯碰你？

　　哪啊，晶晶紅了臉，天天碰呢！

　　文文嚇一跳，那不得折磨死嚇你啊，換了我，累不死也得脫層皮！文文在婦產科待久了，對男女之事向來覺得無趣。

　　打那時候起文文看晶晶的眼神就憐憫了許多。

　　畢竟嫁在同一座城市，見面的機會還是有的，晶晶懷了孕，找文文做B超，正碰上文文丈夫來接文文，看晶晶一人挺著肚子上下樓跑很不方便，文文就歎口氣，讓丈夫替她跑上跑下掛號劃價，繳費，末了文文衝晶晶說，你一定過得很累吧！

　　也不是！晶晶笑了笑，你看我都胖了好多。

　　不累肯定是假的！回家路上文文衝丈夫說，我們科室有個病例，男人是個苕，白天在地裏苕做，晚上在床上苕做，結果把孩子做流了產。

　　有這麼苕的男人？丈夫不信，你別瞎編排我們男同胞啊！

　　這還不算呢！文文不屑一顧地一撇嘴，衝丈夫小聲說，那苕男人在醫院也要做，女人不幹，苕男人把女人內褲都撕爛了！

　　有這事？丈夫瞪圓了眼，看著文文。文文沒在意，自顧自往下講，你說晶晶男人會不會也把晶晶內褲撕爛了啊？文文丈夫才不管晶晶男人撕不撕晶晶內褲呢，他剛從外面出差回來，小別勝新婚，他現在只想扯下文文的內褲。

　　晚上沖完涼，文文丈夫急不可耐爬到了床上，剛要溫存，文文一伸手，不行，我得給晶晶打個電話，像她這樣四個月的身孕，千萬不要同房，容易流產的！

　　文文丈夫知道文文向來說一不二，要不依她，今晚的一番暖玉溫香恐怕就會流了產，只好耐著性子在一旁聽她打電話。

　　晶晶在那邊接了，文文說，晶晶啊，你這會還好嗎？

　　還好啊！晶晶說，一切正常呢！

　　正常？他沒騷擾你？文文不相信，壓低聲音問晶晶。

　　兩口子，啥騷擾不騷擾的！晶晶低笑了一聲。

　　文文丈夫的手倒騷擾上來了，文文一把扒開，繼續說，跟姐說實話，你過得一定很累吧！

　　累？不累啊，他就是言辭短了些，腦子少根筋，不過對我挺好的！晶晶說，啥苦啥累都不讓我吃呢。聽口氣晶晶好像對弱智男人很滿意，沒救了呢這是！文文痛心疾首質問說，好還讓你一人去醫院，跟我還死要面子啊！

丈夫等不及了，一把按了電話，人家過得好好的，你就別騷擾人家了行不？

文文惱了，這是假像，你懂不？哀大莫過於心死，一準是晶晶心死了才什麼也不在乎了，我敢肯定，她過得一定夠累的！

那你累不累啊！丈夫火氣上來了，你就不怕我心死啊！

你心死？文文一撇嘴，我可是專業護士，你心跳正常得很！回轉身，文文又一把抓起了電話，不行，我一定得跟晶晶講清楚，跟弱智男人過一輩子是什麼概念啊，要我說，趁早拿了孩子，到時候單身出門，免得再嫁時受孩子拖累！

文文丈夫心跳一點也不正常了，他一翻身騎到文文身上，我看你才累呢，操心跟自己老公過一輩子是正經事，要說弱智沒比你更弱智的人了！

你居然罵我弱智？一向自詡聰明的文文奮力在丈夫身下掙扎起來，不行，你要不給我道歉我跟你馬上離婚！

不料，丈夫一改往日的溫柔，不僅沒半點道歉的意思，反而惡狠狠地伸手一把撕爛了她的內褲。那是苔男人才有的舉動啊！文文一下子閉了眼，眼淚不爭氣地漫了出來，早知道結婚會這麼累，還不如學人家做單身貴族呢！

走路莫帶風

　　說了一百遍，叫你走路莫帶風，這下好，出盡風頭了吧！李懷玉把那條歐迪芬內褲使勁往李東成臉上一砸，轉身，氣呼呼地把個李東成撂在人群中，走下了露臺。

　　李東成的嘴巴嚅了一下，解釋說，真的，我只是走路帶了一下風，你們聽，我老婆都曉得的，絕對沒窺陰癖！

　　你老婆當然曉得啊！劉四玉不陰不陽接了一句，你窺習慣了唄！作為受害者，劉四玉有理由用這樣不陰不陽的語氣。

　　其實，說受害有點誇張，可藝術這玩意，不誇張也說不過去啊，本來，早上上頂樓露臺晾衣服是老婆的專利，可偏偏這天是三八婦女節。

　　婦女同志的節日，李車東成心想是不是該表現表現呢？李東成是個說到就做的人，搶起老婆手中裝衣服的盆子就往樓上露臺上躥。

　　十多家人共一個頂樓露臺，躥上去遲了就沒地方晾衣服。

　　李懷玉當時的的確確追在他身後說了一句的，走路莫帶風啊！這話的隱語是，別走急了，小心摔跟頭！李懷玉是個愛迷信點亂七八糟東西的人，怕大清早咒丈夫摔跟頭不吉利，就含蓄了一回，用了走路莫帶風這一說法。

　　偏偏，李東成不僅帶風了，還帶得不輕，結果他剛衝到晾衣服的鐵絲前，鐵絲上晾的一條女式內褲就隨風翩躚起來，像只彩蝶似的在晨光那麼舞了一下，可能舞動的幅度大了點。啪！一聲，內褲掉地上了。

　　李東成想也沒想，低頭放了盆子就用兩根指頭拈起了那條內褲。

　　內褲是米黃色的，鏤空帶蕾絲花邊的那種，前不久李懷玉剛好丟了這麼一條內褲，依之妮的牌子，會不會是老婆的內褲又失而復得了呢！這樣的事情不是沒有過，經常有收錯了人家內褲的人隔幾天又靜悄悄地晾上來，認錯內褲是很沒面子的事，當面還給人家，臉上也掛不住，大家都是採取這種心照不宣的辦法來解決的。

　　一念及此，李東成有點興奮了，那可是李懷玉最喜歡的一款內褲呢，穿上它，李懷玉顯得特別性感也特別嫵媚。

　　為了讓老婆性感嫵媚再現，李東成把那條內褲湊到了鼻子底下，他有點近視眼，要看清商標只得委屈鼻子了。

不幸的是，他的鼻子還沒來得及受到委屈呢，耳朵就遭到了呵斥。

你幹什麼呢，聞人家女人的內褲，變態啊這是！跟著一個女中音大呼小叫起來，快來人啊，有窺陰癖呢！

樓下往樓上晾衣服的女人們呼一下子全鑽上來了，像埋伏在周圍就等誰這麼呼一嗓子似的，這些女人中，也包括李東成的老婆李懷玉。

李懷玉只一眼就認出了這不是自己的內褲，自己的內褲是依之妮，款式跟眼前這條雖說相似，但女人是能分辨千分之幾差別的動物啊，何況這內褲差別不到百分之幾呢，李懷玉見李東成獻殷勤獻出個窺陰癖的名聲來，再也忍不住，站出來狠狠罵了李東成這麼一通，十分敗興地走了。

那一回，李東成下樓沒帶一絲風，他無精打采地扶著樓梯回到了家中。

整整一個星期，李東成都羞於見人，尤其羞於見到劉四玉，儘管劉四玉是這棟樓長相最齊整的女人。

時間倒是過得像走路帶了風，一轉眼到了五一。

這天，李東成慢慢吞吞的下樓，打算為老婆買點豆漿油條什麼的早點，到了四樓轉彎處，俯下身子一看，劉四玉的防盜門虛掩著，准是劉四玉也要出門，這一迎碰頭，多不好意思，李東成就趴在樓梯扶手上往下探著頭，想等劉四玉出門或者關門了自己再下去。等了快二十分鐘，既不見劉四玉出來，也不見有人進去，李東成急了，超過半小時，李懷玉會審問他的去向的，是不是大街上遇見同桌的她了啊？這是李懷玉對他晚歸諷刺時常用的習慣用語。

李東成想了想，又測了一下從四樓轉角到三樓轉角的距離，如果動作夠快腳步夠准，三十秒是可以衝過劉四玉的防盜門的。

三十秒，對於一個女人來說，還不夠出門前對著鏡子捋一下額前的長髮呢。

李東成作了一個深呼吸，又活動了一下胳膊和腿腳，他相信，就算是奧運選手作百米短跑他的準備工作也毫不遜色。

起跑前，李東成再一次盯了一眼劉四玉的防盜門，唰一聲就嗖嗖帶風往樓下衝去。

千分之一的幾率呢，偏偏，劉四玉的防盜門搶在李東成起步時開了，剎不住腳的李東成剛好撲到了洞開的防盜門前。無巧不巧，李東成一眼就看見只穿了文胸和內褲的劉四玉正張惶著那眼睛看著他，劉四玉這時候性感極了也嫵媚極了。

李東成卻沒心思去看，李東成結結巴巴解釋說，我真不是窺陰癖，剛才是我走急了，帶的風！

帶的風吹開了防盜門？劉四玉似笑非笑盯了李東成一眼，你老婆不是讓你走路莫帶風的嗎？

是，是沒帶風！李東成漲紅了臉，他也搞不懂那防盜門怎麼會忽然開了，看情形也不是劉四玉開的。

你是沒帶風，可是帶手了！劉四玉說完惡狠狠一摔防盜門。跟帶手有關係嗎？李東成傻傻地站在劉四玉的防盜門前，張著大嘴，像缺氧的魚做著艱難的深呼吸。

你怎麼會有一把刀

先是啤酒在肚子發脹，後來是白酒在胃裏發燒。

我就迷糊了一下，迷糊是因為我面前出現了一個女人的身體，紅潤豐滿，閃著象牙光澤，細膩而溫熱地逼向我。

那一刻，體內到達沸點的是血液了，與酒無關，當然，我是事後回味時才這麼下結論的。

儘管我年輕，儘管我莽撞，但酒後亂性亂到大哥老婆的床上，想來我還沒那個膽。

不用說，是大哥老婆鼓勵了我。

其實用有學問的話來說，應該是大哥老婆誘惑了我。

誰讓我沒學問呢？

沒有學問的人只配舞刀弄槍的，問題是，那天晚上我明明身上沒帶刀的，完全可以用手無寸鐵來形容。

誰會抱著僥倖討女人歡心時帶著刀呢，大煞風景不是，我儘管沒什麼學問，但你絕對不能認為我不解風情。

一個不解風情的小混混，身為大嫂是看不上眼的，我始終這麼認為。

我跟大哥販A片有些年頭了，我說的有些年頭只因為我做這項工作有了一年之久，一般情況下，我能把一項工作做上三個月就難能可貴了，而這一回，竟然做了一年，可見這份工作於我的重要了。

其實，重要的不是這份工作，是給我這份工作的大嫂，本來大哥是看不上我的，嫌我沒學問。

媽的，賣個A片而已，也要學問？我當時很氣憤，任何人都會氣憤，街上賣A片的都是奶著孩子的鄉下大嫂，我未必不如那些拖兒帶女的鄉下大嫂？

大哥當時冷了臉，說，看你七個不服八個不信的樣，看來不試用一星期你不會甘心！

就試用，試用的結果是我三天沒開張，第四天倒開了張，碰見便衣了，我剛問了一句要A片不，人家的手銬就A上我的手頸了。

是大嫂弄我出來的。

大嫂還請我吃了一頓肉絲面，完了說你走吧，這碗飯你吃不了的！

我呼啦啦啦吃完面，而後一抹嘴說，大嫂你再給我一次機會吧！

大嫂就笑，說，輸不起啊你小子！

我不是輸不起，我只是想從地上爬起來，再站直！我一撐脖子說。

那我就給你一批貨，大嫂沉吟了一下，又叮囑說，別讓你大哥曉得啊！

我知道，做這一行的，進一回局子人家就會瞟上你，大哥很忌諱這些的。

我就把戰場轉得很遠，盡量不在大哥的視線裏晃悠。

吃一塹長一智，大嫂交代過，我們賣A片的是打了張的兔子，是驚了弓的鳥，眼神看人時是飄忽的，猜疑的，便衣的眼神是晶亮的，讓人心裏能生寒意的晶亮。

還有一種買A片的人眼神也是晶亮的，不過亮光中閃著淫蕩。

這種人大多是走路只盯女人屁股和胸部看的。

大嫂說那話時還難為情縮了一下胸，我才發現，大嫂的胸很是豐滿，後來大嫂走時我又偷偷看了看大嫂的屁股，翹鼓鼓的。

性感！我當時腦子裏就浮上了這麼兩個字！

果然，人嫂是經驗之談，我的A片賣得順利起來，由一個月拿貨到半個月一拿再到每週一拿貨。

那天，我又去拿貨，大嫂幽幽看了我一眼，說，你來得比大哥還勤勉呢！

我說大哥不在家住嗎？大嫂白了我一眼，男人都是家外有家的！完了欲言又止丟出半句話來，不回來也好！

啥叫也好？我不明白了，大嫂被追問不過，捋起袖子來，幾個煙頭烙的疤出現在我眼前，多麼白皙的皮膚啊，我好像看見暗紅的煙頭正在皮膚上發出吱吱作響。

一滴淚落在大嫂胳膊上，我的！大嫂望了我一眼，柔聲說，總算姐沒白疼你，曉得心疼姐姐！

我的眼瞼被大嫂用手背拭乾，是怎樣暖玉溫香的一雙手啊，我內心一陣衝動說，大嫂，他要再敢欺負你，我一刀殺了他！

大嫂先是詫異望了我一眼，跟著亮了一下，不過就一下，大嫂變了語氣，說，弟你別胡思亂想了，姐知道你是為姐好，明天晚上姐生日，你來陪我說說話，姐就什麼委屈也沒了！

臨走時，大嫂還在我面頰上親了一口。

想來那還是我的初吻呢！

儘管我一直賣A片，但我從沒看過。

　　大嫂的那一吻讓我徹夜難眠，我挑了幾盤A片看了個通宵。如果，我是說如果，大嫂生日真的有意思委身於我，我總不該手忙腳亂吧，大嫂那眼神可是火辣辣的，風情十足呢。

　　我的猜測沒有錯，大嫂在陪我喝了許多酒之後，跟A片上女主角一樣，蛇一樣纏上了我的脖子，估計她在給我A片時都一一看過裏面的內容。

　　我們試著像A片上那樣從床上滾到沙發上，又滾到地上。

　　最後雙雙相擁著昏昏睡去。

　　要不是尿脹醒我時加上腦門上挨了一腳，我沒准還不會醒來，跟A片內容不一樣的是，大哥回來了，只踢了我一腳就冷笑著要揚長而去，賣A片賣到老子名下了，行，成全你們這對狗男女！

　　大嫂就是在這時尖叫起來的，大嫂說，你不是說要殺了他的嗎，動手啊！

　　我像受了遙控樣從背後向大哥撲過去，大哥轉身時臉一下子變白了，我從他放大的瞳孔中看見一把刀正攥在我手上，狠狠插向他的喉嚨，你怎麼會有一把刀？大哥倒下去時還這麼喃喃自語。

　　是啊，我怎麼會有一把刀？在監獄裏呆好幾年了我還在琢磨這個問題。

激動

　　張成亮是個不善激動的人，這樣說其實還不算準確，應該說他自打成家後就沒激動過，用他老婆的話說，你張成亮是不是螞蝦托的生啊，咋一錐子紮不出一滴血呢。

　　也是的，不激動的男人跟沒血性的男人是可以打上三橫的，三橫是啥？數學上叫恆等。

　　老婆說這話時情緒就很激動，她的激動是師出有名的，如果你會想像，你會看見張成亮老婆手裏揮著杆獵獵大旗向張成亮討伐的壯烈場面。

　　也是的，以她的美貌，能把一塊無瑕的玉在新婚之夜獻給一個鄉村出來的男人，你張成亮有什麼資格不激動？

　　老婆聽人說過，有多少男人因為在洞房花燭時看不見老婆身下的落紅而失去理智，又有多少男人因了那個初夜權而跪在床上涕淚縱橫。

　　偏偏，張成亮事後只是點燃一根煙，象徵性地抽了兩口，就撚滅了臺燈。

　　老婆在張成亮的熟視無睹下激動了，確切說是激憤了，到底是鄉巴佬，不懂得啥叫感恩戴德，把我當成地裏一棵蒿草了。

　　老婆不想成為蒿草，即便真要作草，也應該是蘭草，芝蘭之室的草是受不得丁點委屈的，老婆就一揪身子，撚亮臺燈說，下去！

　　張成亮有點疑惑了，下去幹啥？

　　老婆嘴一撇，洗澡啊！

　　張成亮很奇怪，睡前不是洗過嗎？

　　老婆冷笑，你剛才做什麼你忘了？

　　做個愛還要洗澡？張成亮皺了一下眉，有潔癖吧你！

　　老婆說你當在鄉下，貓啊狗啊，交配完了就打呼嚕，畜牲才不洗澡的，要注意性生活的衛生，婚前講座你沒聽啊！

　　張成亮恍恍惚惚記起來，講座自己是陪老婆去過幾次的，問題是，他只關心性生活了，對性生活衛生忽略不計了。

　　老婆的情緒波動他卻沒能忽略過去。

　　至於嗎？他在衛生間洗澡時搖了搖頭，洗了澡做愛，做完愛再洗澡，這麼麻煩的事居然有人樂此不疲。

要是感冒了，這性生活的衛生不是適得其反？張成亮在心裏為這想法還暗暗笑了一下，不過沒顯示在臉上，老婆那麼愛激動的人，明目張膽地嘲諷不是自討沒趣？

　　打那以後，張成亮就學會了控制自己的情緒，一個已婚男人習慣的養成，很多部分取決於他的老婆，好女人是一所學校，反過來，壞女人也是一所學校，張成亮在老婆這所學校裏學到了八個字，不以物喜，不以己悲！一句話，再大的事也不在臉上顯山露水。

　　用鄉下人的話來說，叫心窩子深。

　　張成亮沒想心窩子深，他只是覺得，沒什麼事能讓自己激動而已。

　　老婆不樂意了，說，張成亮你什麼意思，娶了我還一副苦大仇深的表情，老婆的意思很明白，張成亮應該把日子過得歡天喜地的才是正經。

　　老歌咋唱的，解放區的天是明朗的天呢。

　　張成亮卻歡喜不起來。

　　老婆說不行，我得培養你，一個不會激動的人，在社會上會四處碰壁的。

　　張成亮就留了心去觀察老婆。

　　遠遠的，一個婦人牽著孩子過來了，老婆立馬撒著歡兒迎上去，瞧你，嘖嘖，孩子都這麼高了，你還保養這麼好！

　　婦人被老婆誇出一臉的笑，張成亮疑惑了，那婦人都長成俄羅斯風格的腰身了，也叫保養得好？

　　婦人一臉幸福地走了，臉上還飛上了紅霞。

　　看你，都誇得人家急促不安了，張成亮說。

　　老婆一瞪眼，那是我誇得還不夠！

　　瞧瞧，這麼點小事都激動上了，張成亮感慨了一句。

　　也是的，自己咋就不能激動一回，讓臉上也飛上紅霞呢！

　　張成亮就耷下腦袋，使勁回想這麼多年究竟有什麼值得自己激動的事。

　　一想還真想到了一件。

　　那是他考上大學去領通知書時的事了，跟他同桌的宋娟也去領通知書。

　　宋娟當時吧好像請他喝了一罐可樂，張成亮打小到大沒喝過可樂，他家窮，張成亮以為這罐可樂是有深意的，張成亮就期期艾艾承諾說，我以後，會讓你天天喝上可樂的！

　　宋娟吃吃捂著嘴說，一罐可樂，你想那麼遠幹嗎，都照你這麼想，我以後不得用可樂洗澡啊，你知道我請多少人喝過可樂，請你喝是想讓你知道怎麼揭拉環，免得上大學了給我們同學丟臉。

那時他才曉得，人家宋娟根本沒在意的，他的臉上當時肯定飛上了紅霞。

對了，宋娟，要再碰上她，自己一定讓她洗個可樂澡！張成亮在一天開車上班時這麼想，這麼想時他的手還在方向盤上抖了一下，是激動的，他曉得。

車在過十字路口時，一個女人騎著輛三輪車從他車前穿過，面孔是那麼的熟悉，真的是宋涓呢，啥時成踩三輪送貨的了？

前面的紅燈明明白白亮了，可街道邊的人們眼睜睜看著一輛轎車失控般撞過來，把那輛三輪車上的可樂罐撞得水花四濺，一股股褐色的液體漫過了宋娟慢慢倒下的身體。

其實大家都很可憐

陳三多悶著頭，使勁甩拖把，水珠濺起來再砸下去就有點飛珠濺玉的感覺了。

甩著甩著，拖把輕了，陳三多的眼卻重了，眼淚經不住重壓，一顆一顆往外蹦，蹦到後來，就也成飛珠濺玉了。

小玉兒把儲物間打開，說進來吧！

陳三多就進去了。

咋啦？瞧你，比娘們眼淚還不值錢！小玉兒從櫃裏拽出一條新毛巾，說，擦擦，別讓人以為我欺負了你！

女人欺負男人，這話聽起來很好笑，要擱平日，陳三多也許會腆著臉開玩笑說，來吧，玉姐，我作好最佳姿勢等你來欺負！也是的，女人欺負男人，能欺負個什麼名堂出來呢？

但這一回，陳三多的確受了女人欺負，女人是他媳婦，一直以來，陳三多以為，媳婦是天底下最好的女人，可眼下，「最好」被打上了雙引號。

最好的女人會跟別的男人上床嗎？陳三多頭腦有點理不順了，理不順自然就會心亂，心亂就覺得委屈，男人受了委屈無處發洩，不可憐才怪！

陳三多就說，玉姐我是不是很可憐啊。

小玉兒拿手在他頭上摩挲了一下說，可憐之人必有可愛之處，在姐眼裏你是可愛的，懂麼？

陳三多不懂，拿眼怔怔望著小玉兒，小玉兒的手機偏偏那時響了，小玉兒沒接，看了一下號碼說，總台呼我呢！小玉兒是這家酒店的領班，總台呼肯定是有急事。

陳三多擦把淚，望著儲物室一面鏡子發呆，鏡子裏陳三多的頭髮有點亂，剛才，小玉兒的手讓它平順了許多。陳三多抽了抽鼻子，依稀感覺出來，頭髮上還留著小玉兒手上的香氣，護過膚的女人手上才有的香氣呢！

陳三多媳婦不護膚，說是費錢用那地方，不是過日子的女人，難道跟人上床就是過日子的女人了？

陳三多這麼想著，就想起跟媳婦上床的男人來，那男人，當初陳三多是感激他的，還搭著媳婦喊了他幾聲表舅呢！

　　表舅上了表外甥女的床，亂倫呢這是！又一次和小玉兒待在儲物間時，陳三多衝小玉兒說。

　　小玉兒不置可否地笑笑，說這是個亂倫的時代呢！

　　陳三多就沒話了，說我是不是很可憐啊玉姐？

　　其實大家都很可憐，包括你媳婦呢！小玉兒沉思了一會說。

　　她怎麼可憐了？陳三多沒悟過來。

　　沒准你媳婦有求於人家呢！小玉兒猜測說。

　　陳三多這才隱約記起來，自己這工作還是媳婦托了親戚的親戚找的，莫非，那個表舅就是她嘴裏親戚的親戚？

　　陳三多臉上的激憤一下子消失了，臉變得寡白寡白的！

　　小玉兒心疼地在陳三多臉上撫摸了一把說，瞧把我弟愁的！

　　陳三多就小女人樣趴在小玉兒懷裏哭出聲來。

　　這次小玉兒沒拽毛巾，而是把陳三多摁在懷裏，用自己的內衣蹭幹了陳三多的眼淚。

　　陳三多雖是這家四星級飯店打雜的，但陳三多人本分，心眼好，誰要有點什麼力氣活，只捎個信，陳三多准幹得比兔子還歡。小玉兒男人經常出門，好多次，她家的煤氣罐什麼的都是陳三多代的勞。

　　陳三多鼻子抽抽搭搭的，一會兒還平靜不下來，小玉兒的體香就隨這抽抽搭搭一下一下鑽進陳三多的鼻子，陳三多的抽搭不覺換成了貪婪的呼吸，一聲比一聲悠長，一聲比一聲急促。

　　小玉兒輕輕拍了拍陳三多的腦袋，說好了，別像個孩子，拱來拱去找奶吃啊！

　　陳三多頓時孩子氣的撒嬌來說了句，姐，我想吃你的奶了，真的！

　　小玉兒拍拍陳三多臉蛋，說，改天吧，改天你要真想吃，姐給你吃，姐也是可憐人，會不心疼你？

　　小玉兒說這話時，不停看手上的表，果然，手機就恰到好處地響了，還是總台打來的。

　　陳三多一人在儲物間又悶了一會，出來，人更加恍惚了，要真吃上小玉兒的奶，他也不算是可憐的人了。

人家雖說比自己大，但人家好歹是城裏人。

表舅要不是城裏人，媳婦會讓他上床？打死陳三多都不會信。

因為小玉兒的許諾，陳三多忽然覺得天空明朗了許多。

心情明朗的陳三多忽然想起來，自己只顧和小玉兒傾訴，竟忘了把總經理辦公室的地拖一把。

陳三多手裏有總經理辦公室的鑰匙，他徑直拎了拖把開了門，進去，一五一十拖了起來。忽然，辦公室裏面小休息室傳來粗重的喘息。

有賊！陳三多一愣，總經理出差還沒回來，賊一定躲休息室了。

陳三多拎了拖把，一步一步逼近休息室，剛要踹門，裏面探出總經理衣衫不整的小半個身子，見是陳三多，總經理罵了一聲，滾！

陳三多是在滾出門時聽見裏面有個驚惶的女聲問了一句，表舅，是誰啊？

那聲表舅叫得很悽惶，陳三多眼裏立馬浮上一個人的表情，小玉兒的，陳三多還看見小玉兒的表情上，寫滿了可憐！

陳三多忽然仰天狂笑起來，笑聲把一地飛珠濺玉的淚水砸得四散開來。

黑暗

　　李子鳴放下書，歎口氣，實際上是打了個呵欠，但他偏偏覺得自己是在歎氣，完了順手在床頭櫃上碰了一下。

　　燈滅了，咕咚一聲，李子鳴好像聽見光線這樣歎息了一聲，黑暗就裹了上來，光線會歎息嗎？切，看書看多了吧！李子鳴在把自己捂進被窩前，冷笑了一下，笑聲在黑暗中泅出老遠。

　　其實說冷笑有點牽強，冷笑有居高臨下的味道，也有洞悉一切的味道，李子鳴一沒居高臨下的身份，二沒洞悉一切的智慧。

　　那麼還是叫苦笑合適些。

　　是苦笑自然得尋源頭，李子鳴在閉上眼之前，思維就呈無意識狀態擴散，這麼一擴散吧，一個臉蛋漸漸清晰起來，還是任小惠的！

　　任小惠，一個女人而已，自己幹嗎就念念不忘呢？李子鳴想起了剛才書上說過的一句話，思念只是一種習慣，就習慣一下不去思念任何人吧！

　　這句話剛爬上腦海，李子鳴就沒心沒肺地睡著了，之所以說他沒心沒肺，是因為他居然打起了呼嚕。

　　能睡得打響呼嚕的人，在這樣的年頭是不多見的。

　　李子鳴就不多見，最起碼，任小惠這麼以為。

　　兩人接觸得並不多，但很開心。

　　第一次，任小惠清楚記得李子鳴在一個酒會上跟她敬酒時，幽默地說了一句，跟女同志喝酒可是我的強項呢！一桌子哄然笑翻，熟悉任小惠的人都知道，任小惠喝酒跟喝水沒多大區別。

　　任小惠不笑，裝作受寵若驚樣雙手捧起酒杯說，俺這個弱女子是千年等一回呢！

　　果真是千年等一回，任小惠硬是讓李子鳴喝出了高勝美歌裏唱的——西湖的水，我的淚——吐得苦膽水和著淚水要隨之噴薄而出。

　　事後，任小惠給李子鳴打電話說，強項先生，什麼時候和弱女子再來個斷橋相會啊！那一陣電視上正熱播新白娘子傳奇，任小惠要撐上一把油紙傘，和趙雅芝倒真有得一比。

　　李子鳴不是許仙，但還是忍不住和任小惠共撐一把傘雨中浪漫了幾次。

本來，相聚的日子是妙不可言的，怪就怪在李子鳴，太愛賣弄了，他錯誤地認為，幽默是打動女人的唯一法寶，要不任小惠咋會對他就一見鍾情呢？

　　其實，兩人到了這份上，任小惠需要的不是李子鳴的幽默，她需要的是李子鳴的體貼，哪怕只是一個關心的眼神，一句簡短的問候，因為這些都是已婚男人最容易忽略的。

　　任小惠之所以會婚外戀，要的就是補回這一缺失。

　　李子鳴的缺失，就在於他在和任小惠做完愛後，任小惠輕撫著他的肩頭撒嬌問了一句，開心嗎，子鳴？跟我在一起！

　　李子鳴顯然是開心的，他把任小惠的文胸當眼罩戴在頭上，忘形地幽了這麼一默，但凡使人開心的事，大半是有危險的，像飲酒賭博，像美貌女子。

　　他只顧得意，沒發現任小惠的那只纖手已停止了撫動，一絲慍色爬上了臉頰。

　　你是說，女人都是蛇蠍心腸？任小惠一把扯下李子鳴眼上的文胸，質問了這麼一句。

　　怎麼會這樣理解啊，你們女人？李子鳴被問個措手不及，一點也不幽默地順嘴這麼溜出了一句。

　　你們女人？看來你李子鳴閱人無數啊！任小惠把文胸使勁往身上套，啪，一聲，搭扣給繃壞了，文胸掉了下來，任小惠不管不顧地氣衝衝走了，本來兩人說好了共度一宵的。

　　難得任小惠丈夫出差去了省城，也難得李子鳴媳婦出門旅行，任小惠一氣之下甩了門走，又能甩出個什麼來呢？無論什麼事，做給自己看就已經足夠了，總不能到街上亂拉觀眾吧。

　　李子鳴在心裏冷幽默了這麼一把，又胡亂翻了幾頁書，然後把自己埋進了夢中，夢中，那件掉了搭扣的文胸幾次被李子鳴戴在了自己臉上，很氤氳幽蘭的味道呢！

　　李子鳴深呼吸了一下殘留在自己臉上任小惠的乳香，醒了，想想，該給任小惠打個電話和解一下。

　　電話通了好一會任小惠才接。

　　什麼事？任小惠在那邊冷冷問了一句。

　　那個文胸，我想送你件新的文胸！李子鳴手裏捏著任小惠掉在他床上的文胸，期期艾艾地找了個說話的由頭。

　　我有！任小惠雖然只回了兩個字，卻不是拒人千里的口氣了。

買件新的吧！李子鳴討好說，新的緊，能定型的那種，我知道有家內衣店專門賣上好的文胸。

任小惠本來開凍的口吻又一次繃了起來，上好的文胸？你看來知道的還真不少？

知道這有什麼不對嗎？李子鳴有點疑惑不解了。

當然對啊，不要以為就你一人讀書多，我也讀的！書上不是說過嗎，上好的文胸就像情人的手，只有呵護，沒有束縛，曉得你呵護多少人了啊！任小惠像背書一樣背完這段話，砰一聲掛了電話。

李子鳴心裏咕咚一聲響，黑暗又一次裹了上來，他知道，任小惠的手再也不會呵護他了。

高倍望遠鏡

　　吳言是被對面陽臺上那個婀娜的背影撞了一下眼球，才想起臥室裏有一架望遠鏡的，十五元買的地攤貨，準備暑假結束了帶回鄉下哄姪子的，眼下先哄哄自己。

　　有姣好身材的女孩，臉蛋也一定差不到哪兒去！吳言興奮起來，興奮起來的吳言沒敢走上陽臺，兩棟樓房的陽臺相距不到十米，直勾勾盯著人家女孩子，算怎麼回事，城裏的女孩是能讓一個鄉下人白看的嗎？不能！吳言之所以斷定對面的女孩是城裏人，是因為女孩居然在陽臺上只穿了一件文胸和內褲，鄉下的女孩不會穿這麼少在陽臺上晃悠，這點吳言比誰都清楚，吳言是鄉下人。

　　吳言的身份你也一定揣摩出來了，對，吳言在這個城裏打工，農閒出來尋點錢，回去收了秋娶媳婦的那種打工。

　　吳言就摸出了那個扔在床空紙箱裏的望遠鏡，躲在窗簾下向對面陽臺窺視。

　　女孩卻不晃悠了，進了臥室，返身將陽臺上的門虛掩了一下，卻是半掩。吳言的眼神一剎那充了血，怎樣生動的一張臉啊，吳言形容不出來，他上學時語文就不怎樣。跟著，吳言看見女孩似乎把手伸向了背後，莫不是她在解文胸搭扣吧，像印證吳言的想法似的，吳言隱隱約約聽見啪噠一聲微響，女孩的文胸從後背分開。冰肌玉骨，自清涼無汗！語文不怎麼樣的吳言居然腦子靈光一閃，想起了蘇東坡《洞仙歌》中的這句詞，吳言伸出手去，在虛空中撫摸了一下，碰響了窗戶上的玻璃。

　　做賊心虛的吳言生怕女孩聽出了響動，臉刷地變得慘白，心律嚴重加速了，吳言放下望遠鏡，大口大口喘起氣來。喘著氣的吳言從口袋裏摸出一瓶藥，倒出一粒送進嘴裏，壓在舌頭下，心裏才漸漸平穩下來。

　　平穩下來的吳言再次拿起望遠鏡時，對面陽臺後臥房裏已沒了女孩的身影，風把虛掩的門吹開了，只看見從女孩身上褪下來的文胸和內褲躺在地上，萬分委屈的模樣。

　　黑色的繡花文胸，紅色的繡花內褲，將吳言的眼眶撐得發脹，不用說，女孩進了洗澡間沖涼去了！

吳言把望遠鏡換了個方向，瞄準了洗澡間，可惜，裏面朦朧的水汽影響了吳言的視光效果，當然，也不全是水汽的緣故，要怪只能怪吳言手中的這架水貨望遠鏡，鏡片不清晰，又不是高倍拉攏的，哄孩子的玩意，能派上多大用場呢？吳言努力睜圓了雙眼，也只能看見女孩在蓮蓬頭下甩動長髮攪起的一串串水花，這就是所謂的霧裏看花吧！

　　吳言揉揉發酸的眼睛，十二分不甘的放下瞭望遠鏡，那夜，吳言沒能睡好，甚至他還在睡夢中遺了精。

　　第二天起來，吳言決定下樓去買條內褲，樓下不遠有一家內衣店，吳言一頭冒冒失失撞進去後，才發現，對面那女孩正巧笑嫣然望著他笑，她居然是這個店的老闆。

　　吳言差點把頭紮進了褲襠，吳言雖是鄉下人，可羞恥還是有的！吳言漲紅著臉把錢遞給女孩，一眼也不敢在女孩臉上停留，賊一樣逃出了女孩的門店。

　　女孩在吳言走後好久還在笑，哪來這麼靦腆的小夥子啊！女孩對吳言或多或少還有了絲好感，如今的小夥子，見了女人哪個不是一見面就嬉皮笑臉動手動腳的。

　　女孩不知道，吳言在夢裏已對她動了手腳。

　　晚上關門店時，女孩在樓下意外碰上吳言在一家地攤跟老闆砍價，那是一架高倍望遠鏡，老闆要價一百，吳言身上只帶了八十，兩人正僵持著呢。

　　女孩上前衝吳言擠了一下眼，意思是讓他走，吳言以為女孩看出什麼來，不敢吭聲，就乖乖跟在女孩後面。沒想到，女孩竟邀他上了自己家，吳言上樓時很是忐忑，人家會怎麼收拾自己呢？是賞自己一耳光罵上一通流氓，還是告他窺視他人隱私？吳言爬樓爬出一身的汗來，不是熱的，是緊張！

　　居然，什麼都不是。女孩進門從櫃裏摸出一架高倍望遠鏡來，送你吧，我再玩這個也不合適！女孩笑著把望遠鏡遞給了吳言，臨出門時女孩又追出來加上一句，我今夜要出去進貨，你沒事幫我下樓轉轉，這兩天撬門店的賊太多了！女孩這會已知道吳言住對面樓了，吳言回了家就擺弄起望遠鏡來，果然清晰度沒法比，吳言明明白白看見女孩在那邊換衣服，不過沒洗澡，看來女孩趕著進貨，後來女孩在陽臺上收衣服時還衝這邊有意無意張望了幾眼，嚇得吳言手一抖，望遠鏡差點掉在地上。

　　那夜，吳言仍沒睡好，沒睡好的吳言下了四次樓去女孩門店前轉悠，差點讓巡邏的聯防隊員把他當賊抓了。第三天晚上，吳言百無聊賴地躺地床上，一覺醒來，忽然對面臥室亮起燈光！吳言操起高倍望遠鏡摸黑走出陽

臺，清清楚楚看見剛出了浴的女孩正一件一件在身上試穿剛進回的女式內衣，女孩高聳的乳房在文胸內一顫一顫地抖動，內褲是鏤空真絲還帶蕾絲花邊的那種，隨著女孩一件一件不厭其煩地褪下再套上，吳言像心律失常的人到了高原地帶忍不住喘息起來。

為緩解心律的失常，吳言就把鏡頭轉移了一下方向，意外就是在這一刻發生的。

吳言的鏡頭中忽然出現一個高大威猛的男人來，那男人一言不發瞪著吳言，眼裏冷冰冰的冒著寒光，男人這會就站在女孩臥室外的陽臺上。

吳言心裏一慌，整個人往前一栽，像一隻夜鳥從陽臺上飛了出來！

第二天淩晨，員警在勘察完現場後得出一個結論，死者一定是看見了極為恐怖的場景才心臟病突發導致死亡的！理由是，死者手裏一邊捏著一架高倍望遠鏡，一邊攥著一瓶救心丸，莫非他看見了面目猙獰的外星人？有人猜想。殯儀館的工作人員在抬吳言時，女孩剛巧路過那兒，女孩探過身去望了一眼，女孩很奇怪。女孩說，一個高倍望遠鏡能看見有多恐怖的場景呢？女孩說完還喘了口氣，女孩肩頭扛了一個仿真塑膠模特，很高大威猛地俯視著躺在地上的吳言，眼裏冷冰冰的沒半絲表情。

本來，女孩準備請吳言幫他扛一扛的，可在陽臺上喊了好幾遍沒見吳言應聲。女孩門店裏男士內衣一直不大好銷，這次進貨就捎回了個男式模特。

右眼跳

張偉早上一睜眼，眼皮就跳了一下，張偉沒在意。可洗臉時毛巾剛捂上臉，眼皮又跳了一下，張偉還是沒在意。張偉是個夜貓子，睡眠質量不怎麼好，眼皮跳個一下兩下的，很正常！但讓張偉感到不正常的是，他臨出門時手帶上防盜門的一剎那，眼皮竟無端地連跳了三下。

左眼跳財，右眼跳災！張偉想起祖祖輩輩傳下的這句話來，很不幸，張偉跳個不停的正是右眼。

能有什麼災呢？張偉一邊尋思著，一邊慢吞吞地下樓，一個陷入沉思的人是很容易忽略身邊的事物的，張偉就是，不過他這回忽略的是人，是個昨晚他還去找過的人，這人是楊凡。

兩人不算深交，但也過得去，彼此互相在家裏蹭頓飯也不是不可以。這緣於兩人有個共同的愛好——下棋！昨晚張偉棋癮來了，下樓去找楊凡，撲了個空。楊凡老婆挺熱情，像往常樣沏了杯茶，張偉除了下棋就是喝茶，一見那杯碧螺春就邁不動步了。喝茶有個講究，頭遍水，二遍茶，三遍四遍是精華！為讓碧螺春的精華不至於浪費，張偉喝了五遍茶才提出告辭，末了還不無遺憾地回頭看了一眼被水泡得很豐盈的茶葉，才戀戀不捨地走開。要擱在自個家裏，張偉會把茶葉放在嘴裏再咀嚼上半個小時才肯甘休的，茶自峰生味更圓呢！

記得當時楊凡老婆還開了句玩笑，咋？不捨得茶還是不捨得人啊！楊凡老婆一向愛開玩笑，可能是心情好的緣故吧，張偉當時也調侃了一句，茶不捨得，人更不捨得了！楊凡老婆一推張偉，去，去，去，我可是一塊拒絕融化的冰呢！張偉當時一下子來了靈感，套用電影《夜宴》中葛優的臺詞說，你就是塊冰，我也能把你焐化了！

那我要是一團火呢？楊凡老婆也接上一句臺詞來。

那我就吞下去，暖心！張偉學著電影中葛優的表情故作深情地盯著楊凡老婆看，完了兩人哈哈大笑起來。

想不到，他們一不小心也經典了一回，放《夜宴》時，這段話在網上出現的頻率可太高了！棋沒下成，可心情還是愉快的。甚至，張偉認為，楊凡

老婆或多或少給了自己一點暗示。這會碰上楊凡，張偉就多多少少有了份不自在，難怪眼皮跳呢！張偉心裏莫名地一虛。

哥們，昨晚忙乎啥呢？楊凡上來就擂了張偉一拳，平常他們也這樣，但張偉覺得吧，楊凡這一拳擂得不像是開玩笑，有痛徹心扉的感覺。

張偉就虛虛笑了一下，能忙啥呢？一人在網上下棋唄！

楊凡忽然湊過來，壞壞地一笑說，你小子能啊，讓我老婆折磨我半宿！

這話很玄，讓張偉摸不著頭腦。張偉就臉上紅彤彤說了一句，我讓你老婆折磨你？不會吧，煩我都來不及吧，我喝了五遍茶呢，換我老婆早把客人轟跑了！張偉是想表白自己跟他老婆之間沒什麼。

楊凡說你小子避重就輕呢，我說的不是喝茶，是後來對臺詞，靠！就為這，我老婆在床上逼了半夜讓我背呢！

背什麼？張偉裝糊塗。

你小子裝什麼裝？楊凡不樂意了，你小子說要將我老婆從冰暖成水的，忘了？

真忘了！張偉一拍腦袋，裝作回憶起什麼來，昨晚我酒喝多了點！

什麼？你酒喝多了還去找我老婆！楊凡一怔，酒能亂性呢，張偉上次嫖娼就是喝了酒去的，莫非張偉昨天還真想給自己老婆送點溫暖？老婆經常在床上罵自己無用呢！

楊凡就盯著張偉不陰不陽給了一句，小心讓我老婆那團火把你的心給焚了！

張偉心說不就背了兩句臺詞嗎，犯得著轉彎抹角審犯人似的！張偉上次嫖娼被員警審過一次，心裏一直治著氣呢。

張偉就冷冷回了一句，焚了好啊，書上說了的，這叫鳳凰涅槃！

涅你娘的鬼！楊凡罵罵咧咧說，我說你他媽咋這麼迷下棋呢，醉翁之意不在酒啊，我呸！還想吞下去，暖心！一對狗男女，我看是噁心！

你嘴巴給我放乾淨點行不？張偉也火了，清清白白的人叫楊凡這麼一嚷嚷，他日後還找不找媳婦啊，本來上次嫖娼就夠窩囊了，再背上個勾引人家媳婦的名聲，叫他還活不活？男人，活的不就是一張臉嗎！

楊凡嗓子愈發高了，呵，自己做了不乾淨的事還嫌人家嘴裏不乾淨？我呸！呸！呸！

楊凡可能呸得誇張了一點，一口痰就劃了個優美的弧形後極度癡情地趴在了張偉臉上。

可能這口痰吐得太響了，一大幫晨練的人停了下來，不解地望著他們。

張偉臉上掛不住了，張偉說，你他媽的給我舔乾淨！

舔？讓我老婆來舔吧！你不是很想找她舔嗎？楊凡一甩頭，揚長而去。

揚長而去的楊凡一點也沒發現身後的危險，他只看見一幫晨練的老頭老太張大了嘴，一隻濃痰也值得張這麼大嘴？發傻啊！楊凡很不以為然地回了一下頭，他想弄清楚濃痰在張偉臉上張偉是個什麼樣的反應。

張偉是有反應的，這反應成了這個世界留給楊凡最後一個剪影，剪影上的張偉將手中的兩個健身球惡狠狠地砸向了楊凡的腦門，楊凡這才想起張偉除了下棋喝茶還有健身的愛好，兩個鐵膽健身球從沒離過身。

鐵膽出手的一剎那，張偉忽然發現，右眼皮一下子停止跳動了，很準時，像被一刀切斷了似的。

失手

東州的這次傷人，嚴格地說是失手造成的，與酗酒無關，儘管東州是個嗜酒如命的人。

東州好酒，習慣的喝法是早三中四晚五，即早上三杯中午四杯晚上五杯，但那天早上，東州是一滴酒也沒沾就出了門。

酷暑造成用電負荷加重，他家的保險絲燒了，東州大汗淋漓地搗騰一早上，也沒將電接上，不是東州笨，是東州家裏沒有可手的工具，東州就怏怏下了樓，去買電工取子或者螺絲刀。

東州住的地方有點偏，去商場繞小道可以近一半路程，東州是串街走巷去的，回來，自然也揀胡同鑽了，天熱，誰願意多跑兩步路呢。

東州買的是一把新款的多功能電工刀，帶彈簧的，先按一下彈出扁口取子，又按一下彈出十字取子，再按一下彈出刀子，還按一下彈出叉子，東州就興致勃勃拿出來在手中彈進彈出地玩，開心得像個孩子。

偏偏在背街轉彎處，東州碰上了國軍，國軍是東州同學。高中的，兩人交情不深。國軍這會跟東州相反，國軍有點不開心，跟不開心的人打招呼，是自討沒趣的表現，東州就裝作沒看見，準備擦肩而過了。

國軍卻不讓他擦肩而過，國軍惡聲惡氣喊了聲，東州你給我站住！東州就站住了，他站住是想弄明白大清早的國軍發什麼神經，結了婚不好好度蜜月在胡同裏晃悠個什麼勁，東州聽說國軍才結了婚，有什麼事啊，新郎官？東州笑嘻嘻地問，東州一向嬉皮笑臉的。

以後，以後，以後你不許跟我老婆說話！國軍吭哧了半天，莫名其妙甩出這麼一句來。

你老婆，我夢都沒夢見過，說什麼話啊？東州愈發不得要領了，不得要領的東州伸出手去摸國軍額頭，你不會被蜜月蜜昏了頭吧？

國軍一偏頭，東州摸了個空，東州就順勢摸了一下國軍胸脯，乖乖，色是刮骨鋼刀，瞧你，真瘦成一把刀了呢！東州故意誇張地說。

國軍臉一黑，罵道，狗改不了吃屎，摸女人摸順手了，連男人也摸！

我幾時摸過女人了？東州火了，老子還沒結婚，別敗壞老子名聲行不？

不承認，就知道你不會承認，哼哼！國軍說，十年前，就在這條背街，你忘了？

十年前我還上高中呢，這條背街怎麼啦？東州想不起來了，十年前的事，誰能記得清啊，別說是個酗酒酗得忘事掉魂的人，就是一個頭腦清醒的人又記得哪些呢。

要我提示嗎？當時，也是夏天，我倆晚上補課回來，喏，就在那棵樟樹下！國軍指了過去，在那兒！記得不？

東州望過去，是有一棵樟樹，樟樹怎麼啦？東州還是稀裏糊塗的。

樟樹下有一張竹床，竹床上躺了一個姑娘啊！國軍惱火了，國軍說，你摸了人家姑娘的乳房，左邊的那個乳房，你忘了？

東州一愣，東州依稀記起來了，當時真有一個姑娘在竹床上睡熟了，他仗著膽子上前摸了一把，可國軍也摸了的，國軍摸的是姑娘的右邊乳房，那是兩人打賭時幹的事，事後兩人後怕了好多天。

東州就一撇嘴，你不也摸了啊，老鴉笑豬黑，自己不覺得！

國軍說，我摸我老婆，天經地義！你摸就不對了，朋友妻，不可欺的！

什麼，你老婆？東州愈發不知所云了。

對，那姑娘成了我老婆！國軍說，本來我也不知道的，結婚那夜她說十年前她就喜歡我了，這叫緣分。我說十年前我不認識她啊，她就罵我壞，說我十年前就摸過她了，還抵賴！

敢情，她被驚醒了只發現是我在摸她右邊乳房才沒做聲的，國軍狠狠瞪了一眼東州，說以後你不光不能和她說話，還不能看她，在過去，可是男女授受不親的，你知道這講究吧！

東州火了，鬧半天為這事啊！火了的東州也瞪了一眼國軍，在過去誰先牽了女人的手女人就該跟誰以身相許呢，按道理是該我恨你的，懂嗎，要不我這會還打單身？

國軍見東州不僅不認錯，還要嘴皮討快活，國軍心裏火苗直竄，你他媽的摸我老婆還摸出理來了不成？

有本事你也去摸人家姑娘然後讓我娶啊！東州撇了一下嘴角。

你他娘想讓我摸進監獄，你來個乘虛而入吧！國軍咬牙切齒地說，要摸我也去摸你妹子！

這話傷著東州了，東州跟妹妹感情特深，東州把手中的多功能電工刀一晃說，你敢摸我妹妹老子廢了你！

就摸，就去摸，摸左邊的那個！國軍手舞足蹈地說，終於找到了東州的軟肋，國軍快活得直發抖，人在得意時總忘了危險在漸漸逼近。

東州牙一咬，你他媽再亂嚼一聲舌頭試試！

國軍還沉浸在遐想中，你妹子學舞蹈的，那乳房一定很飽滿，很挺拔，我這只手只怕還握不住呢，得用兩隻手去摸！國軍連說帶比劃，人還做出色狼架勢虛空往東州身上撲，好像東州這會就成了他妹妹。

撲過來的國軍身上帶著一股濃濃的酒氣，這氣味讓東州很熟悉，國軍原來是喝了早酒的，芝麻大點事還借酒澆愁來著！一個喝多了酒的人說的話是不必計較的，東州自己就經常喝醉呢。

許是同病相憐吧，東州皺了皺眉頭，用力去推國軍，跟喝醉酒的人糾纏下去，沒多大意思的，別人也在自己喝醉了這麼推過自己。

東州推的時候用力猛了些，手裏的工具刀突然彈開了，這回彈出的，是那把可以削皮線的雙刃刀，身體失控的國軍胸心正對著刀尖撞過來。

東州感到手上一熱，有血一下濺到手上。

東州嚇傻了眼，看國軍，國軍喃喃自語了一聲，摸一把乳房，咋那麼叫人心慌呢？心裏發慌的國軍慢慢先軟了下去的是一雙腿，跟著身子也軟了下去。

跳一首舞

鄭東從酒席上逃下來時，街上已華燈初放了。街燈不亮，冷冷地盯著他這個酒桌上的逃兵，像老婆秦小鳳的眼睛，打成家後就沒熾熱過。

一想到秦小鳳的眼睛，鄭東就在街上來了個讓人無法挑剔的向後轉，取消了回家的打算，或者說是取消了馬上回去面對秦小鳳眼睛的打算。

看來喝酒也是有好處的，它可以讓一個猶豫不決的男人變得果斷乾脆，難怪電視上那些英雄也好歹徒也罷，總要借一碗酒壯膽呢！鄭東酒醉心靈地笑了一下，是那種陰謀得逞後的奸笑，儘管這笑讓鄭東很不習慣。

但鄭東感到一種莫以明狀的舒坦，對了，是舒坦！一個讓鄭東久違了的字眼，這字眼甚至讓鄭東聯想到了另外兩個字——溫暖。

一想到溫暖，鄭東就不由自主地打了個寒戰，早春的天氣，夜風照樣刺骨，鄭東就加快了腳步，讓血液加快迴圈。

酒在胸膛裏燃燒，衝上了大腦，鄭東跺了下腳，寒從腳下來呢！

像回應他似的，街頭傳來一陣跺腳的聲音，是一群女孩子，嘻嘻哈哈鑽進了街頭旁邊一門廳裏，裏面透出震耳欲聾的鼓點聲。

鄭東抬了抬頭，呵，是天上人間迪廳呢！鄭東下意識地又跺了下腳，街上來來往往的行人，在他的跺腳聲中側了側頭，鄭東的臉，唰，一下就紅了。

鄭東可是個斯文人，雖不至於像古代淑女樣做到笑不露齒行不側目，但起碼也是逢人三分笑，點頭又哈腰的謙謙君子。

臉紅的鄭東一低頭，鑽進了舞廳。

跳一首舞去！鄭東竟沒來由的冒出了這個念頭。

舞廳裏燈光搖曳著，雖不明媚卻隱含一種難以言說的溫暖！在這裏，男男女女拼命吼叫著，兜售自己的青春，沒有青春可售的就在這裏尋找著失落的青春。一句話，在激越的鼓聲誘惑和感召下，人人都在放縱著自己的肉體和心靈。

一個連舞都沒跳過的人，他能坦言自己擁有過青春嗎？鄭東腦子裏居然浮上這麼一句話，很有警世的味道，別人認不認同不要緊，酒意十足的鄭東自己這會認同就行。

鄭東夾在人群中使勁扭了扭屁股，還誇張地乾號了幾聲，可惜，被聲浪淹沒了。什麼叫人潮？能淹沒你的地方就是人潮。鄭東一下子覺得自己被淹沒了，被淹沒的感覺，真好！

鄭東扯開西服，拉開領帶，頭晃得像家裏座鐘上不停啄米的小雞。有幾次，鄭東的屁股甚至忘情貼在人家大姑娘的屁股上，要擱平時，鄭東連看一眼人家姑娘屁股的底氣都沒有。

鄭東是謙謙君子呢！誰說的，科室的美女小娜唄！小娜甚至跟人打過賭，鄭東不敢拉她的手！果然，那次單位組織爬山，小娜跟在鄭東身後爬不上了，鄭東友好地伸出了遮陽傘的傘柄。

這姑娘的屁股，多像小娜的啊！也就是在那次爬山，鄭東才有機會居高臨下地欣賞了小娜的屁股，渾圓，略有點下垂，據說是今年十分流行的審美走向。

正胡思亂想呢，那姑娘在幽暗的燈光下湊了過來，在他耳邊嚷嚷，你第一次跳舞啊，聽聲音還真是小娜呢！

鄭東嚇得紮著頭，生怕小娜認出他。

誰跳舞還紮領帶啊！小娜一邊說一邊扯走了他的領帶亂舞一氣的詐唬說，搞得像我們單位鄭東似的！

鄭東想了一下，還真是的，單位裏就自己一人天天打領帶，打領帶咋了？是禮儀，是風度，更是品味！鄭東就粗著嗓子回敬小娜說，像鄭東不好嗎？就算是鄭東又如何？

小娜撲哧一笑，你要是鄭東啊，我給你做情人！鄭東這榆木疙瘩，哪懂得跳舞的情趣！

鄭東說，你說的啊，做情人呢！鄭東剛要伸手去拉小娜來驗明正身，偏偏人潮一擁，小娜就沒了影，留給鄭東一身的酒氣。顯然，小娜也喝了酒，這不奇怪，小娜經常和朋友們泡酒吧。

第二天上班，鄭東破天荒地沒打領帶，而且一上班就盯著小娜的屁股蛋聯想翩翩。

鄭東有理由這樣聯想翩翩，因為小娜說了的，只要鄭東懂得跳舞的情趣，就給他做情人。鄭東現在已經初步理解了跳舞的情趣，那就是，跳舞可以跳出個情人來！而且，不需要打持久戰，不像他們頭兒說的什麼小姐太貴情人太累，跳一回舞情人就有了，累什麼累！

小娜被鄭東盯得發毛，一天沒敢挪動屁股。

傍晚下班時，小娜剛挪動屁股，鄭東走過來，眉眼裏全是笑，鄭東說，小娜咱們走吧！

咱們？小娜問，咱們是什麼關係啊，往哪兒走？

情⋯⋯鄭東剛要說情人關係唄！想想不夠含蓄，改了口說，請你跳舞去呀，當然往舞廳走！

小娜往後退了一步，跳舞！你？接著又斬釘截鐵說，舞廳那地方，烏煙瘴氣的，我才不去呢！

鄭東急了，聯想翩翩一天的屁股蛋咋說沒就沒了呢？鄭東一把攥住小娜的手，小娜你說了的，要跟我做情人的，咋一夜工夫就忘了呢？

鄭東說得氣急敗壞的，手舞足蹈像在舞廳裏，聲音也不由自主地高了上去，就有沒下班的人陸陸續續圍了上來。

鄭東語無倫次地解釋，昨晚，我喝酒來著，她說給我做情人，在舞廳裏！

小娜使勁掙脫鄭東的手，大白天說什麼胡話呢，你，你是不是酒後虛幻症啊！

小娜說得很合情理，讓鄭東一下子陷入了維殼。

小娜繼續說，你是不是壓抑太久了，要真的釋放情緒也行，就正兒八經去舞廳跳一回，辦公室裏發什麼瘋！

說到瘋，立馬有人沖正手舞足蹈的鄭東很老到地判斷，典型的心理狂躁症。話一落音，人群立馬分散開來，生怕波及自己。那人立馬又說，這是前期預兆，不礙事的，先按住他，送到醫院開點藥吃，時間長了就難治了！眾人一擁而上，按住鄭東。

鄭東歇斯底里衝小娜扭動的屁股喊，小娜你等我，我馬上就去舞廳為你跳一回舞！

嘔吐

　　李祥是我哥們，很鐵的那種。

　　當然，很鐵並不代表他沒有毛病，是人就得有毛病，李祥就有：動不動就嘔吐。

　　千萬別以為他腸胃不好，李祥頓頓能喝八兩酒，餐餐可吃半斤肉。李祥的嘔吐，與女人有關。李祥是婦產科的一名醫生，我也是醫生，不過在外四科，與缺胳膊少腿的人打交道居多。

　　有必要再交代一下，李祥雖說天天與女人打交道，可至今依然打著單身。我不打單身，我從書上學的，沒有性生活就有新生活，我結婚才二個月，天天被新生活滋潤著。

　　我舉杯跟李祥碰了一下說，「哥們，早點進入新生活吧！」

　　李祥很不屑，「是性生活吧！」

　　我不怕李祥笑我淺薄，「性生活咋啦，魚水交融呢！」李祥一口喝乾杯中酒，「交融之後呢，產卵？」

　　「產卵不行嗎？」我很詫異，「孩子是愛情的結晶呀！」

　　李祥抬起頭，糾正我說，「應該是婚姻的副產品才對吧！」

　　我說，「李祥你咋這樣頂真呢，副產品也好，結晶也罷，你總不能拒絕天使的降臨吧！」

　　我這樣說是有道理的，西方都把孩子稱為天使呢！

　　「要是私生子呢？」李祥冷不防回了我一句。

　　我沒料到這個茬兒，啞了口。

　　李祥忽然沒頭沒腦歎了口氣，「這年頭，私生子咋越來越多了呢，他們究竟是天使還是魔鬼啊！」

　　我愣了半晌，「管他天使還是魔鬼呢，我就知道一點，私生子也是人！」

　　李祥冷冷補上一句，「我還知道一點，私生子過得都不像人！」

　　我撫掌大笑，「妙啊，妙，在醫院裏除了你就是我過得不像人……」

　　話沒說完，李祥臉一變，衝進洗手間裏嘔吐起來。

望著喝了不到一半的五糧液，我大為掃興，李祥你嘔吐也不看看時候，才上點酒癮就被無情地扼殺了。

　　我有一個多月沒理李祥，不是生他氣，是忙，再者我老婆不大理我的朋友，連李祥這樣要好的哥們她也照樣不認識。

　　我跟李祥喝酒一般都趁老婆出差或回娘家時喝。

　　那天李祥下班時找到我說，「晚上喝兩杯咋樣？」

　　我邊脫白大褂邊換衣服說，「別，我怕你嘔吐！」

　　「吐完了！」李祥拍拍肚子，中氣不足的樣子，我仔細看他的臉，煞白，還冒了一層虛汗。

　　李祥壓低聲音，「去吧，今天又一個私生子呢！」

　　「處理了？」我也壓低聲音。

　　「送人了，真狠得下心！」李祥憋著嗓門，「真恨不得把她子宮切了！」

　　我知道李祥見不得生私生子的女人，可這是人家的事啊，人家願意，關你什麼事，你自己連個女人都沒有，還管人家生不生私生子。

　　就喝去，喝得天昏地暗，老婆出差去了省城，要一個多月，李祥呢，明天出去進修，也喝得咬牙切齒。為什麼這樣說呢，李祥喝一口就痛罵一聲那個女人，像喝那女人的血一樣興奮。還好，李祥這回真的是吐光了，沒聽他在洗手間裏哇哇亂叫的聲音。

　　等李祥從省城回來時，我決定請李祥在家裏喝一頓。也是的，我成家後，李祥一直沒踏進家門半步，我要讓這個沒有性生活的傢夥見識見識，我的新生活過得多麼愜意，老婆是個極為講究情調的女人，儘管她出差一個月，可臨出門前還是把家裏佈置得浪漫而溫馨。

　　李祥打從進門一開始就不大對勁，先是盯著我們的結婚照看，完了又央求要看我老婆的生活照。我懶得理他就說你自己翻吧，然後去找酒具和冷食。

　　酒喝得很快，李祥說你老婆叫什麼名字啊？

　　「李麗啊！」我回答。

　　李祥眼睛一亮，「你們該準備產卵了吧？」

　　「俅，我正考託福，哪有心思整這個，有措施的！」我回答。

　　「不可能啊！」李祥愣了一下。

　　我聽他這話裏有話，就一跺杯子，「李祥你有屁快放！」李祥吞吞吐吐說，「我進修時做了一個手術，人流，那人跟你老婆很像的！」

我說李祥你有病啊，我老婆出差呢。

李祥急了，摸出攝像頭手機拔了個號說，「請你幫忙把昨天手術那個患者的像發過來一下！」

過了一會兒李祥的手機振鈴響了一下，是資訊提示呢，我滿腹狐疑地調出短信，天啦，老婆正躺在病床上養神，櫃上有鮮花，還有一大堆營養品。

我胃酸上湧，人沒衝進衛生間便狂吐起來，李祥不說話，也吐！

我不怒反笑，說：「李祥你吐個俅啊，湊熱鬧還是看笑話！」

李祥沈默了一下，說，「都不是，不過我想告訴你我的身世，我是一個私生子！」

我停止了嘔吐，看著李祥，李祥抱著酒瓶，正像喝人血般的狂飲。

親愛的，你跟我飛

王俊最近特別煩龐龍。

確切點說是煩龐龍唱的《兩隻蝴蝶》，王俊的未婚妻孫倩要死要活地迷上了這首歌，女孩迷上一支歌曲，很正常，一個妙齡女子，要是不迷上點青春期的東西，才不正常呢。

走過這個時代的人常把這叫給青春期打上烙印。

孫倩嘟著嘴巴說，「我就是喜歡《兩隻蝴蝶》怎麼啦！」

王俊一撇嘴，「整天穿花繞柳，一個遊手好閒的頑主，值得人喜歡？」

王俊這話犯了大忌，「孫倩的前男友恰好是一個遊手好閒的公子哥兒！」

戀愛中的女人是愛鬥鬥氣的，做為即將成為人婦的孫倩更有鬥氣的理由，沒准這是兩人成家過日子前的最後一次鬥氣呢。

為什麼青春期能打上烙印，戀愛就不行呢！孫倩突發奇想，孫倩說：「蝴蝶穿花繞柳咋啦，有品味的人形容那叫會飛的花，蟲界的佳麗，蝴蝶的美是一種求生的姿態，告訴你，我們的婚禮上必須出現兩隻蝴蝶在攝像機前翻飛，你還要必須會唱《兩隻蝴蝶》，要不，你就穿過叢林去看小溪水吧！」

王俊一下子張大了嘴，王俊的結婚請束都遞出去了，還上哪去看小溪水啊。

唱歌不難，王俊雖不是音質純正，但也絕非五音不全，這年頭，只要在外混過幾天的人，誰個沒有卡拉OK過幾回呢，王俊把《兩隻蝴蝶》硬是唱得讓孫倩伸出大拇指OK了！

可蝴蝶呢，兩只能翩翩起舞上下翻飛的蝴蝶呢，哪兒尋去！

王俊後悔自己沒把婚禮訂在春天了，春天，連兒童都可以急走追黃蝶的，何況自己一個大男人。

王俊把婚禮選在十一，主要是因為黃金周的長假，當然，還想沾國慶日舉國上下一片喜慶的光。

晚秋時節，蝴蝶雖不至於絕跡，但也不是隨處可得的，而孫倩呢，卻沒絲毫退步的意思。

王俊連帶著恨起《兩隻蝴蝶》的詞作者來，為什麼不寫《兩隻蜻蜓》的歌曲呢，王俊不曉得中國人對蝴蝶的偏愛是無以復加的，梁祝化蝶，莊周夢蝶也就罷了，連女孩的頭上都還飾以漂亮的蝴蝶結。

王俊走在城市的大街小巷中尋找蝴蝶的芳蹤，龐龍的歌聲縈繞著他，「親愛的，你慢慢飛……」王俊揮了揮手，卻揮不走歌曲的旋律。王俊來到田間地頭，家家戶戶跟著炊煙飄走的還是龐龍不疾不徐的歌聲，「親愛的，你跟我飛……」王俊覺得蝴蝶在潛意識中無處不在，可一旦他伸出手，連蝴蝶的花粉都沾不上分毫。

　　王俊就對孫倩說：「你如真那麼鍾愛蝴蝶，請你陪我上一趟聊崛山，希望你不是那個好龍的葉公！」

　　這話其實是王俊向孫倩的一個挑戰，聊崛山是他們這座城市的最高峰，一上一下，得一整天工夫，還得是沒有恐高症的人才敢去爬。

　　孫倩就有恐高症！

　　孫倩說你激將我呢，聊崛山一定有蝴蝶？

　　王俊說我專門看了昆蟲世界，知道蝴蝶在晚秋之際多趴在枯枝梢頭，或吊在植物葉下，或貼在懸崖峭壁上等待霞光把它們喚醒。

　　孫倩說你別解釋了，明天我趕大清早和你上山。孫倩說完這話還不忘哼一句：「親愛的，來跳個舞，愛的春天不會有天黑……」

　　孫倩有理由手舞足蹈，兩隻蝴蝶明天將在她手中翩翩起舞呢，對黎明前的黑暗孫倩一點也沒在乎，聊崛山上，真應了那句古詩，「人間四月芳菲盡，山寺桃花始盛開！」一片姹紫嫣紅呢。

　　王俊和孫倩終於在霞光之前爬上的聊崛山巔。

　　第一縷霞光姍姍來遲，一個奇特的景象在他們面前出現了，剛才還沉寂著的山頂一下從樹叢下，葉片間，峭壁處竄起一隻又一隻蝴蝶，有忽上忽下的，有忽左忽右的，有忽高忽低的，好一群會飛的花仙子啊。

　　孫倩手忙腳亂的揮舞著，「這只，我要這只，哦，不對，那只，那只更美麗！」

　　王俊打開MP3，在龐龍的歌聲奮力追趕，還不時給孫倩怪腔怪腔來上一句，「親愛的，你慢慢飛……」歌聲中，孫倩只看見漫天的蝴蝶在霞光中飛舞，一點兒也沒發現王俊的一隻腳忘形中踏上一塊滾動的岩石，孫倩只曉得王俊的歌聲毫沒來由的戛然而止。

　　孫倩撲了過去，看見王俊的身影正像一隻蝴蝶般向山谷飄了下去，MP3的回音在耳邊縈繞，「親愛的，你跟我飛，穿過叢林去看小溪水……」

　　孫倩的淚珠像小溪水般滑落下來。

刀削麵

刀削麵，手擀面，不如龍鳳速食麵。

這話在電視上念叨得我耳朵裏起了繭，可我還是喜歡吃刀削麵，實在愧對廠家花那麼多冤枉錢做廣告了。廣告上那些話，都是扯沒影的蛋，哄哄孩子可以，我的味蕾可是能夠分辨食物中千分之幾差別的呢，機器生產的東西，能跟手工的比麼？要能比，還要傳統手藝幹啥？

這樣想著，我的舌頭就又生出一層津來，這一回是舌頭牽著我的腳步走，往小區偏廈那兒走。

偏廈那兒有個刀削麵小吃店，小倆口開的，山西人。《人說山西好風光》這首歌唱得不假，這小倆口就是一道好風光呢，當然在男人眼裏，只能看見女人的風光。

我就喜歡看女老闆的風光，說到這，你可千萬別把我當色狼，女老闆一般情況下都在面案子上忙活著，眼睛很少抬起來。她揉麵的，是一雙很瓷實很豐潤的手，在麵團裏揉來揉去，那樣一雙手，揉在身上是什麼感覺呢，呵呵，一定棒極了！我猜的。

現在都市女人的手，都什麼樣子啊，瘦得青筋暴起也就算了，指甲還留老長，留老長也就算了，還用化妝品美甲，你想啊，整天看不見一雙真實的手，是不是件難受的事啊？

纖纖玉指如春筍！我要求不高，只想在享受美食的同時順便享受一下春筍般的玉手，不算大奸大惡吧！

其實不光我這麼想的，聽聽我前面這兩個男人的對話，你就知道，「男人者，食色性也！」這句流傳了幾千年的老話硬是有它存在的道理！

男人戴大蓋帽，什麼單位就不說了，對號入座之嫌呢，我得避一避。

個頭高的那個衝個頭矮的那個揮了一下手，走，去偏廈那邊吃刀削麵去！

還去，昨天，那男老闆削得您夠沒面子了！換我，屙尿都不朝這個方向！矮個男人說。

呵，你小子懂啥？昨天他削我不假，今天該老子削他，別以為天底下就他一人會削麵坨，在老子手裏，他也不過就是一坨麵，老子想咋削就咋削！

削麵，啥意思？大蓋帽難道也會這手藝，要來比個高下？我心裏一激靈，這電影上武林高手踢館子講的可是刀槍拳腳上見真章，削麵的比什麼呢？懷著好奇，我立馬緊貼在兩人身後進入那個偏廈小吃店。

女老闆還是端坐著，沒抬眼的意思，男老闆抬了一下眼，算是打招呼，但我分明看見男老闆的眼神看見大蓋帽時恍惚了一下。

恍惚歸恍惚，男老闆手裏的麵刀還是一下趕一下在麵團上飛舞，一片一片的削麵從他手裏飛出，咪一下鑽進沸水裏，像片白玉柳葉似的在水裏紮一個猛子又翻上來，再沉下去，如此往復著。

幾碗？男老闆隨口問了這麼一句。

兩碗！大蓋帽大大咧咧往那兒一劈腿坐了下來。

很快，兩碗刀削麵出爐了，瑩白的麵片上臥著翠綠的生菜葉，再漂上一層淡黃的筒子骨的熱湯，那個香啊！我貪婪地吸了一下鼻子，要再有女老闆那雙豐潤瓷實的玉手端上來，是何等愜意的享受啊。

可惜，老闆娘沒動的意思，出現在兩碗刀削麵上的，是男老闆的手，我注意到男老闆在放下手裏的麵團和刀片後，特意把手在圍裙上搓了搓。

很講衛生的一個老闆呢！我在心裏贊了一句。

偏偏，人家大蓋帽不認同我的衛生觀念，大蓋帽中的高個盯著男老闆的手皺了一下眉，完了拿鼻子在碗沿上使勁一嗅，衝矮個擠眼說，什麼味道啊這是？

矮個會過意來，也拿鼻子假模假樣掃描了一番，恩，是有股子味道！

男老闆面孔扯了一下，縮回手在鼻子下過了一遍，沒什麼味兒啊？他自言自語辯解說。

哼哼，高個大蓋帽火了，沒味道，你敢說你手上沒味道？要不要我用儀器檢查了給你鑒定結果！

矮個幫腔了，隊長，跟他廢什麼話，先檢查，後罰款，看他不像麵條樣服服帖帖的！

男老闆手裏的麵團就那麼僵住了，另一隻手上，刀片微微顫抖著，你們要嫌有味道，到別處吃去，行不？

不去，非得在你這兒吃不可！高個一拍桌子，又不白吃你？

矮個唱紅臉，要不，換你媳婦上手給咱們做一碗！

我媳婦，不方便的，昨天不是說過嗎？男老闆盯了一眼女老闆的背影。奇怪，女老闆竟無動於衷地揉著她的面，那雙手是那麼豐潤而瓷實地和麵團纏繞著，跟這樣一雙手纏繞一回，感覺一定妙不可言的。

大蓋帽的心思我一下子明白開來。

不換人不行！高個板了臉孔說，你那雙手，賺昧心錢賺出味了自己都不曉得！

男老闆不說話了，一步步逼過來，手上的麵團咚一聲砸在麵案上，那把削麵的特製刀片卻沒砸出去，被他攥得緊緊地。

你，你想幹啥？矮個站起來，擋在高個面前，有點色厲內荏了。

男人手裏的刀片忽然飛舞起來，一刀趕一刀在手指尖飛舞，五刀下去，五個拇指上的血花滲了出來，聽說血可以洗乾淨一切異味，我洗乾淨了好給你們下麵片啊！男老闆臉上依然帶著笑。

高個嚇得大驚失色，和矮個邊退邊咕噥，不就吃碗刀削麵嗎，犯得著較這麼大的真？看著兩人落荒而逃，男老闆哈哈大笑起來，笑完忽然發覺手上一熱，一低頭，老闆娘不知啥時已起了身，正一步一步挪到他面前，用那雙豐潤瓷實的手一把合住男老闆受傷的五個指頭肚，何必呢！女人喃喃說，不就是讓我上碗刀削麵嗎？

男人眼裏潤潤地，衝著女人說，我就是不想讓他們用異樣的目光來削你！

跟著，兩雙手纏繞在了一起！我這才發現，那女的有很重的殘疾，在腿上！

有日子沒見李小玉了

　　陳天才是在酒醒後摸茶杯摸了個空才想起李小玉的名字的。

　　想起名字後陳天才又遲疑了一下，才進一步想起自己已經和李小玉離了婚！

　　陳天才一年難得喝一回酒，所以才會醉得不省人事，反應遲鈍自然就在情理之中了。

　　問題是，這一回反應遲鈍的陳天才想到了一個並不遲鈍的問題，難道一個人離了婚，就一定要從自己的生活中消失嗎？

　　畢竟是百年修得同枕眠啊！咋連大街上偶遇一次的可能性都沒了呢？扳著指頭算了又算的陳天才發現，真的，有日子沒見李小玉了！

　　其實，要見一個人並不難，尤其在陳天才居住的小城，尤其是找一個跟自己有點關聯的人。

　　陳天才就開始了回憶，回憶李小玉跟兒子說過的那個地方。陳天才是個不長記性的人，也不習慣用手機，更不用說記電話簿了，他是那種走一步看一步到什麼山頭唱什麼歌的人。

　　眼下這歌唱不下去了，他忽然起了要見李小玉的念頭。第一，他不知道李小玉的確切地址，第二，找到了人家也未必肯見他。

　　陳天才是個固執的人，不固執他也不會跟李小玉離婚。固執的陳天才既然起了要見李小玉的心，那這歌他再怎麼都會找旋律唱下去的。

　　旋律就在兒子身上！陳天才開始回憶兒子的話語，兒子上幼稚園大班，說話老結結巴巴的，可能是接觸人少造成的。陳天才自打離婚後，基本就把兒子關在屋裏讓他自己玩。

　　自己玩有啥不好呢？起碼不會跟其他小朋友磕磕碰碰的！

　　對，磕磕碰碰！

　　陳天才眼睛一亮，想起李小玉臨走時說的一句話，乖乖，你要是不小心讓什麼東西磕著碰著出血了，記得讓爸爸拿這紙條找媽媽給你輸血啊！

　　他們的兒子患有一種奇怪的血小板減少症，出不得血，一出就得靠輸血來維持生命，而且血型也怪，只有李小玉才能同上血型，這病的幾率據說是幾千萬分之一呢！

　　幾千萬分之一的事就讓陳天才攤上了，幾十萬分之一的尋人他應該也攤得上的！他們所在的這座小城，人數也不過幾十萬人，找李小玉應該不難的！

當務之急是那張紙條！

陳天才一轉身鑽進了兒子的玩具室，凡屬於兒子的東西都在玩具室裏，毋庸置疑，那張紙條是屬於兒子的！

在玩具中爬行穿梭了半天，終於那張二指寬的紙條現眼了，激情大發的陳天才忍不住衝那張紙條使勁吻了一下！

這一吻吻出了問題！他的不知是汗水還是口水把紙條給弄濕了一片，字跡迅速模糊起來。

隱隱約約可以辨別出是民主路，但幾號就看不清了，民主路是個老街，也是小城最大的居民區。

再大，能大過人的眼睛？陳天才把紙條往兜裏一揣，只要自己往民主街口一站，來來往往的人不就盡收眼底了嗎！

說幹就幹，陳天才騎上人力車紮下頭，就往民主街猛蹬，不知道的人還以為他要去救火呢！

多熱的天啊，有他這麼蹬車的嗎？當自己是電影裏的駱駝祥子呢！

民主街轉眼就到了，陳天才卻傻了眼，人來人往的倒多，可就沒有一個是李小玉，連身材像李小玉的都沒有！

再說，李小玉會不會走這個街口也不一定啊？民主街可是有四個街口的！

陳天才不想做那個守株待兔的農夫，都兩千後面又N年了，還那麼死守？即便見到李小玉李小玉也會嘲笑自己的，咋就不曉得與時俱進呢？陳天才把腰一弓，又猛力蹬起車來，我四個街口輪流蹬，總有機會撞見李小玉吧！真要撞見了就說是巧遇，不然，巴巴地跑來見前妻，傳出去很傷男人自尊的。

一輛又一輛公汽鳴著喇叭和陳天才擦肩而過。

那些刺耳的鳴叫聲讓陳天才心裏六神無主，陳天才就惡狠狠地咒罵了一句，狗日的囂張啥，撞了人看你還鳴叫不？

那張公汽很聽話，果然一出街口轉角就不鳴叫了，跟著陳天才身邊的人潮水般湧了過去。公汽碾死人了！公汽碾死人了的驚叫一浪趕一浪傳遞過來，民主街一下子空了。陳天才沒動，他知道，李小玉不喜歡湊熱鬧的，沒准一會兒李小玉就從空空的街道上走過來了呢！

李小玉不會走過來了，公汽上的李小玉看見陳天才猴急猴急騎著人力車在人群中亂蹬，以為兒子出事了來找自己的。結果在街口轉角處車沒停穩就跳下來，被慣性滑動的公汽帶進了車輪下麵。

陳天才蹬車蹬累了，停下來開始大口大口喘氣，喘完了總覺得心裏慌慌的。為平息心慌，陳天才再一次拿手扳著指頭算起日子來，究竟有多久沒見李小玉了，他也沒個准數！

風口浪尖

甯小玉的肩周炎一到夏天就發作得特別厲害，用她自己的話調侃說，叫不能在風口浪尖上過日子。

風口當然是指涼風口了，浪尖則指熱浪尖了！只有在熱浪尖的人們才會想起吹一吹涼風口的，至於空調，甯小玉家裏倒是裝了一台，可壓根都沒使用過，有那麼點《愛蓮說》裏可遠觀而不可褻玩的意思。之所以要裝，是甯小玉表示自己還是緊跟時代步伐的，現代女性家裏怎麼能沒點現代氣息呢！

當然真正體現女性現代氣息的還是在穿著上，比方說露臍裝、低腰褲，甯小玉都有一打了，可吊帶裙她卻遲遲不敢上身。她倒不是怕香肩被男人的眼光剜瘦了，關鍵是那肩頭一遇涼風啥的侵襲一下就疼得徹心徹肺的，像人用小刀一片一片在割她的肉，說割還算輕的，割也就疼一下過去了。那應該是拿刀在她肩頭蕩一下，剔一根筋，再蕩一下，再剔一根筋，像甯小玉初中時生物老師給她們上的解剖青蛙課一樣，能看見那筋連著血管一下一下地抽動。

想一想，都覺得恐怖呢！

甯小玉可不想自己成為一隻青蛙，她只想找一個青蛙王子做男朋友，眼下，這只青蛙王子正從千里迢迢的外省趕來呢，要和她共飲下午茶的，飲完了茶還要向她求婚的！

吊帶裙就不得不穿了！甯小玉知道自己身上最迷人的地方，就在肩頭。甯小玉的肩渾圓，很有質感的那種渾圓，不顯豐滿的那種渾圓，而且還膚澤好，細碎，閃爍著象牙般的微光，比瓷器要生動，和她精緻的鎖骨一搭配吧，馬上能引領起男人的遐想往她的酥胸那兒遊走。

甯小玉的酥胸倒沒什麼可大書特書的地方，問題是，男人到了這個時候，一般都會成為數學上的智障兒，覺得這酥胸嗎是小數點後面的數位，可以忽略不計了！

寫到這兒，你可以想一想啊，這麼重要的事兒，甯小玉對肩頭能忽略不計嗎？不能吧！

甯小玉就自然而然地穿上了那件吊帶裙，不過，她還畫蛇添足地加上一件針織的小披肩，看起來很有氣質的披肩這會兒有點不倫不類了，大熱的天呢，至於嗎？

午飯是在食堂吃的，這點是機關上人性化的一個決定，上下班在烈日炎炎的街頭擠車，多不道德啊！

吃了飯，大夥都會在各自辦公室裏小睡一會，寧小玉不敢小睡，怕她一睡呢，冷風就襲上肩頭了，大家都喜歡在空調的嗡嗡聲中入眠。

寧小玉就伸了個懶腰，出門。半裸的肩頭這會兒已經有針紮的感覺了，她尋思著，中午有兩個小時的空閒，正好可以去做肩部按摩。

寧小玉對肩部按摩有點像吸食毒品的感覺，勁道好的按摩師，那指頭在肩頭穴位上拿捏得恰到好處，能讓你痛並快樂著，不由自主地發出呻吟！

那種快樂的呻吟是能讓男人想入非非的，像做愛時的叫床聲。說到這兒你千萬別屈解了，寧小玉還沒跟人做過愛呢！叫床於她是個很陌生的辭彙，這些都是那個盲人按摩師說的。

按摩師是個女的，說這話時臉上不紅不白的，寧小玉本想從她眼神裏讀出她話裏的潛臺詞的，可想一想又放棄了，誰能從一個瞎子的眼裏讀出隱藏的內容啊！

寧小玉走得香汗淋漓的，到了按摩室，偏偏，女按摩師不在，是她男人守在店裏，男人也是個盲人按摩師。

男人衝甯小玉停下的腳步聲翻了一下渾濁的眼珠問，按摩？

寧小玉吞了一下唾液，你愛人呢？

出去了！男人站起身，往裏讓寧小玉，誰按都一樣的！

寧小玉咬了咬嘴唇，沒移動腳步。

男人臉色變了，咋啦？不相信我的手藝，她還是我徒弟呢！

寧小玉聽了這話才專注地去看男人的手，果然，那是一雙職業按摩師的手，骨節粗大，指頭短而壯，長期推拿形成的呢！寧小玉就不再遲疑進了門，說給我按按肩頭吧！

到裏面暗室，俯臥！有床！男人像長了眼睛，衝剛放下坤包要坐下來的寧小玉發了話。

我是肩頭不舒服！寧小玉皺了皺眉，有點不情不願的意思。

我知道！男人面無表情，如果你想肩頭疼得不像針紮的話，按我說的做！

寧小玉當然不想肩頭疼得像針紮，那是夢寐以求的舒適境界啊！於是不再猶豫，進了裏面的暗室，乖乖脫下鞋子上床俯臥。

男人的手先在寧小玉肩胛處探了探，按慣例，寧小玉以為他會四個手指捏在前肩頭，用一個大拇指在後肩有規律地從一個點上揉動的，偏偏，男人的肘壓了上來！

說壓有點不確切，應該是重重擊在肩胛上。寧小玉驚叫了一聲，你幹啥？男人不答話，回答她的是他的肘在肩胛上劃起圓來，那沁入骨髓的疼開始擴散，一點一點將刀剔筋的感覺驅趕。

　　寧小玉的驚叫變成了驚歎，到底是師傅！再往後驚歎變成了驚喜，那種無以言說的舒坦開始蔓延，由肩背向腰腹腿足間遊走，寧小玉的呻吟不由自主的開始綿長起來，也委婉起來。

　　做愛真有這麼好的感覺嗎？未必！寧小玉從骨子裏發出這麼一句感慨後就迷迷糊糊睡著了。從她在娘肚子帶了這個病以後，她就沒睡上一個沒有疼痛的囫圇覺呢！

　　去他的風口浪尖吧！寧小玉喃喃自語著進入了夢幻狀態，一點也沒發現外面一個男人正陰沉著臉向裏面的暗室逼攏過來！

　　青蛙王了提前到了這座城市，這個按摩點他聽寧小玉說過N次，但他怎麼都沒想到，從裏面會傳出寧小玉的叫床聲和一個男人粗重的喘息！那是只有男歡女愛到了風口浪尖才有的聲息！

不想玩兒

快下班時，鄭浩還在看黃詠梅的小說，小說有個怪怪的名字，叫《勾肩搭背》。鄭浩邊看邊在心裏感慨，一直以為上班族生活夠無聊了，沒想到那些平日裏看著忙忙碌碌馬不停蹄的生意人，一番東奔西走下來，日子也過得了無生氣。

鄭浩合上書之前又回味了一番小說中的故事，鄭浩就歎口氣，這日子實在太寡淡了。

就在鄭浩的歎息還餘音繞梁時，王鍾、李會、鄧超他們進來了，王鍾說秀才你挺用功哦，走，喝酒打牌去，今天我做東。

鄭浩眉頭一皺，又是喝酒打牌，一周總有這麼幾天這樣過，鄭浩就說饒了我吧，今天真不想玩兒。

「不想玩兒？」李會痛心疾首地說，「連玩兒都不想了，你活著還有什麼意思！」李會頭腦簡單，他想不出有什麼比喝酒打牌更能激發男人的興趣。

鄧超就聰明些，鄧超說所謂飲食男女嘛，既然對喝酒打牌沒了興致，那鄭浩一定是想找女人了，鄭浩沒結婚時是個文學青年，這會一定是想衝出圍城看看別人後院的風景了。

鄧超就說，「想起哪個文友妹妹了，我跟你打打掩護！」鄧超曾經也熱衷過一段文學，不過純屬湊熱鬧，表示自己有點品味，所以鄭浩的一幫女文友他多少都面熟。

鄭浩說你想哪兒去了，咋一提女人就只會想到勾肩搭背呢，鄭浩不自覺地用上了人家小說的題目。

王鍾性急，性急的人多不善用嘴皮子，不耐煩了，「你他媽的到底去不去玩兒，不去拉倒！」

鄭浩一聽這話真粗啊，自己咋就跟這種人混在一塊呢。鄭浩暗想從今天起就不再和他們玩兒了，掉價。鄭浩就很堅決地說：「真不想玩兒，你們自便吧！」

李會一聽不高興了，李會惡毒地說：「你自個留著便吧！」

三人一擠眼，走了，好像還互相奸笑了幾聲。

鄭浩等他們走遠了才悟過來，「什麼叫你自己留著便吧！」他們罵他這兒是茅廁呢。

鄭浩搖搖頭，夾上那本雜誌，踱上街頭。

鄭浩決定順護城河走走，靜靜腦，多久沒這樣一人悠閒過了，夜風一陣陣吹來，鄭浩心裏寧靜了許多。

走不多遠，鄭浩想坐坐，可石桌前到處坐滿了人，鄭浩想退而求其次吧，找處雕像靠靠也不錯，鄭浩好不容易相中一座石雕，三兩步趕過去後卻傻了眼，石雕前偏偏就靠著一個女子。

聽到腳步聲，女子嚇一跳，抬頭一看，竟互相認識，真被鄧超說著了，是鄭浩先前的文友蘭子。

蘭子笑吟吟地：「剛才真嚇著我了，以為碰上打劫的！」

鄭浩也笑：「有這麼斯文的劫匪嗎！」笑完揚揚手裏的書。

「挺閒情逸致呀你！」蘭子接過書就著路燈翻了翻。

鄭浩沒回答，這是一句不用回答的話，鄭浩反問：「你沒去跟姐妹們玩兒，一個人傻呆啥？」蘭兒歎口氣，「不想玩兒，除了美容就是逛街上網，無聊，還不如一人傻呆呢！」

「就是就是，我也是這個意思才跑出來的！」鄭浩說，「咱們是不是心有靈犀啊！」

蘭子就笑，鄭浩也笑，笑得路人紛紛側目。鄭浩說小聲點，碰上熟人可不好玩兒，謠言會漫天飛的，蘭子說難得相聚，要不去天然居喝杯茶，我請客。

鄭浩本來想走的，一聽蘭子這樣說反倒不好走了，鄭浩說不就一杯茶錢嗎，還能讓女士請。

天然居不大，偏偏生意很好，鄭浩對蘭子做了個請的手勢，便讓到了後邊。

蘭子剛踏進門裏，就聽裏面有人喊：「嘿，蘭子真巧啊，約了誰來喝茶？」

鄭浩心說這聲音咋這麼熟呢，踮起腳從蘭子身後就望過去，一望嚇了一跳，王鍾、李會、鄧超正一人摟著一個小姐呢。鄭浩心說千萬別讓鄧超他們看見自己，就那三張爛嘴，啥故事都編得出來。鄭浩就悄悄往後退，鄭浩邊退邊尋思，喝茶這麼高雅的地方啥時也有了風塵女子。

鄭浩退得太倉促，想得太投入，一點兒也沒發現一輛轎車正悄無聲息地撞向他的屁股。

鄭浩倒下去的時候聽見蘭子正在裏面喊：「鄭浩，鄭浩，快進來玩兒，瞧，我遇見了文友、鄧超！」

我只想你溫柔一點

張三說：「你不能這樣！」這話是對他老婆說的，語氣自然有點弱，張三怕老婆。

「我還偏就這樣！」張三老婆一邊說一邊就翻起身騎在張三腰上。

張三這會兒平躺在床上，張三正要抬頭，右耳卻被老婆左手揪住了。

讀到這兒你要是認為張三在跟老婆調情可就大錯特錯了，儘管張三很喜歡自己的老婆，儘管張三老婆很喜歡男人跟自己調情，但她絕不跟張三調情，雖然張三是能跟自己合法調情的男人，但張三又是一個下了崗的男人。

寫到這兒我有點同情張三了，事情卻一點也沒順著我的同情心發展下去。

啪！我清晰地聽到一記耳光甩在張三臉上，張三老婆是個左撇子，可能是言情劇看多了，就依樣畫葫蘆學人家女主角用左手甩了上去，甩完了，似乎覺得力度不夠，張三老婆就喘口氣，縮回了左手。

張三揉揉右耳，一廂情願地認為這下老婆該滿心滿意收手了，張三向來都一廂情願想問題。

張三談戀愛時一廂情願要找漂亮的，結了婚又一廂情意遵守男人的三從四德。啥三從？簡單呢，就是老婆的話要聽從，老婆意見要服從，老婆錯了要盲從。至於四德就牽強一點，老婆上街要有陪「德」，老婆化妝要有等「德」，老婆花錢要有舍「德」，老婆打罵要有忍「德」。時間一長，老婆就應了男人們掛在口邊的一句話，三天不打上房揭瓦。張三住單位樓房，沒瓦可揭，老婆就隔三岔五揭張三頭髮，再揭下去，張三就跟葛優、陳佩斯、淩峰一樣聰明絕頂了，老婆才改揪耳朵。

其實張三老婆早先挺溫柔的，至少剛結婚時挺溫柔，那會兒張三在國營廠上班，老婆是鄉下妹子，能找上張三這樣端鐵飯碗的，用岳丈岳母的話叫從糠缸跳到了米缸。老婆不想吃閒飯，張三就讓老婆學理髮，好歹打發時日。張三那時真的不指望老婆掙錢，張三對漂亮老婆豪情萬丈說：「想幹就幹，不想幹就呆家玩，我養著你！」老婆就小鳥依人狀躺在張三懷裏，柔柔地在他耳邊吹氣，輕輕地把手插在他曾經濃厚的髮梢裏。

那時的老婆多溫柔呀，張三眼下就一廂情意地對漂亮老婆說：「你能不能溫柔一點！」

老婆說我當然會溫柔的，老婆伸出右手揪住張三左耳，「啪」的一聲甩出比自己長相不知漂亮多少倍的耳光來。

　　張三眼一閉，張三想起工廠改成公司時，經理宣佈張三下崗時的情景，張三感覺當時就像挨了驚天的耳光，跟著是老婆的理髮店改成美容院時，張三又像挨了動地的一耳光，可這回，這回張三不想挨耳光了，張三睜了眼，張三說：「事不過三，你只再打我耳光我就不客氣了！」

　　老婆正感覺良好呢，話音沒落左手一揚又是一耳光補了上去，張三老婆說，「我啥時要你客氣過……」

　　就聽張三一聲怒吼，張三一翻身將老婆摁在床上，提起拳頭對著老婆漂亮的臉蛋惡狠狠地說：「你就不能對我溫柔一點！」剛要砸下呢，想想不對頭，破了相老婆就不漂亮了。張三摸起二個大枕頭狠狠捂在老婆頭上，一拳趕一拳捶了上去。張三一廂情意地心想，這辦法真高明，即能出出心頭的惡氣，又能不傷老婆的臉皮。

　　張三就騎在老婆身上惡狠狠地捶起來。

　　老婆惡狠狠地罵。

　　張三惡狠狠地捶。

　　老婆說你有種就捶死我。

　　張三說我不捶死你，捶死人犯法。

　　老婆就拼命掙扎，用腿踢，老婆上過健身房，腳能踢老高。

　　張三就拼命躲閃，用手捶得老婆喘不過氣。

　　老婆開始討饒，老婆說張三你放了我吧，以後我聽你的，很柔很柔的口氣。

　　張三捶的愈發上勁了，張三沒想到拳頭能讓老婆溫柔起來。

　　老婆求了幾聲，老婆不說話了，一副溫柔得令人擺佈百依百順的樣子。

　　張三累了，張三很滿意，張三揭開兩個大枕頭，張三萬分疲憊地躺在老婆身邊。

　　張三對著漂亮老婆喃喃自語：「我只想你溫柔一點，真的！」

　　張三說完就睡了，很滿足的樣子，張三一點兒也沒感覺到老婆身上的溫度正一點點失去。

亦步亦趨

「出來喝酒！」短信真短，短得只有四個字！甯小成知道，這短信是陳龍發的！

老婆聽見了短信鈴聲，從電視畫面上扯回目光，見甯小成去抓衣服，就哼了一聲，又出去喝酒？

嗯！甯小成點頭，想想，又從褲袋裏摳出錢夾數出三百元揣上身，出門。

防盜門被鎖上的一剎那，老婆聲音追了出來，喝酒可以，不要去那些不乾淨的地方！

在小城，不乾淨的地方是有所指的，比如那些洗頭城，比如那些按摩院。其實就一窄窄的門臉兒，裏面籠子一樣隔著幾個暗間，也好意思叫城叫院的，典型的拉虎皮做大旗！

甯小成在心裏暗笑了一下，不乾淨的地方？相反，他倒覺得那裏面的女人個個都弄得很乾淨的模樣。

起碼來說，那些女人撩著衣裙那麼臨門一站，很有點賞心悅目的意思，讓人心裏風生水起著呢！當然，這話是陳龍說的。

甯小成心裏也這麼說過，可讓陳龍搶了先出的口，這讓甯小成多多少少有點懊惱，陳龍咋就事事搶了先呢？

好在，結婚生子這一大事上，甯小成占了個頭籌，這讓他小得意了幾年。得意沒多久，甯小成才發現日子不得安生了，難怪書上這麼說，要想一年不得安生，那就談個女朋友；要想十年不得安生，那就早點結婚；要想一輩子不得安生，那就生個孩子！有了老婆孩子的日子，真的是一輩子不得安生的。這不，甯小成和陳龍一杯酒還沒下肚呢，老婆短信又來了，喝少點，免得大街上發酒瘋！

他甯小成冤枉啊，打從結婚到現在，滿打滿算也只才發過半次酒瘋。

之所以說半次，是因為甯小成清清楚楚記得，那一次他和陳龍喝得暈乎乎的，在大街上逛，逛著逛著尿意上來了，兩人就跑到電影院外的圍牆根下尿了個痛快淋漓。

尿完了，一陣更痛快淋漓的呼叫聲鑽進了甯小成耳朵，什麼呢？甯小成隔著圍牆踮了下腳想往裏望，陳龍就笑他，花十元錢就看個清清楚楚明明白白真真切切的，不怕崴了腳脖子！

十元錢？清清楚楚明明白白真真切切？甯小成沒悟過來，陳龍就一副悲天憫人樣感慨地說，進入婚姻就是進入墳墓啊，我得讓你活色生香一回！

完了拎上褲子，衝甯小成一歪頭說，走，我請你開開眼！十元錢能開什麼眼呢？好奇心重的甯小成亦步亦趨跟在陳龍後面進去了，進去前還不忘瞅了一眼門中的廣告牌，說是人體藝術彙展。狗日的，還藝術上了？甯小成望著陳龍的背影納了不下十分鐘的悶，就這街頭流氓德性還跟藝術扯上了邊？

甯小成忽略了藝術前面的兩個字——人體！

往往容易讓人忽略的東西也容易讓人震撼，甯小成一進去，就被舞臺上一排排人體震撼了，那些穿三點式的女孩在臺上居高臨下震撼也就罷了，竟然還有幾個撲下臺來扭腰劈胯往男人懷裏鑽，摸一下二十！甯小成被一個嗲聲嗲氣的女子追著在台下抱頭鼠竄，一直躥到圍牆外面來，事後老婆不知怎麼知道了，罵他，發酒瘋發到那地方，都不曉得是在「眾目瞪瞪」之下。

這個「眾目瞪瞪」是故意打擊甯小成的，因為那次陳龍來喊甯小成喝酒時拍胸表態說嫂子你放心，眾目瞪瞪之下我哥不會犯錯誤的！

陳龍是個錯別字大王，把睽睽念成了瞪瞪，打那以後，每次陳龍喊甯小成喝酒，老婆都要「眾目瞪瞪」幾回。甯小成心裏很不滿，關了手機說，這婆娘，專往人心坎上下刀子！

陳龍就笑，你也是，摸一把的出息也沒有，讓個女人追到圍牆外，比發酒瘋還不如呢！

寧小成就灌了一大杯酒仰起脖子說，誰不敢摸，我不是當時沒帶錢嗎？

陳龍笑，那你今天帶錢沒？

甯小成捏了捏手裏的鈔票說，三百，夠不夠？

陳龍笑，帶個小姐出去開房都夠！

甯小成心裏咯噔了一下，開房？

陳龍說怕了！

甯小成一梗脖子，多大個事啊，開！

箭在弦上了，陳龍也不喝酒了，兩人搖搖晃晃起身，出門，去找洗頭房。

會出事嗎？進去時甯小成警覺地望瞭望四周。

出事，出多大個事？「眾目瞪瞪」之下不偷不搶能出啥事？陳龍錯別字又上來了，不過口氣明顯帶著奚落。

寧小成就在眾目睽睽之下，跟著陳龍往裏邁步，他的腳步明明抬得很高，可還是被絆了個仰八叉，躺在地上的甯小成很奇怪，自己跟在陳龍後面可以說是亦步亦趨的啊，陳龍咋就走得四平八穩的呢？

態度

據說，一個女人對生活的態度，可以從她的唇上看出來！

這話有點故弄玄虛不是？但又據說，女人對口紅的態度也就是她對生活的態度。

這兩個據說讓我三思了一會兒，三思是因為我首先是個女人，還是個沒用過口紅的女人。

我一直認為，一個唇紅齒白的女人，就是對生活一種良好的態度，但我忘了，還有一些唇不紅齒也不白的女人，那她們是不是就對生活持潦草的態度了？

這麼三思時，我就想起了楊小青來，一般情況下，我是想不起她的全名的，她只是我家請的一個保姆，用不著叫全名的，多數時間我叫她小青。

等等，白蛇傳中不是有個叫小青的青蛇麼？那個小青可是對生活一點也不潦草的人，據白蛇後傳中說，她還在許仙和白蛇之間插了足的。

我心裏凜了一下！

這一凜吧，嘴唇就變得蒼白了。

辦公室打字的小許看見了，說，徐姐你該買支口紅了！我笑了笑，非得塗成血盆大口啊！那樣會嚇著孩子的！小許就說了句英漢雜交的話來，說徐姐你太QUT了，口紅並不一定就是紅的啊！

口紅不是紅的？我第一次聽見這麼奇怪的謬論。

小許決定用事實說話，從坤包裏翻出三支口紅來，一一擰開，居然，有紫色的，有橙色的，有黑色的，就沒一款是紅的！小許還撇了撇嘴，說紅色的，除了大媽級的女人用，誰還看它一眼啊！

乖乖，一不小心我成大媽級的人了，多麼令人痛心疾首的事啊，我才三十五歲呢！

那一瞬間，我的嘴唇迅速變得鐵青起來，這鐵青跟小青初來我家時一個樣，她是被男人打出家門的，就那麼臉色蒼白、嘴唇鐵青地站在勞務市場裏。

要不是她那鐵青的嘴唇，我還未必挑上她的，別的女人一個個塗了唇描了眉，哪像個做保姆的樣呢！

忽然起了念頭，這個一臉保姆樣的小青這會在家做什麼呢，依我的推算，她應該洗完了衣服拖了地準備出門買菜了。小青出門前有個習慣，喜歡把頭髮弄一弄，挽個髮髻或者紮個馬尾，那麼在挽髮髻或者紮馬尾的過程中，她會不會留意到自己的唇呢？

　　那可是一個女人對生活的態度呢！

　　我決定突然殺回家去看看，看看保姆小青對生活的態度。在路過一家口紅店時，我特意停下腳步，進去挑了一支淺紫色的水晶唇膏，一百八十元一支的，牌子比較響，叫什麼美寶蓮。我試著塗了一點在我的唇上，居然，讓我在鏡子裏看見兩瓣帶露的紫薇，空山新雨後的紫薇呢！

　　在我對著鏡子流連時，售口紅的小女孩不失時宜的又插上一句，小姐，這種顏色也不錯，您的唇要是塗上這種顏色，那就是一對振著黑翅的蝴蝶呢，那個可以穿過叢林帶你去看小溪水的蝴蝶呢！

　　我拿起小女孩手裏推薦的那支黑色口紅看了看，令人炫目的黑，我不敢想像塗上去會有什麼效果，我只知道，這麼塗上去我一定走不出這家口紅店的大門。

　　每個人對生活的態度是不一樣的！我對生活的態度雖然良好，但還不至於張揚。

　　這黑有點張揚了，想一想，我把它放回了架上，就要了那款紫色的，紫色更多的時候顯得端莊，而生活是需要端莊的，我以為。

　　因為這份端莊，我走路的腳步輕快了許多，簡直有點飄盈無聲的感覺，以至開了門，小青都沒有發覺。

　　洗澡間裏傳來嘩嘩的水聲，我丟下手袋，決定悄悄湊上去，不是想窺探小青的隱私，絕不是！我先前說過，我只想在她挽髮髻或紮馬尾的過程中，看她有沒有留意到自己的唇。

　　換而言之，也就是看看小青對生活的態度。

　　小青對生活的態度，顯然是張揚的！我看見，一支黑色的美寶蓮在她唇上只上下那麼一旋，炫目的黑就閃著寶石一樣的光在她的唇上綻放開來，小青的唇在浴後是飽滿的，飽滿得像一長出來就花朵盈盈的樣子。

　　那對唇蝴蝶一樣粉翅展開，滿天星光閃爍著要帶誰穿越叢林去看小溪水呢？

　　答案就在小青背後，一雙手從她後面環上來，小青嘴上的黑蝴蝶也蹁躚著向後飛舞，撲閃撲閃著吻對方的眼，對方的鼻子，對方的唇。

那是怎麼一雙乾裂的唇啊！在**蝴蝶停留之處**，那唇如一片一片茶葉樣在水的浸潤中，先是綻放再是豐盈，最後就是充沛了。

　　充沛的喘息聲是那麼的耳熟，眼下，那個耳熟能詳的聲音正對小青低語著，知道嗎，一個女人對生活的態度，可以從她的唇上看出來！

　　是嗎，小青撒嬌地張開唇，看出什麼來了你？

　　那個聲音再次響起，看出你要帶我穿越叢林去看小溪水了！

　　說完這話，一種很張揚的呻吟回蕩起來！我握著那支紫色的美寶蓮，擰開蓋，和著淚水，開始沒頭沒腦地往臉上塗抹。

　　我努力要想塗抹出一臉的端莊來！

將黑未黑

　　天將黑未黑時，林雄忽然沒頭沒腦站起來衝寧小冰說，我出去一下！

　　那時候寧小冰正在看電視，寧小冰就把頭側過來，看了一下已經站在門口的林雄。

　　林雄當時什麼表情寧小冰一點都記不起來了，寧小冰只記得門外的光似乎猛地亮了一下。

　　是什麼光呢？反正不是燈光，也不應該是太陽光，寧小冰不是個喜歡動腦的人，寧小冰只問了一聲，回來吃晚飯不？

　　林雄當時似乎猶豫了一下，才吐出兩個字來，不了！

　　寧小冰就又扭過頭，繼續看她的電視，不了最好，她可以不歇氣地把電視劇看下去。

　　只是令寧小冰沒料到的是，不光那天晚上林雄不回來吃飯，以後的所有的晚上，林雄都沒能回來吃飯！林雄的飯吃到盡頭了。

　　換句話來說，林雄出事了！

　　人是不能知道身後會隨時發生什麼事的，否則，你就是拿著衝鋒槍也未必能把林雄逼出家門半步，平心而論，林雄是個戀家的男人。

　　尤其戀寧小冰！

　　那天的出門，就有點鬼使神差了，天都將黑未黑了，還出個什麼門呢？若干年後，寧小冰回想起這事，還是百思不得其解。其實，如果寧小冰願意多動一下腦子，她是可以從將黑未黑這四個字眼上尋找到答案的。

　　她忘了，她和林雄的第一次見面也是在一個將黑未黑的傍晚，在一個咖啡廳裏，當時的寧小冰在林雄腦海裏烙下這樣一幅剪影。

　　在咖啡廳細碎的音樂聲中，寧小冰不穿襪子，任一雙玉足從涼鞋裏探出腳趾來，那腳趾是明麗的，紫色的指甲油很能撩撥人的遐想，前提是如果你是個喜歡沉入遐想的人。林雄顯然就是這類人，他遐想的是，這樣一個女人，如果彌漫在自己的夢境中，那麼，這個夢應該有個名詞的——叫綺夢！是的，綺夢。

　　林雄就在那個將黑未黑的夜晚走近了寧小冰，一直近到甯小冰成為他的妻子。

多少個將黑未黑的夜晚張揚著在林雄身邊纏繞，甯小冰依然光著腳，只是腳指頭無須探頭探腦了，它們光明正大在林雄眼前晃動著，至於紫色的指甲油，甯小冰嫌麻煩，早就棄如敝屣了。

　　咖啡倒還是在喝，但改在家裏煮了。偶爾林雄會點燃一支煙，隔著煙霧看甯小冰臥在沙發上的慵懶神態，那神態也是迷人的，不過，在煙圈逐漸放大的淡藍色煙霧中，林雄腦海中會冷不丁出現咖啡廳裏甯小冰端坐的身影。

　　哪一種夢更為綺麗一些呢？林雄有點吃不透了，吃不透的林雄就在他們認識三周年那天出了門，那念頭是突然間冒出來的，冒得連他自己都有點恍惚。

　　所以他出門時猶豫了那麼一下也在情理之中了。

　　林雄就這麼恍恍惚惚走出的家門，那會兒城市的夜幕已經不動聲色地往下滑落，街兩邊還能看清楚法國梧桐的葉片，在路燈還未亮起時閃著微綠的光。

　　那正是天將黑未黑的時分！

　　女人就是在這會兒闖進林雄視線的，女人很年輕，從她兩條修長俊美的秀腿上可以看得出來，不穿襪子的一雙玉足，和塗了紫色指甲油的腳指頭，一下子惹起了林雄的注意。

　　甯小冰啥時也跑出來了，居然跑到了他的前面？

　　林雄放慢腳步跟了上去。

　　女人在咖啡廳門口一晃，人就被吞進去了，林雄也跟著進去了，進去了卻傻了眼，女人不是甯小冰，或者可以說是甯小冰的翻板，但絕對不是甯小冰！

　　林雄腦子當時就犯了遐想的毛病，跟酷似甯小冰的女人一起喝一杯咖啡，會有什麼感覺呢？舊夢重溫？呵呵，應該是很綺麗的吧！

　　兩人就坐在了一起。

　　女人不喝咖啡，吸煙，黑色的細長的女士專用煙，林雄在這方面知識比較欠缺，林雄對抽煙的女人的認識也比較欠缺，林雄只想找回一段過去的時光而已，那些知識和認識是可有可無的，他以為。

　　但生活中很多事情偏偏不是一個簡單地以為就可以打發的！

　　女人是有背景的！

　　她是本地黑勢力老大的情人，自打被那人包下後，女人就一直落落寡歡，因為，沒人敢和她親近，哪怕是和她多說一句話。

　　每天將黑未黑的時分，女人就把自己扔在咖啡廳裏，開一瓶紅酒，奢侈地打發著屬於自己的青春，確切地說，那青春是沒落的。

很多時候，女人覺得，生命盡頭也許就是這一般模樣了！

女人的落寞可想而知了！

林雄的接近讓她忽然有了傾訴的欲望，在那個將黑未黑的傍晚，來回跳躍的語言和眼神讓他們之間有了莫以名狀的親近。

林雄甚至在眾目睽睽之下摸了一下女人塗了紫色指甲油的腳趾頭。

真正的染足呢，這是！事後林雄這麼開了句玩笑。

女人被這句玩笑一下子嚇得面無人色，匆匆回顧一眼就驚惶失措離開了。

林雄有點不滿，又點了杯綠茶喝完才走，林雄出門時，天已完全黑定了。咖啡廳裏飄出的鋼琴曲被門在身後猛然掐斷的瞬間，一把閃著寒光的刀就從側面遞進了林雄的腰窩，林雄的叫聲很短促，像鋼琴的琴健在高音區響了一聲，就淹沒在黑暗中了！

面膜

張成棟回家時，李曉潔正在床上躺著專心致志敷面膜，張成棟嚇一跳，衝只露出鼻子眼睛和嘴巴的李曉潔說，我還以為大白天見鬼了呢！

李曉潔拿眼狠狠瞪了一下他，要沒面膜敷著，李曉潔臉上表情一定很生動，啥叫生動？生了氣的那種衝動就是生動！李曉潔心疼面膜，怕臉上一生動，面膜功效沒了，李曉潔就拿嘴做輕描淡寫樣還擊說，跟了你，我才是大白天見鬼了呢！

什麼意思？張成棟沒反應過來，就拿眼去李曉潔臉上尋找答案。

李曉潔臉上沒答案，面膜白慘慘地，一點也沒給他通風報信的意思。

李曉潔見不得張成棟發呆的模樣，就撇了一下嘴，自己到陽臺上去看啊！

對了，陽臺！

一般這時候，李曉潔應該在陽臺上躺著享受晚風才對的！他們的陽臺沒有封閉，很適合在那享受自然的！張成棟就邁步上了陽臺。

狗日的晚風呢？張成棟一到陽臺上就傻了眼，晚風變成了熱風了？

張成棟就探出身子望，一望望出眉目來，對面開了家酒吧，張成棟的陽臺正對著人家中央空調的散熱器，一浪一浪的熱氣直往張成棟臉上覆蓋。

張成棟的臉皮一下子連汗毛都給覆蓋上了似的透不過氣來，媽的，像做面膜呢！

李曉潔的聲音這會拐過臥室追到陽臺上，怎麼樣，做面膜的滋味好受不？

張成棟折回屋，衝李曉潔擠了一眼說，正好啊，你可以天天免費做面膜了！

李曉潔這會兒已經撕下面膜了，臉上表情就生動起來，一臉冷笑，我免費，你呢，除非你不抽煙了！

在陽臺上抽煙，這是李曉潔對張成棟的一個硬性規定，李曉潔對煙過敏，家裏面容不得半絲煙味。

張成棟卻沒半點痛苦的表情，依然衝李曉潔擠眼說，我不怕，過幾天就走了，你卻要抗戰到底的！

走，往哪走？李曉潔奚落他說，你要有個擤鼻涕的地方，也不會寄人籬下了！

寄人籬下是張成棟的口頭禪，當初李曉潔要他搬過來一起住時，張成棟還拿了架子的，說去你那兒？不大好吧，寄人籬下呢！

李曉潔知道張成棟時常會有點莫名其妙的自尊，李曉潔就說，寄人籬下說明你是大丈夫啊！

寄人籬下還寄成大丈夫了？這令張成棟有點百思不得其解。

是啊，只有大丈夫才能屈能伸的！李曉潔誘導說，寄人籬下正是屈的表現啊！

這麼一解釋吧，張成棟就很大丈夫地寄李曉潔籬下了。

走，往哪走？李曉潔不以為然地撇了一下嘴。

往高處走唄，是人都要往高處走的！張成棟不以為然咂咂嘴，想我一輩子寄人籬下啊！

李曉潔圍著張成棟轉了一圈，半信半疑地說，你能不能把話說透徹點？

見李曉潔那狐疑樣，張成棟忽然來了開玩笑的興致，透徹點就是，我要到省城學習了，再透徹點說，我有可能就留在省城了！

這兩個透徹一下子把李曉潔炸暈乎了，她歡呼一聲，人是三節草，你張成棟終於落上一節好了啊！

張成棟做出無所謂的樣子來，那是，幸運之神不會把一個人總扛到肩頭的，他累了換換手，得，就輪上我了不是？

李曉潔為張成棟這番高論弄得不光歡呼而且還雀躍起來，到了省城，可就該我寄你籬下了！

啥叫寄我籬下！張成棟捏一下李曉潔的臉頰說，咱那叫金屋藏嬌！

兩人一高興，就藏到臥室裏卿卿我我地撒了一回嬌。

張成棟撒嬌時還沒忘了看一眼陽臺，你狗日的熱浪有本事鑽到臥室來給我們倒面膜啊！

熱浪隔著窗戶在陽臺上盤旋，很有紳士風度似的一聲不吭。

李曉潔不是有紳士風度的人，一個星期後她吭聲了，那天張成棟剛進屋，李曉潔就眼巴巴盯著張成棟說，一個星期了呢，你學習的事定下來沒，我好早點準備啊！

張成棟心說，準備啥，準備繼續免費倒面膜吧！嘴上卻含糊其辭說，快了，就在這幾天了，他以為，女人嗎，對什麼事的好奇心都不會太久的。

可幾天一過去，他自己都忘了這事，李曉潔又提起來了，還沒定啊，不會有變化吧！

變化個俅，沒影的事咋變化？張成棟有點不耐煩了，這婆娘，給個棒槌就當真了，口氣上就不大友善說，有沒有變化一燒不著你二燙不著你，你著哪門子急啊！

李曉潔不依了，呵，人家說官大脾氣漲，你還沒到省城呢，就擺譜了？

張成棟說我擺什麼譜啊，都寄人籬下的人！

李曉潔聽了只是冷笑，笑完不陰不陽給了一句，咋啦，大丈夫氣概出來了，不願意屈了？

張成棟倒是很想伸一回，伸出大丈夫氣概來，但他知道自己一伸就得把身子伸到馬路上。

張成棟就使勁哼了一聲，以示不滿，李曉潔不哼，扭轉身，不再理他，兩人臉上都冷冰冰的，看不出任何表情。

這層面膜，得有些日子才能撕下來，儘管敷在彼此臉上沒任何功效，但誰也不想先撕掉。

藐視

　　李成龍覺得，自己的存在似乎就是為了讓丈母娘來藐視的。

　　沒結婚時，李成龍一直覺得，自己就是能騰雲駕霧的一條龍，結婚了，反而成蟲了！百足之蟲死而不僵的那種蟲。

　　現在，李成龍動不動就會想起四個字來，那就是，悔不當初！

　　是的，悔不當初啊！

　　當初他要是理智一點，他現在依然可以騰雲依然可以駕霧，就算如人們所說人過三十無少年，婚姻會有點困難，但也不至於他還沒過三十，心態和形態都進入垂暮了吧。

　　少年老成，李成龍第一次覺得這詞裏含的貶義遠遠超過褒義的成分，不用想，只聽一下就知道這四個字裏含有或多或少的悽惶與無奈了。

　　李成龍眼下是悽惶的。

　　戀愛時只顧貪一時之歡，居然讓女朋友懷上了，當女朋友把化驗單遞給他時，李成龍還滿不在乎說懷上了好，說明咱倆身體都沒問題，可以結婚的啊！

　　女朋友撇了嘴，結婚，你讓我住馬路上啊！李成龍這才想起自己是房無一間地無一壟的外來人口。

　　先租個屋唄！李成龍還是沒覺得房子是多大的事，古人說了的，廣廈千間，只求一隅！

　　女朋友壓根沒想到自己會跟租聯繫到一起，人家雖不是大家閨秀，好歹也是小家碧玉，父母雖不是多大的官，但也是有頭有臉。在市中心分有三室一廳的房子，讓自己孩子一生下來在出租屋長大，那樣的環境怎麼讓孩子茁壯成長？女朋友的質問讓李成龍意識到沒房的嚴重性來，這可是涉及下一代生存質量的大事啊，就是拿到聯合國議事日程上也是無可厚非的！

　　李成龍就節節敗退下來，要不先上你家住一年？反正你家房子多，閒著也是閒著，總不能讓資源閒置吧！

　　結婚住進丈母娘家後，李成龍才發覺，真正沒閒置的資源反倒不是房子，是他！

　　丈母娘是做過街道主任的，曉得合理利用手中每一份資源，合理利用的

結果，是家裏買米買面換煤氣罐這些力氣活再沒出過一份苦力錢，連水電工這些技術性較強的工作，李成龍也一一勝任了。

早先，李成龍只是想表現自己一把，但隨著表現的深入，李成龍發現，丈母娘使喚自己，有點欺人的意思，她自己不是沒有兒子，可每次力氣活都恰好是兒子不在家時安排的。

長工也不能這麼使喚吧！有一次，李成龍扛煤氣罐崴了腳在床上衝老婆發牢騷說。

老婆也覺得自己媽做得有點過了，老婆就挺著肚子跟媽媽以開玩笑的口氣說，您也真是，別人的兒子不心疼，瞧把成龍腳給崴的！

丈母娘拿眼斜一下李成龍的臥室，咋啦，侍候吃侍候住還嫌不滿意？也不算算，住我這一年得交多少房租，崴個腳能算多大的事？

李成龍一下子啞了口，狗日的，房無一間地無一壟是舊社會的辭彙呢，真把自己當長工使了！

打那以後，李成龍話就少了

沈默就是反抗！

丈母娘不怕他反抗，每次一端碗，丈母娘就會長籲短歎一聲，人家養閨女吧，為的是老了有個伸腳的地方，我倒好，反倒落了個縮腳的地方。

這話很打人，李成龍可以縮腳，但他不能縮頭。

李成龍就拍案而起了！

拍的動靜大了些，結果桌子撞在老婆小腹上。

流產在所難免了，住醫院一直住到了滿月，李成龍的主意，其間李成龍在外租了房子，徹底脫離了丈母娘的蔑視目光。

丈母娘到底過來伸了一次腳。

李成龍還是熱情的，於情於理他不該將老人拒之門外，老人肯上門，是低架子的表現，也許，老人是求他們搬回去住呢。

李成龍聽說了，自己小舅子犯事進了監獄。

李成龍上街買了丈母娘愛吃的菜，畢竟，這是個難得的日子。

然而，李成龍沒想到，丈母娘的架子低了，但依然是居高臨下！

丈母娘先關心女兒的肚子，有動靜了！

嗯！李成龍老婆點頭。

丈母娘就發了話，這麼逼仄的地方，孩子打小在娘肚子受壓抑，將來會心理不健全的！

李成龍知道這話不是無稽之談，有科學根據。

丈母娘又說，古時孟母沒讀過書，還曉得擇鄰處，瞧瞧你們都跟些什麼人為伍？

李成龍羞愧得低下了頭，他的左鄰是收破爛的，右舍是補皮鞋的。

丈母娘臉一甩，咋啦，還非得我跪下來求你們搬回去住？

李成龍就在丈母娘藐視的目光中低下了頭，收拾東西，他實在有點想念那套三室一廳的房子了。

收拾完了，李成龍看著老婆的大肚子和丈母娘背影，忽然悄悄地笑出了聲，街道主任怎麼樣呢，不照樣得學鄉下老太太樣癡家婆哄外孫！

李成龍沒發現，自己笑聲裏竟也含有蔑視的成分。

地址不詳

　　張曉蕙提起筆，咬了咬唇，唇是紅的，欲說還羞的那種紅，這話，是男人誇她時說的！

　　記得當時張曉蕙還開了句玩笑說，這年頭欲說還羞？這年頭女人欲說還羞在你們男人眼裏值幾多錢啊？張曉蕙是一向不開玩笑的那種女人。

　　男人是怎麼回答的呢？男人好像捏了她一下紅唇，說，起碼不低於一元！

　　張曉蕙當時沉了一下臉，是的，就一下，男人就敏感地捕捉到了。男人說，傻妹妹，金庸將電視劇一元錢賣給中央電視臺，這個一元與他的億萬身家孰重孰輕？

　　張曉蕙就在心裏估算了一番這個一元的分量，還沒估算出結果呢，男人又說，李連傑的壹基金你知道嗎，那個「壹」你能給他估算出一個合適的價位？

　　也就是說，張曉蕙的欲說還羞在男人眼裏屬於無價之寶了，都跟金庸和李連傑那兩個一並列了呢！

　　張曉蕙自然是破涕為笑了，這笑吧，從記憶深處一延伸，居然就延伸到了張曉蕙眼下的臉蛋上。

　　櫃檯裏面營業員臉上卻沒半分笑容，水波不興的模樣，儘管如此，張曉蕙還是隱隱感到了營業員的不快。

　　營業員把包裹單又一次舉起來，拿塗了淺紫指甲油的纖纖玉指重重在保值處劃了一絲橫線，說，到底填多少？

　　一元吧！張曉蕙拿起筆，抿上唇，不欲說還羞了，慎重在保值處的橫線上，填上兩個字，一元！

　　營業員嘴張成O型，那麼鄭重其事的一遍一遍包裝上的東西就值一元？這可是要跑半個中國的包裹呢！

　　營業員就撇了撇嘴，郵寄包裹有明文規定的，超過一百元加收三元保值費，這麼小氣的女人！營業員心裏嘀咕了一下，但臉上還是漾著笑，一元，東西丟了您可別找我們索賠啊！

　　張曉蕙心說，怎麼會丟呢？除非人家不願意收，要是真不願意收那東西就分文不值了，分文不值的東西值得索賠麼？

　　真是的！

所以在填彙方詳細位址時，張曉蕙就隨便寫了一個地點，三年前的原單位位址。

　　原單位位址跟位址不詳是可以恒等的，三年前在單位上，張曉蕙就沒成功地收過一封信，更別說那個單位現在已經解散了。

　　張曉蕙辦好這一切時，竟然出了一身汗，郵政營業大廳裏空調可是打得夠低的了！

　　張曉蕙明白，這身汗是為男人流的！

　　三年前，她就這麼著為男人流過一身汗。

　　那時，她的單位即將解體，男人是上面工作組的，在談分配去向的時候，張曉蕙是唯一一個沒一哭二鬧三上吊的女人。

　　哭了鬧了吊了就有個好去處嗎？張曉蕙眸子裏淡出一股霧來，她只想儘快結束，拿上一筆遣散費，抓住時間謀自己的生路。

　　沒有什麼比生存更重要的了，尤其是張曉蕙所需要的，那種體體面面的生存。

　　談話是在戶外進行的，黃昏了，男人在張曉蕙處變不驚的語氣中走進這個陌生女子的生活，這生活向他迎面展示的是波瀾不驚的艱難。

　　男人在這艱難中動了惻隱之心，說，我給你找個討生活的門路吧！

　　男人說的門路是讓張曉蕙開個紅唇館，加盟的那種，男人的一個同學是省城紅唇館的老總，女人在這邊只需找塊場地就行，美唇師都是省城過來的，居然，就熱熱鬧鬧開起來了。

　　張曉蕙的紅唇是天生的，有點古書上說的施朱則顯紅的意思，開紅唇館無疑是最具說服力的招牌！

　　再後來，兩人有過一次親密接擁，男人在擁吻她時開玩笑說，你的紅唇很特別的，有點欲說還羞的意思呢！

　　就為那一句話，張曉蕙內心的激情衝破情感的閘門，一番甜暢淋漓的宣洩之後等關上閘門，張曉蕙已經全身濕淋淋的，水裏撈出來的一樣。

　　這就對了，男人事後撫著她的身體說，你還年輕，是葉嫩芽黃的年齡，怎麼可以淡成一團霧呢！

　　霧收了的時候，男人走的！

　　張曉蕙知道，男人終將只是拂過自己枝頭的一縷春光，價值一元的春光！

　　張曉蕙只是想回報一次，物質上的回報。至於身體上曾經的付出，張曉蕙不這麼以為，她覺得，彼此都在愛的浸潤中滋養了身心，不存在誰辜負誰，誰報答誰。

男人沒想到，三年了，這個叫張曉蕙的女人居然給他寄來了一份保值為一元的包裹。

一元，多大的數值啊，換算到分才是100，換算到厘才是1000！

這一元的包裹是提醒還是警示？

提醒他不要忘了跟這個女人有過魚水之歡？還是警示他應該為自己的一夜風流付出代價。

是的，他現在那只指點江山的手只要輕輕一揮，任何女人都會受用不盡。

男人額頭上的川字眉皺了起來，想了想，他在包裹單上寫上了四個字，地址不詳，退回！

是的，這是對那個女人最好的拒絕！

男人這麼寫時，手多少抖了那麼一下，有點欲說還羞的傾向。

怎麼會想到欲說還羞呢，男人望著包裹單上一元那兩個娟秀的字跡！有點百思不得其解，百解不明所以。

難以入眠

　　煙點燃了，我卻沒顧得上抽一口，與先前的迫切大相徑庭，抽煙只是一種姿態，讓人進入回憶的一種姿態。

　　不用說，我見著劉瀟了！

　　在淡藍色嬝嬝上升的煙霧中，一個騎著單車的少年突顯出來，少年車尾隨的是一個女孩的身影，那女孩，叫劉瀟。

　　尾隨劉瀟成了我那個中考後暑假最大的樂事，她經常在舞廳關了門後一個人靜靜走在大街上，一直走到路燈依次熄滅。劉瀟那時在文化站上班，文化站的舞廳是當年小鎮唯一的大眾娛樂天堂。

　　對這個坐在舞廳門口售票的女孩，我有一種無以名狀的好感，沒事的時候，劉瀟會常扭回頭，把眼神探進身後嘈雜的音樂和燈光中。僅一眼，又收回來，繼續讀她桌上的小說，文化站有個圖書室，也歸她管，自然，她就有看不完的書了。

　　有時，她會合上書，就那麼用手支在下巴上，歎息一下。隨著這聲歎息，你若足夠細心，還會發現，有晶瑩透亮的東西掛在她的睫毛上，這麼一個感情豐沛的女孩，任何一個少年都會心嚮往之的。

　　我的嚮往源於一份鼓勵！

　　小鎮文化站要辦一期壁報，我把自己的一首詩交了上去，那首詩是給我同桌寫的，同桌是個美麗得心高氣也傲的女孩。我是這樣寫的，你一定是開在深谷的那朵幽蘭／不然／在你停眸的那一瞬間／我的心底就不會浮上／一層淡淡的幽香／你的眼波／總在不經意間蕩漾出／我記憶深處／某些柔柔的斷想／且以再版的形式在歲月中／彌漫一種無言的憂傷／心有靈犀的日子／我會存一份透明的心情／讓緣分／隨風而長！

　　同桌收到詩，卻沒給我一份柔柔的斷想，她用不屑的眼光，讓我形銷骨立起來。那個晚自習，我差點出教室從臺階上摔下來！不過，在夢裏，我還是摔了個結結實實。

　　結實得讓我難以入眠！

　　這首詩在壁報上登出來後，我看見劉瀟但凡走過，都會仰著頭眯著眼讀上一遍，很陶醉的模樣，她一定是喜歡那首詩的！愛屋及烏，她會不會就此

喜歡上我呢？

我為這個念頭嚇了一跳！

一個暑假的時間，我想應該足以證實這件事的，我是這麼盤算的，如果某個夜晚，她發現了我的追蹤，一定會心有靈犀地停下車來。是的，隨著天氣的炎熱，她已經騎著一輛紅色輕便自行車下夜班了，停下車來幹什麼呢？應該是回頭嫣然一笑吧！

那回頭的嫣然一笑總應該有百媚叢生的！

是個雨天過後的夜晚，她穿了件黑色風衣，黑髮披在肩上，不敢說是風情萬種，但我心中實實在在起了漣漪，我控制住自己的呼吸，不疾不徐跟在她身後。街燈依次熄滅，夜風吹過來溫柔地把劉瀟頭髮每縷每縷放下，我的笑容還沒來得及綻現呢，一個小夥子已經迎了上去，我看見，劉瀟兩隻胳膊很纏綿地環在了小夥子脖子上。

如水的夜裏，兩人的身影疊在了一起！

街面上，積了水的路面在某棟樓窗尚沒熄滅的燈光映射下，閃著粼粼的微光。

我的臉被這微光襯得發涼，那涼意一直從腳卜的湧泉穴躥到頭頂的百會穴。

扶著車，我一步一步挪回家，那一夜，我房間的燈一直亮著，而且有被嗆著咳嗽聲不斷飄出窗外。

我學會了抽煙！

我記得，劉瀟與那個小夥擁吻後，兩人靠著牆角說話，小夥子嘴上一明一滅的閃著煙火，那火讓劉瀟看起來有種奇魅的美。

今天，見著劉瀟純屬偶然。

三十歲的生日，我決定放縱一回自己！去了一家舞吧，我喜歡在那種勁爆的舞曲中兜售自己稍縱即逝的青春，居然，見著劉瀟了，她做上了賣酒女郎。

我點了她的啤酒，一瓶又一瓶地喝，也請她喝，她居然穿著超短裙，和一幫可以喊她姑姑的小女孩爭客源，那個當初對身後嘈雜燈光和音樂只探一眼就回頭的劉瀟顯然不認識我了。

點燃一根煙，我湊近她，想在她臉上找到那種奇魅之美。

她呼出一口酒氣來，雙手環上我的脖子醉意闌珊地說，我們很熟麼，你這麼深情地看著我？我說你是我的初戀呢！這麼說時，我彷彿看見幾瓣月季花在夜空中燦然開放。

初戀，呵呵，我，有過嗎？劉瀟把手搭上我的肩頭，我都忘了人會不會戀愛了！

那麼，你應該記得一首詩的，我心口堵了一下，隔著玻璃杯中的黃色啤酒沫望過去起頭讀出來……你一定是開在深谷的那朵幽蘭……

開在深谷的幽蘭！呵呵，你可真會調情啊，如果先生喜歡，可以讓我開在你的床上，幹嗎要開在深谷呢？

完了她一把拉住我的手，俯在我耳邊輕聲說，今晚我可以是你的！劉瀟說這話時還故意用她飽滿的胸脯蹭了一下我！

那地方，以我的經驗和想像，應該是很柔軟很彈性的，但偏偏，我腦海中浮現的是一片支離破碎的聲響，像誰砸碎了一塊透明的玻璃。

碎片一點點紮進我的腦子，很疼，讓人難以入眠的那種疼。

於情於理

在哪兒？

廣場上！

你撒謊！

至於嗎？

那我怎麼看不見你？

說明你眼裏沒我唄！

林文正就把眼睛睜開了看，還是沒看見陳小麗，林文正就對著手機說，我眼裏都裝下整個廣場了，唯獨會裝不下你？於情於理都不可能啊！

噓！身後傳來一聲嬌笑，陳小麗式的嬌笑，噓完了，陳小麗說出一句很有哲理的話來，看來，人真的很容易忽視身後的事物啊！

身後，延伸一下，也可以說是過去時了，陳小麗是個喜歡延伸自己思想的人，這麼一延伸吧，陳小麗就有點悶悶不樂了，女人嗎，一直希望在男人眼裏是現在進行時的。

林文正可沒想把她放在身後，他是想把陳小麗放在身前的，只是目前他身體條件不允許，他得把自己健健康康交給陳小麗。

哪能讓陳小麗為自己做端茶遞水送飯喂藥這樣的粗活呢？

是的，還有一個星期，林文正就要躺上手術臺了，一個小手術而已，腎上長了顆結石。

林文正就回轉身一把抱住陳小麗，說我住院了你曉得不？

住院？陳小麗嚇一跳，住院你還跑出來，你家那位不盯你梢啊？完了，一臉緊張地四處巡視了一遍。

放心，她沒閒情逛廣場的！林文正胸有成竹地拍拍陳小麗的肩說，她這會兒正四處籌醫藥費呢！

她那麼好心為你籌醫藥費？陳小麗撇撇嘴說，她不是口口聲聲說你死了她會大笑三天三夜的嗎？

林文正就笑著一擰陳小麗的紅唇調侃說，那你為我籌醫藥費啊，不給她大笑三天三夜的機會！

陳小麗怔了一下，撒嬌說，給你籌醫藥費，當你在我身上花了多少錢似的！

林文正本來以為陳小麗會順著他的話哄他一句的，沒想到陳小麗會有這麼一說，林文正就怔在那兒了，他是沒在她身上花多少錢，可她那服裝店花了林文正一半心血啊，那本來是林文正的旺鋪啊！

兩人張口結舌站在那兒，冷場了！

好在，林文正的手機及時響了起來，是他老婆蘇甯的。醫藥費籌著了？林文正問。

還差一點點！蘇甯在那邊小聲說。

一點點是多少？林文正皺了一下眉，這一皺不要緊，感覺腎上疼又加重了。

就五千元左右吧！蘇甯在那邊盤算了一下說。

五千元，對林文正這個家不是一點點的問題了，他父親剛患肝硬化去世，已經把積蓄掏空了，還扯了蘇甯娘家一筆賬。

林文正就快快掛了手機，望著陳小麗，他曉得陳小麗手中不缺這一點點的錢。之所以他不張口，是他覺得吧，於情於理陳小麗都會主動為他添上這筆錢的，為他有個健健康康的身體投點資是值得的，畢竟這身體以後歸她陳小麗使用啊！

陳小麗卻不望林文正，在心裏盤算著，說得好聽，五千元也叫一點點錢？你林文正在我身上要是花過這一點點的十分之一，我也二話不說幫你添了。再說，誰知道你是不是借病為由套我的錢呢？到時候，你挺著健健康康的身體一家三口卿卿我去了，我比那竇娥只怕還冤，找誰說理去啊！

見陳小麗不發話，林文正想了想，說我先回醫院想辦法吧，再聯絡！

回了醫院，辦法卻沒想出來。

醫院下催繳通知說，明天，如果手術費繳不到賬，林文正的手術就得延期！

這可是塞了紅包才排上的手術日期呢！林文正見蘇甯實在沒轍了，心一橫，衝蘇甯說，我找陳小麗借借看！

蘇甯眼淚在眶裏轉了一下，都什麼時候了，他居然還惦記那個狐狸精，行啊，借就借，她陳小麗借過林文正那麼多回身體使喚，算是還一次息吧！誰不知道她的服裝店有林文正一半的心血啊！

電話通了，林文正只說了一句，小麗你能借我點錢嗎？那邊啪一聲就掛了。

陳小麗掛電話是覺得吧，這男人也太張得開嘴了，昨天自己意思已表達得再明白不過，真要借他還用他張口嗎，張口只能說明一點，林文正想借病為由把花在她身上的錢弄回去。

行啊！我陳小麗不是絕情之人，掛了電話陳小麗二話沒說買了一籃鮮花一籃水果就上了醫院。

礙著蘇甯在場，林文正只好拿眼神和她交流，陳小麗卻沒交流的意思，丟下一個信封說我還有事，匆匆就走了。

林文正一臉欣喜地拆開了紅包，居然，只有五百元！五百元加一籃水果和一籃鮮花，林文正臉上的欣喜凝固了。

一旁的蘇甯見林文正那迫不及待的樣子變成了惱羞成怒，立馬意識到是怎麼回事了，意識到怎麼回事的蘇甯忽然沒來由地就大笑起來。

她笑得很動容，眼淚都飛得四濺開來，瞧她那陣勢，打算笑個三天三夜都不想停止似的。

同病室的病友糊塗了，這女人，男人就要上手術臺了，錢還沒籌夠，於情於理她都應該欲哭無淚才對的啊！

登山

陳四喜腳翻過門檻時，明明白白感到自己把腿抬得很高，可還是被絆了一下，其實，李龍妹的門檻很低的！

說李龍妹的門檻低，有兩層意思，第一層是實指，李龍妹家的門檻只象徵性的有一寸高的樣子；第二層是引申，和李龍妹上一次床只要二十元，在小城的暗娼中，李龍妹這個價已是門檻最低的了。

李龍妹是個妓女，但不是職業性的。

因為業餘，所以，只有相當熟的男人們才曉得，曉得了也不往外傳，好事，便宜事誰人不想自個占呢？

陳四喜現在上了點年紀，而且還有點前列腺毛病，好多事上都不能那麼大踏步前進了，包括男女之間那點事，所以找李龍妹之前他還是猶豫了一下。

猶豫什麼呢？李龍妹應該不會像老婆那樣，嘲笑自己的吧！這麼一想，陳四喜又有了邁進李龍妹門檻的勇氣。

多少次沒被門檻絆過了？陳四喜扳著指頭往回數，一數就數到第一次來找李龍妹的情景，那時的陳四喜是拘謹的，不光拘謹，還慌亂，還緊張，還急促不安，畢竟，都五十歲的人了呢！

他不是心疼那二十元錢，他是心疼自己咋就保不住晚節呢！

李龍妹沒想到居然碰上個五十歲的新手，成就感就湧上心頭，她相當熟練地引導他，為了不讓他難堪，她還時不時鼓勵他，你可真夠棒的！

陳四喜在本能的笨拙和慌亂平和下來之後，他才開始領略到向巔峰攀登的樂趣，他的力量也一點點從皮層下血管中奮力往外滲透。

那是怎樣酣暢淋漓的一種攀登啊，他的精神在那之後，一直昂揚了很多年。

當然，這個很多是陳四喜自詡的。

其實在李龍妹眼裏，陳四喜的昂揚只是一種表像，一個即將乾涸的湖泊你能指望他波濤洶湧麼？顯然不能！

李龍妹就在陳四喜六十歲生日那天跟他說了再見，李龍妹是這麼解釋的，六十花甲了，作為男人，你必須小心翼翼把力量貯存起來，不能像五十歲時那樣胡亂揮霍。

揮霍？當時陳四喜喝了點酒，沒聽清李龍妹揮霍前面的話，二十元也叫揮霍？他錯誤地以為李龍妹擔心他身上掏不出二十元錢來。

是的，在他們這座小城，六十歲以上的男人身上很少有閒錢的！

陳四喜這次來，就是準備揮霍一次的，他揣了四十元，四十元，按慣例，他是可以要李龍妹兩次的。

李龍妹開了燈，對著鏡子裏的陳四喜不冷不熱說，你不該來的！

為什麼？陳四喜掏出四十元錢晃了一下說，我帶了兩次的錢！

李龍妹忽然哈哈大笑起來，露出一嘴發黃的牙齒，李龍妹抽煙，牙齒就沒身上白。

兩次，想像一下應該沒問題的！李龍妹笑夠了才說，女人的身體是座山，年輕人翻越幾座山都行的！

我不行嗎？陳四喜有點惱羞成怒了。

你嗎？李龍妹繼續笑，只怕有登山的欲望沒登山的力量了！完了指了指他的褲襠。

陳四喜臊紅了臉，居然，那兒拉鏈敞開著，大街上只有老態龍鍾的老男人才常常忘了拉拉鏈的。

我，老態龍鍾了？陳四喜心裏無端地一陣驚慌。

怎麼有了第一次進這個門的感覺呢？

陳四喜笨笨拙拙撲上去，手忙腳亂解李龍妹的衣服。

李龍妹沒有引導他，一任陳四喜在自己身上折騰。

卻把一雙眼睛不眨地盯著陳四喜的身體。

在李龍妹眼神拷打下，陳四喜這才意識到自己身體上有什麼地方不對勁，缺了點什麼呢？

他的頭無力地垂了下來，人也跟著跌坐在地上，剛才的折騰讓他感到了力不從心。他缺的是力量！

李龍妹憐憫地望了他一眼，把四十元錢塞給他說，回去吧，買點吃的，補補身子，日子還是能過的！

說完這話，李龍妹又坐下來，開始對著鏡子整妝，看來，她還有客人要接。

馬上，這座山將由別的男人攀登了！

陳四喜忽然從地上躍了起來，用與他的齡極不相稱的身手撲上去，卡住了李龍妹的脖子。

李龍妹掙扎了幾下，這掙扎居然激起了陳四喜力量上更大程度的爆發，隨著幾聲有一搭沒一搭的喘息，李龍妹人就像麵條一樣癱了下去。陳四喜望

著軟綿綿倒在地上的李龍妹，嘴裏發出一陣冷笑，末了站起來，把腳踩上李龍妹的身體喃喃自語說，我可以選擇另一種方式登山的，你看見沒？

李龍妹眼睜得大大的，嘴角歪著，扯著一絲嘲弄望著陳四喜。陳四喜忽然就沒來由的號啕大哭起來，聲音一抖一抖的，竟然是前所未有的委屈！

將就

陳亞蘭第一次挨男人的打，上下牙一磕，蹦出兩個字來，離婚！

口氣很堅決，堅決得都沒回轉的餘地了。

而且陳亞蘭還把衣服拎了滿滿一箱子到施小蘭那兒住了一個星期。

施小蘭作為陳亞蘭的鐵杆密友，當然也是堅決支持她離了，只是，她的堅決遭到了老公的打擊。

老公先白她一眼，然後送她三個字——沒腦子！

我怎麼沒腦子了？施小蘭作出張牙舞爪狀要跟老公下戰書，老公只一句話就把施小蘭獵獵作響的氣勢壓下去了。老公這話還是盜版施小蘭娘的話，寧拆十座廟，不毀一樁婚！

施小蘭的娘是居委會主任，經常對鬧離婚的男男女女這麼語重心長地勸解。

也是的，將就著過吧！這世界上的婚姻，百分之九十九是不幸的呢！施小蘭轉過槍口就這麼去勸陳亞蘭了，牙齒和舌頭關係好吧，也還有嗑著碰著的時候呢！陳亞蘭在四面楚歌的包圍下，很堅決的離婚行動迅速流產了。

也是的，像施小蘭那樣百分之一的幸福婚姻是千年等不來一回呢！施小蘭的幸福是施小蘭這人吧，特別容易滿足，別人眼裏芝麻大的快樂在她身上就是西瓜那麼大了，施小蘭這麼一放大幸福吧，就覺得老天爺對陳亞蘭其實還算公平的。

同樣從鄉下進到城裏的灰姑娘，搖身變成王子懷抱裏的公主，她陳亞蘭挨一回打也是值得的，換別的女人，想挨打還沒那福分呢，要知道，陳亞蘭老公可是廳長的兒子，屬於侯門呢！

陳亞蘭的委屈自然就煙消在深似海的侯門中了

然而，日子卻沒將就著走多遠，陳亞蘭又挨了一回打。

這一回，陳亞蘭沒聲張，她想，磨合期的婚姻大抵如此吧！男人動手，不過是偶爾失去一回理智。

陳亞蘭在書上看過這麼一段話，讓人失去理智的是外界的誘惑，最終耗盡一個人心力的，卻往往是自己的欲望。不能讓離婚成為自己的欲望，把自

己心力耗盡，至於外界的誘惑，男人一旦經歷過，婚姻自然將就往成熟階段發展了！

感情嗎，是要經一些風風雨雨的！陳亞蘭一廂情願地這麼想。

但又隔了一些日子，陳亞蘭經的風風雨雨卻升級成了一通暴風驟雨。

當陳亞蘭滿臉青腫地再次把自己拎進了施小蘭的家門時，施小蘭的眼睛和嘴巴同時爬滿了驚嘆號。

狗日的，真下得了手啊！施小蘭邊摩挲著陳亞蘭的臉龐邊衝老公說，這樣一個畜生，誰愛將就誰將就去，咱們亞蘭這回堅決得離！

施小蘭老公這回沒插嘴，只用很憐惜的眼光在陳亞蘭臉蛋上掃描了一遍，心說，這麼標致的女人換自己都疼不過來呢，一個女人，有啥不好將就的，非得用拳頭招呼啊！

陳亞蘭就一點也沒將就地和男人離了，從侯門再次回到寒門。

施小蘭不忍心看陳亞蘭形單影隻的，就說，給你介紹一個朋友吧，像我老公那樣的，懂得疼人就行！

懂得疼人的男人卻不是可以信手拈來的，施小蘭跟老公發號施令說，在陳亞蘭沒正式找到男朋友前，由他做陳亞蘭兼職男朋友，凡是需要出力的活兒儘管安排。

老公將就著去了，沒說情願也沒說不情願，臉上帶著禮節性的微笑。

男人掛著這麼一絲微笑是很容易打動一個屢受傷害的女人的，比如說陳亞蘭。每次施小蘭老公做完活，在她遞上一杯水或送上手巾時，他總會很禮貌地說聲謝謝。

謝反了啊！陳亞蘭心裏暗笑，明明歸我說謝謝的！

這麼謝來謝去的，陳亞蘭心裏傷痛就莫名其妙地消失了，繼而代之的是莫名的溫情。

難怪書上說，禮貌是只氣墊，裏面可能什麼也沒有，卻能奇妙的減少顛簸呢！

施小蘭的幸福一定建立在看不見的顛簸上，那是怎樣幸福的一種顛簸啊！陳亞蘭含情脈脈地望著眼前這張男人的臉陷入了沉思。

因為投入，陳亞蘭就忽略了施小蘭從門外走進來的腳步聲。

施小蘭一向大大咧咧慣了的，見狀猛一掌拍在陳亞蘭肩頭，說，花癡啊你！

一個「花癡啊」讓陳亞蘭嚇得花容失色，她以為施小蘭看出自己心思了，眼神抹過一絲慌亂，施小蘭老公呢，也被施小蘭驚了個臉色蒼白。

不用說，兩人剛才是對齊了心思的！

施小蘭看出一份不自在來，疑疑惑惑說，你們做什麼啊，跟做賊還緊張？

陳亞蘭掩飾說，我想起一件東西掉前夫那兒了，我得去要回來！完了慌慌張張就往門外走。施小蘭老公見施小蘭盯著自己，立馬發誓說真的沒做什麼，我要做了什麼讓我不得好死行不？

兩人這麼一唱一和不要緊，施小蘭一下子呆了，有幾分鐘醒不過神來，醒不過神是她腦海裏浮出這麼一句話，謊言與誓言的區別在於，一個是聽的人當真的，一個是說的人當真了！

現在施小蘭既沒把陳亞蘭的謊言聽真，也沒把老公發的誓當真！。

這些事，將就不得的！

施小蘭氣哼哼地摔響門，走了！那門被摔得獵獵作響的，一點也不將就地把施小蘭老公將關在了裏面。

陳橋的死

陳橋的死，與他的爹有關。

雖然他爹死了很多年，但這並不妨礙他爹對他的影響，小鎮人有說法，死在旺年的人，煞氣重！

可一個人的死，真的就跟煞氣有關嗎？

我不這麼認為的，我一直覺得吧，陳橋的死，應該跟他的娘有關！可惜，小鎮沒人認同我的說法，一百年前不會有人認同，一百年後還是沒有人會認同。

誰叫我是個有智障的人呢？

其實我一點也不智障，一個智障人能給你敘述清楚陳橋是怎麼死的嗎？肯定不能。

而我能！

下面我就證明一下。

那天我在陳橋家玩，陳橋正在他家破院牆上練壁虎爬牆功。

所謂的爬牆功，只不過是陳橋手腳並用在他家的殘牆上戰戰兢兢的爬行，陳橋不是個膽大的人，陳橋只是個好奇的人。

他看電視上那些神秘俠客動不動在月黑風高夜躥躥蹭蹭爬上院牆，羨慕得不行，就心嚮往之了，結果爬牆功沒練成，倒把他自己整得真像個壁虎了，縮在牆頭上。

牆下站著他娘，他娘的掃帚唰一下飛向牆頭，陳橋的尾部被掃帚擊中，呵呵，可惜陳橋沒長尾巴，所以陳橋只掉下一隻鞋來，然後陳橋就光著一隻腳落荒而逃了。

陳橋娘不追，站在院子裏呼天搶地的罵，狗日的橋橋哇，想學你爹啊，忘了你爹是咋死的啊？

陳橋爹咋死的，陳橋並不知道啊！陳橋只知道他爹死在別人牆頭下。

我當時就很認真糾正陳橋娘說，大媽你錯了，陳橋是想學壁虎爬牆功，跟他爹的死沒有關係的！

你個傻兒喲！陳橋娘一抹眼淚衝我哭訴開來，他爹可不就是爬牆爬死的！

爬牆能爬死人？打死我也不信，當我真是智障人呢！

陳橋娘見我有呆似木雞而不解，忽然就沒了哭訴的欲望，轉身進屋做飯去了。

　　我不識好歹地在那兒吃了一頓飯。

　　陳橋求的我，他怕我把他的牆頭上的孬樣傳了出去。我在吃飯前多了句嘴，說陳橋你那破牆頭上真能練出英雄俠客的神功來？

　　陳橋揪了一下鼻子，他一般只在不屑的情況下才喜歡拿手去揪鼻子，陳橋說，名士不嫌茅簷小，英雄本來布衣多！

　　這話有點深，我想了半天也沒想出名士和茅簷，英雄與布衣能跟陳橋扯上什麼聯繫。

　　這麼一聯繫吧，我腸胃就疼了起來，是餓痛的，這點我聯繫得很勤。

　　我就拿了空碗去找陳橋娘說，大媽給我添碗湯！

　　陳橋娘說，飯都沒吃，喝什麼湯？

　　我想起我爹的話來，就說，我爹說了的，飯前一口湯，腸胃不受傷！

　　陳橋娘忽然就歎息了一句，你爹那精的人怎麼就生出你這麼個呆子呢？

　　我呆嗎？我只是腦子有時不夠用而已！比如說這會我就不夠用了，我爹生我呆歸我娘歎息才對啊，你歎息什麼勁呢？真是的！我沒心沒肺喝完湯就走出去了，走出去是因為我看見陳橋衝我連使了幾個眼色。

　　陳橋繼續練壁虎爬牆，不過這一次，他把練功地方轉移到我家牆頭。

　　我家牆高，但牆面寬，陳橋練了幾回，基本上可以像猿那樣直立行走了，呈匍匐狀態的行走，他娘其間發現一次罵一次，罵得很惡毒，說總有一天狗日的跟你爹一樣給摔死！

　　我爹似乎很忌諱死啊摔的這類辭彙，那天他衝我明確表態，以後再敢引陳橋來我家爬牆，小心打破我的腦袋。

　　一向覺得腦袋比臉面重要，沒腦袋的人還要臉面幹什麼？這點道理我還是想得明白的，所以我不能算智障兒不是？

　　那以後，好長時間陳橋都不來爬牆了，據陳橋自己說，他已經練成壁虎爬牆功，我家那點矮牆，他已不屑於再爬，這麼說時他又情不自禁摸了一下鼻子。

　　那有什麼牆值得陳橋去爬呢，我這麼琢磨著一直到爹出門。

　　爹前腳出門，陳橋後腳來了，陳橋一臉的興奮，說今天露點神功你看，我去爬鎮上的水塔。

　　鎮上的水塔，那可是我爹的領地，水塔上面每隔一個月就放幹了清洗一遍，除了我爹沒人敢上去的。

陳橋能上去嗎？我有點不信，半信半疑地跟著去了，陳橋是瞅著正中午沒人往上爬的，爬水塔不比爬牆，得拽住鐵梯扶手一級一級上，看陳橋那緊緊貼著扶手的樣子還真像一隻壁虎呢。

　　陳橋是上到塔頂出的事，我明明白白看見陳橋上去後把頭往裏一探後愣了半晌，跟著拿手去揪自己鼻子，水塔裏面能有什麼令他不屑的事？我正疑惑著往上望呢，陳橋已經一個倒栽蔥插了下來。

　　塔頂上慢慢探出一個人來，我知道那是我爹，可我爹咋從塔頂發出陳橋娘的哭喊聲呢！

　　橋兒啊，你啥不好學，非要學你死鬼爹爬牆呢？我這是造的哪門子的孽喲！

我們等你

　　早點過來呀，我們等你！萱兒咋咋呼呼嚷了一句。

　　跟著就是電話的忙音，掛了機，這是萱兒一貫的作風。我知道，她們這會兒又三缺一，不是打麻將，是喝酒，她們除萱兒外，還有靜兒和小滿，都離了婚。

　　千萬別以為我也離了婚，我不趕這時髦。但我酒量好，跟她們不相上下，所以她們老拉我去喝，人誰沒點嗜好呢，我就好這一口。

　　一個喝點小酒的女人，不至於就成不了賢妻良母吧！我認為我是的，我這樣說有鋼板一樣硬的底氣。我老公也是這麼認為的，一個愛喝點小酒的賢妻良母的人，是我！

　　放下電話，我瞅瞅時間，離下班還早！晚餐我得提前準備了，以簡潔明瞭為主。我們辦公樓對面有家超市，我買了速凍水餃，想想，又捎了一瓶黃酒，餃子就酒，越喝越有！老公量不大，喝點黃酒收拾碗不至於失手，那可是我在江西出差帶回來的，景德鎮的貨，都是居家過日子的人，摔破了心疼。

　　再說，任何物件都是有生命的！上了書的文字，你能不承認？女人天性中總有那麼柔柔的一面，喝酒的女人也有的。不信，你找個喝酒的女人問問。在下班的路上我又接到萱兒的電話，還是那句話，早點過來呀，我們等你！

　　完了是靜兒和小滿從旁邊湊過來的怪叫聲，記著啊，我們等你！

　　我們等你這四個字咬得特重。我知道她們的意思，等到我也做個單身女人呢，好真正和她們融為一體。

　　她們這會在豔陽天酒店裏，我知道。據說豔陽天的女老闆也是單身，離過婚的單身女人。

　　很奇怪不是？早先都是男人造著喊離婚，這下，女人徹底打了翻身仗，動不動就把男人來個一腳蹬。

　　我腿勁不足，蹬不了男人，就賢妻良母著過唄！

　　賢妻良母並不一定要天天洗涮碗筷的，我這會兒就全權委託老公了，我說萱兒她們等我呢！

像給我證明似的，手機響了，萱兒在那邊喊，快點過來呀，我們等你！

老公耳朵很尖的，擺擺手，去吧去吧，讓人家餓肚子等著你不好，空腹喝酒易傷胃的，你們都悠著點！

瞧，我老公，多麼懂得體諒人！

我就扭頭挎腰走了，像赴情人的約會，這是老公每次在我酒後回來時形容我走時的情形。

我有情人嗎？沒有！酒是我的情人嗎？應該算是！

情比酒濃，誰說的屁話，感情有背叛人的時候，酒卻沒有！

我也不打算背叛老公，這話我說過。

萱兒曾烏著眼睛咒我，你這話說早了，除非你現在躺進棺材裏，否則就不要蓋棺定論！

不是我多麼傳統，講究什麼從一而終，而是，我習慣了跟老公在一起輕車熟路地做愛，換了男人，我會手足無措的，像一個孩子到了陌生的環境，心裏除了恐懼就是陌生。

你說，我怎麼背叛？面對一個陌生加恐懼的男人！

豔陽天酒店離我家很遠，怎麼個遠法呢？一個在城南，一個在城北，打的也得半個小時，好在萱兒她們最富裕的就是時間，我也是，明天雙休日！

走到一半時，我發現忘了帶錢，女人不帶錢本是無可厚非的，問題在於我是一個沒離婚的女人，跟我喝酒的又是一群離了婚的女人，她們會喋喋不休向我灌輸離婚女人的好處，比如說，金錢方面自主啊！那我豈不自找沒趣？影響喝酒情緒！

喝酒是講究情趣的！這點我尤其在意。

我趕緊催司機調頭，其間沒忘了給萱兒打個電話，我說，你們喝吧，我已到了樓下！我聽見萱兒她們開瓶蓋的歡呼聲，好像還夾雜著男人的淺笑，這不奇怪，豔陽天裏的侍應生是清一色的小夥子。

蹬蹬蹬上樓拿了錢包，我又蹬蹬蹬地下樓，老公趴在欄杆上數秒錶說，趕明兒冬運會百米短跑我給你報名！

對老公這夾槍帶棒的揶揄我懶得回應，他是體育教師，發點職業感慨很正常，我不會餓著肚子跟他打口水仗的。

就不到一個鐘頭工夫，我卻找不到豔陽天酒店了。

去城南的交通被封了，據說發生了火災，燒了一條街，包括豔陽天酒店在內的那條街！

我快快回了家，抱著老公沒喝完的那瓶黃酒灌了幾口，沒勁，寡淡得很！

萱兒她們也沒打電話了，一定是氣我不守時，我的手機電池也沒電了，一塊黑屏。

第二天上午，城市晚報上登了一幅圖片，說豔陽天酒店一包房內，三女四男相擁在一起被燒成了焦炭。市民很奇怪，酒店就二層樓逃生很簡單啊！法醫對屍體做了檢測，他們所喝的酒中摻了春藥和安眠藥，死亡時間大約是當天夜裏十點的時分。

我嚇了一跳，九點多？我的手機剛好自動關閉。想到手機，我掏出來插上電源充點電開機，顯示幕剛亮，一則短消息跳了出來，是萱兒的，快點過來呀，我們等你！時間是九點三十。我再讀新聞才知道，昨夜豔陽天酒店裏只有一桌客人。

我按下萱兒號碼撥回去，一個小姐很溫柔地說，對不起，你呼叫的號碼已經關機！

望著那幅照片，我心口忽然一寒，沒來由地想起萱兒的話，早點過來啊，我們等你！

失憶症

　　喜子站在民政局大門口，望著天上的太陽，一臉幸福的傻笑。

　　太陽像個血淋淋的卵子，掛在這座城市兩幢樓房的褲襠間！

　　是哪篇小說中的句子呢，喜子記不清了，喜子只記得當時梅子看後差點笑背了氣，梅子說，文章還能這樣寫啊！

　　想到梅子，喜子就犯了會失憶症。

　　梅子是他的初戀女友。

　　冬日的太陽很紅，但不是血淋淋的，像喜子手裏的結婚證書，透著喜氣勁兒。

　　二妮還在裏面發喜糖，作為女人，尤其剛領了結婚證的女人，二妮是不想掩飾自己的幸福的，儘管裏面還有不少辦離婚手續的男男女女。

　　喜子甚至還看見了梅子，在失憶症中。

　　喜子就自言自語說了聲，是梅子嗎？

　　喜子，真的是你呀！喜子身邊的腳步聲停了，一個久違了的聲音急切的響起。

　　真是梅子呢，眉眼裏都能汪出春水的梅子。

　　喜子驚弓之鳥一樣回一下頭，二妮還沒出來！

　　喜子揚了揚結婚證書，說我們剛辦手續呢！

　　梅子猶豫了一下，還是伸出手來說，祝賀你啊！很勉強的笑笑，低頭下了臺階，鑽進一輛轎車，走了。梅子是有車的主子，喜子目光跟著轎車拐了彎，追不上了，才回過神，感覺手裏多了點東西！

　　是名片，梅子的名片，上面有她的聯繫方式。

　　喜子感到一種似曾相識的溫暖浮上心頭，目光又飄忽起來。

　　誰啊，初戀情人？二妮出門時剛好看到兩人握別的鏡頭，嬌嗔著搶白了一句。

　　一個熟人！喜子淡淡回了話，名片順手帶進了口袋裏，走吧，回家！

　　嗯，回家！二妮使勁吻了吻結婚證書，長了二十多年，是為你喜子，還是為這張紙！二妮弄不明白自己的激動。

喜子沒回答，女人在極度興奮時會說點瘋話的，如同男人偶爾也會發點失憶症樣。人腦思維出點毛病很正常，電腦也有死機的時候呢。

梅子就愛說點瘋話，糟糕，咋又想到梅子了呢！

二妮扯了扯喜子胳膊，你心不在焉啊！

喜子才曉得自己又在犯失憶症。

人家都是有車的女人了，喜子自嘲的一笑，感覺距離一下子就天上人間了，名片在口袋裏隔幾層毛衣也硬氣得很，硌人的心。

喜子的心就無端的痛了一下。

本來和喜子一塊領證的應該是梅子，梅子答應過了二十歲生日就去和喜子辦手續的，問題是，喜子在梅子生日那天竟犯了一次不可饒恕的臆症。

喜子拎著生日蛋糕走在去梅子家的路上，口袋裏還有一條金項鏈，仿金的，喜子家境不允許喜子去買一條純金的項鏈，再者，梅子不缺一條項鏈。梅子說過，她缺一顆真正懂她的心，而喜子有這樣一顆心。

也就是說，梅子死心塌地愛上了喜子。

愛是什麼？愛是一瞬間的感覺與判斷，哪怕它是盲目的感覺與判斷。

梅子的愛就這麼簡單，多少在梅子身邊轉悠著打了幾年伏擊的男人，一點也沒抓住梅子的要領，其中包括自詡為梅子青梅竹馬的男友程東。

程東那時也拎了蛋糕和金項鏈往梅子家趕，程東的項鏈卻是純金的。

兩人同時看見了高樓上一個花盆向地面俯衝下來，因為高興，兩人都在抬頭看天，天很藍，雲很白，太陽也不像血淋淋的卵子，像金幣，目空一切閃著耀目的金光。

婚後程東跟梅子的描述是這樣說的，你幸虧沒嫁那個傻子，挺聰明的人在要緊關頭犯失憶症。

哪個傻子啊？梅子漫不經心問了一句。

喜子啊，一個花盆砸下來，他居然去搶一個搖籃，結果呢，搖籃是空的，花盆是實在的。

什麼時候啊？梅子因為恨喜子，口氣依然很淡。

就你生日那天啊！程東話一說完，發現有點不對勁。程東是乘虛而入呢，要不梅子會嫁他？

但程東有底氣，喜子自打挨了一花盆後就沒有了蹤影，梅子縱然折騰又能折騰出點啥來。程東忘了一段要命的至理名言，女人的第一個戀人，就是她的終身戀人，無論這個戀人是否會和她結合，她的靈魂深處始終晃動著他的影子。

程東還忘了一個要命的成語，得意忘形！

喜子的影子就這麼固執地在梅子腦海裏晃動著，燃燒著，讓梅子念念不忘舊情。

喜子開始接二連三地和梅子幽會，夢囈般的傾訴，像秋蟲的呢喃，讓他們重新回到初戀的時光。

喜子覺得這樣很好，有了放逐心靈的空間或者牧場，婚後的喜子臉上潤澤了許多。

而且花盆砸在頭上的後遺症也沒有了，二妮驚喜地發現，結婚半年來，喜子再也沒有發過失憶症，二妮認為是自己的功勞，是她給了喜子心靈上的滋潤，那是一種透了墒的滋潤。

二妮決定慶祝一下，二妮弄了豐盛的飯菜，還開了一瓶紅酒，快開席時，喜子的手機響了，是梅子。

梅子說喜子嗎，告訴你一個好消息，我離了！

喜子壓低聲音說，離婚也算好消息？

梅子說當然算啊，你答應了會娶我的！

喜子使勁一想，倆人卿卿我我時沒准說過這瘋話。

喜子就迷糊了，兩眼開始飄忽起來。

二妮啥時湊攏來的喜子不知道，喜子只聽二妮喜滋滋地衝自己耳邊說，你快當爹了，我有了孩子！喜子果然看見一張婦檢化驗單在眼前晃悠著。

喜子頭嗡地一響，整個人就像中了病毒襲擊的電腦，癱瘓了意識。

二妮嗔怪說，要當爹了還犯失憶症，美的你！

消息

男人：

　　我是個閒人，閒人嗎，不說你也曉得，就是那種雙手插在褲袋，嘴裏叼根煙，走在大街上，碰見兩口子吵嘴也會眉飛色舞，遇見貓和狗爭食都能興趣盎然的那種人。偶爾撞見個車禍什麼的可以站在那兒一直守到急救車來，再免費為後來者做現場解說，最後累了蹲在地上一直等到血跡發幹發白什麼也看不見才肯走開的那種人。

　　當然，這是你曉得的那種閒人。

　　我的閒，跟這些是不相干的。

　　我只是閒來無事愛看點閒書的那種人，這不，我就看見這麼一段閒話來──女人沒有消息，對男人或許是好消息，男人沒有消息，對女人絕對是壞消息！

　　看到這兒我就掩了卷，千萬別以為我要沉思，我只是停頓一下，停頓是因為我大腦空了一下。

　　肯定這是哪兒不對路了，不然怎麼會空呢？

　　對的，空！我扭了一下頭，向廚房扭的，我習慣看閒書時老婆給我泡上一杯茶什麼的！

　　廚房裏空空如也，老婆已經三天沒有消息了，是好事還是壞事呢？

　　我有點惶惶然了，一般情況下，老婆離家出走不會超過三天的。

　　這回為一句話鬥氣，她居然三天沒有消息了，是可忍孰不可忍，我決定也來個離家出走，讓她三天得不到我的任何消息。

　　女人是最沒有耐性的動物，這點我清楚，沒准這會她正急急忙忙往家裏趕呢。

　　呵呵，我得治治她！鎖上門，撥下電話，關上手機，對她來個遮罩處理。

　　說幹就幹，我戴上一副墨鏡，手上還不忘帶了一本書，閒逛是很累人的事，我得保證隨時歇腳時有本書可以翻翻。

　　街上的閒人多，這點我有預料，但多得摩肩接踵的則有點出乎我的意料，在這麼多的閒人面前我的閒就降了一個層次。

人家能對貓狗爭食一事上升到階級鬥爭，人家能對夫妻吵嘴一事追溯到政治素養！我呢，充其量只能對車禍之類的事件發揮一下想像，諸如司機是酒後駕駛，行人是橫穿馬路，等等，像貓追自己尾巴玩一樣沒半點新鮮。

這次，我決定來點新鮮的，就對車禍一事來點推理，來點想像，證明我沒白看那麼多閒書。

天氣很好，是適宜啟發我思維擴散的那種天氣，藍天上有白雲，白雲上有什麼，肯定有我們白天看不見的星星，星星中有人造衛星，人造衛星中有監測衛星，沒准有哪一顆衛星正在監測我的一舉一動呢，呵呵，這想法一上頭腦，我立馬興奮起來，大步流星甚至旁若無人往前躥去。

前面是個十字路口，就是百字路口又有啥呢？茫茫人海，有誰能如我一樣榮幸被衛星監測啊，別人頂多也就被路口的攝像頭監控一下，而且是附帶的監控，人家可是專門監控闖紅燈的車輛的！呵呵，我潛意識裏仰天長嘯了一下，真的，就一下，居然應者雲集呢。

我振了振臂，打算高呼一聲的，偏偏，雲集而至的剎車聲淹沒了我的聲音，我的人倒是沒被淹沒，被一輛車撞飛起來，在空中轉體了多少度我不清楚，我只看見藍天上有血雨四濺開來，我的思維真的擴散開來，一點點離開我的身體。

女人：

三天，對我來說比三年還難熬呢，三天，他就不曉得給我打個電話，哪怕是發個短消息也行啊！我懷疑我們的愛情真的進入了枯水期，他都無視我的存在了啊呢。

等等，我得再好好想想，那個心理專家是怎樣給我闡述愛情心理的——愛上一個人的心路歷程是，這個人在你心裏的地位是從「可有可無」到「似有若無」，最後變成「僅有絕無」！

三天時間後，我會成他的可有可無，還是似有若無，抑或是僅有絕無？這是專家給我支的招呢！

我得堅持下來。

靜下心，我隨手抓起一本書來，書上一定有那些聰明女人是怎麼對待愛情的，他不是把閒書看得比我還重要嗎，他一定在書上學到了一個聰明男人如何對待愛情的！

果不其然，讓我翻著了這麼一段話……笨人的愛情是批發出去的，僅憑讓我一次愛個夠的蠻力，聰明人的愛情是零售出去的，懂得只愛一點點的微妙！

呵呵，以其人之道，還治其人之身！

看來我對他也唯有選擇只愛一點點了！

關掉手機，連個短消息也不給他，來他個人間蒸發，讓他知道什麼叫女人是男人身上的第三個肋骨，人只有痛定了才會思痛的！

就這麼辦！

交警：

尋屍啟事播出去都三天了，咋就沒半點消息呢？這可真是件棘手的事！

非禮

我真沒想到我會跟非禮扯上關係。

都什麼年代了，我還用得著非禮女人麼？

都什麼年紀了，我還擔心老婆罵我沒那個功能了呢？

換誰都會覺得，那女的是師出無名的，但她偏偏大哭大叫說我非禮了她。

滑天下之大稽不是？

我現在，倒真想非禮她一回了，從意識形態上非禮，從心理走勢上非禮，要我從肉體上非禮她，我想，她還不配擁有那個激發我情欲的魅力。

女人點我時，我就很奇怪，這個澡堂裏那麼多搓澡工，怎麼會點上我呢？男人點我，正常，因為我是個手藝嫻熟的搓澡工，但女人點我，就不正常了！

我不是說女人就不能點男搓澡工服務，我還不是那麼封建的人，再說，在澡堂這麼一個地方，有多少曖昧的名堂啊，我早見怪不怪了。

我奇怪的是，澡堂有專門為女客服務的搓澡工，清一色的帥小夥，他們手上活路帥不帥我不清楚，我只知道那些女客享受他們服務後是滿面紅光走的，一個個今年二十明年十八的模樣。

難道那些小夥們這會都忙著？不會啊，按常理推測，這個時間段是最空閒的，沒理由讓我一個糟老頭子出馬的。

但我還是去了，一號包間！

我只看見一堆白亮亮的肉伏在床上，浴巾半掩著。說半掩是我破天荒地發現，我們澡堂的浴巾也有裹不住人的時候，尤其是女人！平時我總埋怨我們澡堂的浴巾太寬，把那些從我身邊經過的女人裹得嚴嚴實實的，想窺點春光都難。

這一回，呵呵，這女人寬得要讓我來偷窺浴巾的春光了！我在心裏暗歎了這麼一句走近她，接著伸展了幾下胳膊，開始從她的肩頭動手搓下去。

憑良心說，女人的肩背上的肉是比較乾淨的，沒什麼皺褶自然就沒什麼老泥，但我還是搓得很認真。

我是個敬業的人，來過澡堂的人都曉得。

在搓到肩胛下時，她呻吟了一下，把浴巾扯下去墊在胳膊下枕著。

腰上一圈圈贅肉就一覽無餘了。

我熟視無睹地搓下去，她忽然反手在背上抓住我的手說，這兒，多搓搓！

這兒是哪兒呢，我得跟大夥交代一下！

是她乳房的根部！我愣了一下，還是把手遞了上去，不輕不重地搓起來。

她側了下身子，一個深色調的乳頭探出半邊頭腦，我停了一下，以為女人哪兒不舒服了，要調整一下姿勢。

女人卻沒調整的意思，而反拿一隻胳膊撐起頭來，挑逗地看著我！

天啦！這挑逗用在她身上太不合適了！

我心裏嘔了一下，把目光移到牆上一幅油畫上，油畫上有個女人就是這麼個姿勢，有點像泰坦尼克號上女主角露絲那幅裸體面。原諒我吧，露絲小姐，我沒拿你跟這個女人相提並論的意思。

女人想做什麼呢？我傻站著，把詢問的眼神探上她的臉，想從她臉上讀出點什麼內容來。

這是一張放在誰面前，誰都不會多看一眼的臉。事後如果你硬要我回憶，我也只能想起那些在餐館後面洗碗槽邊站著的女人的臉，或者火車站公廁裏戴著口罩不停在裏面拖地的女人的臉，這樣的女人在不在廁所裏根本不影響大家進去拉和撒！

也就是說，可以忽略不計的。

我就從善如流也忽略不計起來，面無表情衝女人說，後面已經搓完了，前面還需不需要搓一把？

一般這樣問只是個習慣而已，沒哪個顧客喜歡讓你搓前面的，就是男顧客也不願意。

畢竟，隱私在前面，誰沒點羞恥感呢？你說！偏偏女人一翻身，四仰八叉躺我面前了，我歎口氣，把目光移到自己手上，手移到女人身體上。

悲哀的女人！想衝我這個糟老頭子展示什麼呢？女人身上的一圈圈欲顯還掩的褶皺讓我大倒胃口。

胃口倒歸倒，我人沒倒，我是靠這份工資養家糊口的，不能讓顧客投訴。搓完上邊，她見我又遲疑起來，便拿手指了指小腹，然後假裝害羞說了一句，搓仔細點，不許動壞心思喔！

動壞心思？我嘴角不由自主牽扯出一絲譏笑來，這女人欲擒故縱呢，我看她不是寂寞得快發狂了，就是被漠視得要發怒了，不然她怎麼會這麼一身肉還穿那種鏤花鑲邊又窄又細得什麼也遮不住的內褲呢？

我輕輕把手捂上她的小腹，笑一笑，很委婉地告訴她說，放心，我根本就沒動過心思！

我的意思是我這人很有職業操守的！

女人顯然理解錯了，她誤以為我這話是嘲諷她不值得讓人動心思，更別說動壞心思了。

女人就笑笑說是嗎，既然這樣，那我也放心了，麻煩你幫我脫了內褲好好搓吧，我喜歡放鬆點享受！

我沒在意她臉上深藏的表情，顧客是上帝，穿著內褲搓也確實有諸多不便，我就聽話地站起身，去幫她褪下內褲。

內褲很緊，應該說她肉多勒住了才對，我扒出了一身汗，剛把內褲拿到手上，女人身上贅肉忽然急劇喘動起來，跟著一聲悶雷從她喉嚨炸響出來，非禮啊，有人非禮啊！

那聲音一點也沒女性的清脆，真的，除了肉感還是肉感。

錦上添花

　　蔡小妮是在毛衣織到一半時，忽然想起應該配上點圖案的，最好配上李小燕所說的那種錦上添花。

　　這想法源於老公劉代明嘴上常掛溜的一句話，啥叫錦上添花？男人四十以後事業有成，兒女出息那就叫錦上添花。

　　劉代明這麼說是因為他剛提了處長，哪怕是副處，但也處上了不是？劉代明自然就有點春風得意馬蹄輕了。

　　春風得意的結果是劉代明涼了胃。

　　都怪那件專賣店的羊毛衫！劉代明事後說，要是穿件溫暖牌的，能涼胃麼？

　　這話有點矯情的成分，劉代明明明知道蔡小妮不會織毛衣，當然也有點打情罵俏的意思在裏面，劉代明是那種不苟言笑的男人，難得打情罵俏一回，蔡小妮心裏呼地一熱，頭昏腦漲起來，不就織一件羊毛衫麼？又不是高尖端科技搞衛星發射，不信自己織不會。

　　一個四十歲的女人，學織羊毛衫，多少還是有點羞於啟齒的，蔡小妮就買了書按圖索驥，結果是針拿在手上，線繞在指頭上，卻不知從何下手。

　　她連基本織法都不懂！

　　就只好「不恥下問」了，問誰呢，同事李小燕，李小燕織的毛衣，花可以引蝶，活靈活現的，還有個好聽的名堂，叫錦上添花！錦上添花的結果是，李小燕給自己招了幾回蝶，添了個騷女人的名聲。

　　李小燕不在乎，說，騷？那叫風情！

　　也是的，好多板板正正的男人一見李小燕眉眼裏都能蕩起春風的。

　　李小燕就桃花依舊笑春風著快快活活過，一點沒單身女人的憂愁，把個日子硬是過得錦上添了花。

　　這樣的女人是不是顯老的！

　　不顯老的李小燕還是給了蔡小妮幾分薄面，手把手教了些主要的步驟，怎麼起針，起多少針，什麼地方分針，什麼地方起袖，蔡小妮這才發現，李小燕的風情是建立在很多講究上的，單一件毛衣就有那麼多講究，何況把花織得引來蝶兒蹁躚呢？

蔡小妮人到四十才豁然開朗，原來，一個女人還是真要有幾份風情來支撐的。

當蔡小妮一板一眼架著針在沙發上穿針引線時，劉代明盯了她足足三分鐘，末了劉代明輕擁著她說，小妮，你越來越女人味了呢！

就手上多了幾根針和線能讓劉代明看出自己的女人味，這讓蔡小妮有點事半功倍的感覺，曾幾何時，劉代明埋怨蔡小妮整個一家庭婦女呢。

有了女人味的蔡小妮自然織得愈發上心了。

上心的結果是她發現了自己的不足，怎麼也該給毛衣上織出錦上添花的圖案啊。

要讓男人添出胸懷天下的那種氣勢！

一念及此，蔡小妮毫不猶豫撥通了李小燕的手機！

手機通了，李小燕正在那邊鶯歌燕語著，好像是在包廂裏，曖昧的音浪直鑽蔡小妮耳朵。

什麼事啊？李小燕有點不耐煩。

那個，那個錦上添花的圖案怎麼織啊？蔡小妮急急忙忙發問。

想怎麼織就怎麼織，李小燕說我又不是劉處，你該問他的！

蔡小妮說那你教我怎麼配色啊！

李小燕那邊明明白白傳來呻吟聲，李小燕敷衍說，大街上會織毛衣的女人多著呢，幹嗎非得問我！

蔡小妮說就你會織錦上添花啊，可那邊手機裏卻添出一串忙音來。

蔡小妮懵了半晌，心想不求你李小燕，看我能不能織出錦上添花來，完了雄赳赳夾起塑膠袋拎起針線出了門。

大街上的女人多，但織毛衣的女人不多。

蔡小妮不死心，繼續轉，轉到一個胡同口，居然真有三三兩兩的女人靠著電線杆或坐在花壇上織毛衣，蔡小妮立馬一臉興奮湊了上去，衝其中一個女人打招呼說，大姐，問你個事！

大姐冷眼看了蔡小妮一眼，說，問事上別地方去，這是咱姐幾個的地盤！

啥地盤不地盤的，我就想問一問，蔡小妮指了指女人手中的針線，錦上添花是咋個弄法。

女人一臉警惕地盯了盯蔡小妮的臉蛋，定期做美容的蔡小妮皮膚是光潔如玉的，女人又一臉警惕地看了看蔡小妮的身材，經常上健身房的蔡小妮腰身也是婀娜多姿的！

女人眼裏冒出一串串妒忌來，一招手，那幾個女人圍了上來，你不是想錦上添花嗎？我們給你添！

蔡小妮一臉期待地揚起了頭。

她驚恐地發現，一只只手掌蝴蝶般地蹁躚過來，不同程度在她臉上扇開了花。

有金星閃過，很燦爛，蔡小妮倒在了地上。

第二天，晨報登載了這麼一則消息，昨晚在我市某小巷，一群以打毛衣為掩護的暗娼為爭生意發生鬥毆，一女子受了輕傷，建議市掃黃打非部門加大力度查處取締這些窩點云云。

身為掃黃打非辦主任的劉代明看了新聞氣不打一處來，自己剛剛上任沒幾天，誰就給自己來了這麼個錦上添花？

狗日的錦上添花！劉代明憤憤然一把撕爛了那張晚報。

假像

我跟四海趴在桌上，桌上放著兩個玻璃杯。

杯裏當然裝的白酒，趴桌上是為了把目光放在同一水平線上，這樣才能保證杯子裏的酒一樣多。

絕對的公平！

這酒喝得有點悲壯，畢竟明天我就有家有室了。

而且吧，我媳婦嘴碎，不一定喜歡四海。

四海跟我光屁股玩到大的，他兄弟多，多到動不動跑到我家擠被窩，我是獨苗，獨苗的日子一般過得比較好，而我又是過得不一般的好。

四海跟我的感情，那可是一個被窩裏睡出來的！

儘管四海比我早兩年結婚，應該劃為有了老婆孩子熱炕頭的一類，但他依然動不動鑽進我被窩，還大言不慚說把童年感情給重溫重溫。

我不揭穿他，我知道他是被媳婦趕出來的，兩口子吵嘴，一般是經濟實力強的得勢，四海處於弱勢地位，是人所共知的。雖然他長了一副壯實的身體，可眼下，壯實的四海除了多消耗一些酒菜似乎就一無實處了。

四肢發達頭腦簡單的人在這個時代的處境是很令人同情的。

我說四海，喝了這酒，哥們得給你說點正經事。

四海笑，你啥時候正經過？

我說這正經是做給我媳婦看的！以後吧，你要晚上避難到我家，我可能會衝你捧臉色！聽我吞吞吐吐說完，四海臉上表情就慢慢生硬起來，我立馬又補上一句，當然，這是假像，做給我媳婦看的！

哦！是這樣？四海恢復了常態。

我媳婦不是嘴碎嗎，她說出來的話肯定難聽，只有我搶先捧了臉色，才能堵住她的嘴不是？我說。

行，甭解釋了，不就製造假像嗎？我懂！四海很高興和我幹了杯，實在不行，我少來重溫幾次童年感情就行了！完了他一抹嘴，走了。

這就是四海，沒心沒肺的一個人，

其實我也有點沒心沒肺的，這樣的事咋好挑明暸說呢？明擺著傷人自尊不是！

第二天，我就大婚了。

四海敬酒時衝我媳婦說，我跟修柱一塊睡大的呢！

我媳婦破天荒地開了句玩笑，你的意思是還想和我們擠一床？

擠一床在我們那兒有點佔便宜的意思，只有兒子才跟爹媽擠一床的！

四海明顯吃了虧，在嘴巴上，但我知道四海吃虧是假像，他為了套我媳婦近乎才不惜自降輩分的。

因為這自降身份，四海去我家蹭飯或多或少得到了一點禮儀上的歡迎。

中國畢竟是禮儀之邦嘛，但四海忽略了，禮儀只是人與人交往間的一個假像，禮儀背後是說長道短的三寸不爛之舌和可以在人背後紮上芒刺的目光。

四海在這方面有點反應遲鈍！那天蹭了飯喝了酒，媳婦沏的醒酒茶都淡得沒顏色了，他還沒走的意思，直覺告訴我，四海想留宿了！

我只好硬著頭皮裝醉，和衣跟四海滾在一張床上，朦朦朧朧中，聽見媳婦摔門的聲音很大，足以驚醒一個植物人。當然，如果植物人可以驚醒的話。

可我和四海硬是沒被驚醒，其間我偷眼看了一下四海，四海響著呼嚕的嘴角分明掛著一絲難堪，被酒意掩飾著的難堪。

貧賤夫妻百事哀呢！

後半夜，我推醒四海，讓他抽煙，四海抽得狼吞虎嚥的，我不知道抽煙能不能這樣形容，但四海確實就是這樣子。我說四海，你媳婦太不像話了，哪能動不動就趕男人出門呢？

四海把一口煙深深吞下去，再徐徐吐出來，說像她這麼不像話的媳婦你有麼？為兒子吃奶粉，她三年沒添新衣服，三年沒往自己碗裏夾過一片肉！

完了四海不說話了，盯著我！意思是換了你媳婦她會嗎？

我媳婦肯定不會！雖然她掙得少，可她花得比我多，為兒子三年不買新衣服，打死她都不會幹，她可以為了新衣服三年不要兒子的。

說到兒子，我忽然想起來，我們結婚三年了，居然還沒兒子。

第二天，我起床後第一件事就是衝正對著鏡子換衣服的媳婦說，少買幾件衣服行不，花點錢到醫院檢查一下！我個人以為她身體有毛病。

媳婦嘴一撇，想要兒子？簡單！

切，我都播三年種了還一無所獲，那麼簡單？

沒想到，居然真的很簡單。

我依然和四海胡吃海喝地過，四海依然不看我媳婦臉色就留宿我家，可能是肚子一直沒能挺起來的緣故，媳婦沒在我夢裏摔門了，當然摔了也聽不見，我現在是經常會實實在在喝醉了，媳婦親自出馬為我們酌酒呢。

又過了三個月，媳婦居然有了。

那天是我主動喊四海來喝酒的，高興唄！

媳婦卻不怎麼高興，有了孩子就以功臣自居啊，才懶得理呢！我倆不用說，喝了個酩酊大醉。

可能是被媳婦肚子有了的事興奮著，那天半夜我醒酒比平時早了半個小時，迷迷糊糊爬起來上衛生間。見四海正一腳在媳婦臥室門外，一腳在門裏和媳婦對峙著，媳婦臉上啥表情我看不見，四海是一副醉得很深的樣子，喘氣很急促！

我吼了一嗓子，說四海你咋回事，真想插一杠子給我們當兒子啊！

四海和媳婦同時嚇一跳，兩人都不是膽小的人啊？我瞅見媳婦臉色很難看，心虛了，再不堵她嘴肯定要開趕四海，我就做出很憤怒的樣子說，四海你以後不要在我家留宿了，有什麼感情需要這麼一而再再而三的溫啊？

簡直是扯淡嗎！

四海被我的憤怒嚇得腿打著戰出去了，連回一下頭都不敢。

真是的，我就做個假像而已，先前申明過的啊，至於那麼後怕？末了我做出討好的樣子偷眼看媳婦。

滿以為媳婦要捧門的！但媳婦臉上不顯山不露水地，看不出半點跡象來！

窗簾

脫光衣服前，他不無顧忌地望了一下窗簾。

窗沒關上，紗簾被風吹得飄飄逸逸的，如同眼前這個飄飄逸逸的女人。是的，女人是飄逸的，不光在舞臺上走碎步是飄逸的，連躺在床上也是飄逸的，當然飄逸的是她的眼神。

水一樣蕩漾著柔波的眼神。

他知道，再過一會兒，這雙眼神就不僅僅是水光瀲灩晴方好了，而是可以用山色空濛雨亦奇來形容的。

他喜歡她的山色空濛，那種肆無忌憚的山色空濛，跟以往任何一個主動委身於他的女人不同。因為這點與眾不同，這麼多年了，他從一個主席臺走上更高的一個主席臺，卻一直保持著身子底下有她的呻吟。

這一點，連他自己都覺得很難得！達到了占人說的不離不棄的境界。有時候，面對那些主動獻媚的女人，他都會自覺不自覺皺一下眉，因為他知道，那些女人虛張聲勢的呻吟裏多半含有弄虛作假的成分。

不就是為了一點實惠嗎，幹嗎把做愛做得那麼勉強？他一直以為，那種事，一定要做得雙方不遺餘力，做得雙方知根知底，才叫妙不可言。否則，古人為什麼要在人生兩大喜事中，首先提到的是洞房花燭夜，而不是金榜題名時呢？

肯定是有講究的啊！

他喜歡這點講究！女人也喜歡！

為了讓他沒任何心理壓力，每次去之前，她都要把床頭櫃上兩人的結婚照取下來，畢竟，他們得避一避另一個男人的眼光才好。

哪怕那男人的眼光是溫情的，是和善的，但溫情也是有殺傷力的，和善雖然沒殺傷力，可卻能讓人心裏不安。

你確定，對面沒人會看見，他在翻身上床時又小心翼翼回頭望了一下窗簾。

除非他是飛人，除非他是蜘蛛俠！女人眉眼裏笑了一下，這男人，臺上的自信哪去了？思維邏輯咋就如此混亂不堪呢，對面是一片空曠啊！

要知道，每次她去採訪他時，他總能思維敏捷邏輯嚴密回答她那些刁鑽而又古怪的問題。

不用說，她是醉心於他的學識與談吐的，一個不古板的男人，而且還位居高官，是千年都難等一回的呢，他在床上，一點也沒了主席臺上的自信，總是像個沒斷奶的孩子，任由她的擺佈。

她一個小小的暗示，他都能及時領悟，把愛做得風生水起的，一直是她的渴望。

這會兒，隨著窗簾的飛舞，她的渴望也迎風起舞了。

他的唇開始從她的額頭鼻尖，紅唇自鎖骨向下滑動，他是細膩的，一點也沒有在主席臺上的霸氣。

愛情這玩意，需要平視！這話是自他嘴裏吐出來的，怎麼聽怎麼都透著真理的意味。

她就睜開了一雙媚眼，打算平視一下他，她想一覽無餘地平視一回男人是怎麼盡情盡心盡力享受她的。

那會兒，男人的唇剛落進她的乳溝。

男人一般會把頭埋在這兒，做些許的停留，記得他說過，這兒有母性的溫暖。

他的停留讓她有了一份幸福的戰慄，她的喉嚨裏低吟了一聲，跟著雙手用力緊緊抱住了男人的頭。

他順勢扳住她的肩，她的頭就微微仰了起來，這一仰吧，目光就越過他的膀子，落在窗簾上。

窗簾被風掀起，又落下，再掀起，再落下，室內光線就一明一暗起來，有那麼點迷離，也有那麼點錯亂的意思，迷離的感覺真好！她剛在心底這麼長歎了一句，窗簾忽然被風卷出了窗外，卷出了也就罷了，居然伴著哧啦一響，窗簾不翼而飛了！

她嚇得一聲尖叫，他的頭埋得很深，一副情到深處的樣子，是這聲驚叫把他從情深處拽了回來。

怎麼了？他猛一下跳起來。

窗外的陽光赤裸裸地鑽進來，不懷好意地盯進他身上每一寸皮膚。

窗簾！她急促地叫了一聲。

窗簾居然沒了！他的臉一下子白了半邊，肯定剛剛有人爬上來過！這是他的第一感覺。

他開始急急匆匆穿衣服，她也穿！

整個屋子立馬就空了，連同剛才的激情。

　　他走出門時還不忘四處探了探頭，確信無人時才邁開了步子，這一次，他的步子有些急，沒了往日的沉穩。

　　她坐下來開始喘氣，越想越覺得奇怪，好端端的窗簾咋不翼而飛了呢？莫非真有人爬上來了？她心裏開始後怕起來。

　　估摸著他已經下了樓，她才俯到窗前往下探，她想看看她的窗簾究竟飛到了哪裡。

　　居然就在她窗戶下麵一戶人家的晾衣竿上掛著，窗簾是被樓上風刮下來的一個有點分量的盆栽掛住了扯落出去的，眼下這盆栽上幾根虯枝正掙破窗簾的糾裹要往下墜落呢！

　　該死的盆栽！她暗裏笑了一下，很欣慰，她覺得應該給他打個電話，把他召喚回來，搗禍的不是人，是盆栽而已，而盆栽是看不懂人們偷情的。

　　她就回到床上，很嫵媚地再次躺下，拿一根小巧玲瓏的手指去撥電話。

　　電話響時，他剛走出樓下，一副心有餘悸的樣子，見是她的號，接了，很用心地貼到耳邊，他喜歡她的柔媚聲，如鶯啼如燕歌呢！

　　她說，盆栽，是盆栽帶走了窗簾！

　　什麼盆栽？她沒頭沒腦的話讓他莫名地煩躁起來。

　　你抬頭啊，看見窗簾就看見盆栽了！她解釋說。

　　他將信將疑抬起頭，一個盆栽果然自他頭頂砸了過來。

　　他遲疑了一下，遲疑是因為他更關心那窗簾的去向。

　　盆栽沒有遲疑，十二分癡情地砸在了他頭上，盆栽裂成碎片的一剎那，他看見那窗簾了，窗簾迎著風，輕盈地起舞著，一如女人在床上起舞般翩躚。

　　他想舞一舞胳膊，表示看見窗簾了，但這一回，他經常在主席臺上指點江山的胳膊沒能翩躚起來。

打臉

　　鐵子挺了挺脊樑，很不自然地咽了一下喉結，跟著又把衣服下擺扯周正了一些，他有點慌亂，慌亂的原因很簡單，眼前趴在床上的這個女人穿得實在太少了。

　　在黑王寨，鐵子只見過娘穿這麼少過，而娘，在鐵子腦海裏是形不成女人概念的。

　　這會鐵子是自己先有了男女概念，才不自然的，女人的吊帶裙往下滑了一分，裸露的肩背讓鐵子除了喘氣就只會搓著雙手不知所措了。

　　這樣粗糙的一雙手，跟這麼細膩的皮膚，別說下勁去按摩了，碰一碰都是一種生分呢。

　　女人臉朝下，聲音不耐煩地飄了上來，快按啊，還想不想掙錢。

　　鐵子被錢這個字撞醒了頭腦，身子一彎，慌不迭地接口說，就按！就按！

　　跟著兩隻手小心翼翼探了上去，像女人背上埋有地雷似的。

　　怎麼了？女人見手沒有嫻熟地在背上游走，忍不住扭了一下脖子，你是新來的？

　　嗯！剛來的，鐵子臉一紅，老老實實回答。

　　女人很有興趣翻起身來，不會按是吧，來啊，我示範給你看。

　　示範的結果是，女人輕輕鬆鬆把鐵子按倒在自己的懷裏。

　　鐵子的慌亂令女人好笑，笑完了又有了一絲憐憫。

　　鐵子在女人憐憫的目光中手忙腳亂套上衣褲，女人伸出手來說，拿著。

　　拿什麼？鐵子偷眼望過去，是一迭鈔票。

　　鐵子不拿，鐵子聲音輕得像蚊子叫，鐵子說，姐，你打我臉呢，剛才是我糊塗！鐵子的語無倫次讓女人糊塗了，女人一揚眉，我給你錢呢，什麼打臉不打臉的！

　　鐵子囁了下嘴，娘說了的，花女人錢的男人，等於把臉給人當屁股打呢。

　　女人火了，把錢砸到鐵子臉上，拿著，就當我打你臉了，行不！

　　運去金失色，時來鐵生光！

　　鐵子望著手中的錢，感覺像做了一個夢，明明是自己欺負了女人啊，怎麼還給自己錢呢！

鐵子抬起頭想再看一眼這個奇怪的女人，偏偏，女人一轉身，走了。

鐵子真的打了一下自己的臉，火辣辣的疼，看來這不是夢，鐵子把錢揣進口袋，信步上了街。

街上人來人往的，但鐵子還是一眼認出了水妹。

水妹是出來尋娘的，娘在這個城市打工，每年往家裏寄錢，水妹十五歲了，十五歲的水妹卻沒見過一眼娘，爹死得早，欠下一身病債，水妹的娘在外面斷斷續續還清了債，說等水妹過了十五，娘就接水妹到城裏過日子。

水妹等不及娘回去接自己，就跑了出來，跟鐵子同在一個餐館幫工，鐵子對水妹好，是因為鐵子有個水妹那麼大的妹妹，小餐館生意後來敗了，只能留一個人。

鐵子就辭了餐館的事，到了一家按摩城，男人嗎，在哪兒都能找口飯吃，像水妹那樣的小女孩，找個好老闆不容易，鐵子就把機會留給了水妹。

鐵子問水妹，咋啦，又在等你娘？

水妹站在一家郵局門口，樣子快快的，嗯，按以往娘給我彙錢的日子算，這幾天她應該來了。

來了，你也不認識啊？鐵子笑。

我娘認識我啊！水妹不笑，人家都急出病了，你還笑！

什麼，病了？鐵子一怔，這才發現水妹神色真的不對勁。

身子軟，頭疼，可能感冒了！水妹說，我昨晚夢見娘了，她在前面跑，我在後面追，怎麼喊娘都不回頭！

結果人就跑出被子了是不？鐵子歎了口氣，心裏酸酸的。嗯！水妹也歎氣，鐵子哥你說我娘為啥不回頭呢？

兩人只顧說話，沒有回頭看身邊，一個女人從他們身邊走了過去，兩人把個郵局門口堵得嚴嚴實實的，女人皺了下眉頭，輕輕伸出手在水妹肩頭拍了一下，示意水妹讓一下。

水妹不情不願挪了下身子，女人眼角的余光滑過水妹臉龐，忽然變得蒼白，像見了鬼。

你是水妹？女人冒冒失失地問了一句，轉身跟著看見了鐵子，女人眼神一陣慌亂，像被人在臉上打了一耳光，調了頭就走。

鐵子的嘴張得老大，這女人不是剛剛和自己有過肌膚之親的那個女人嗎，她怎麼認得水妹呢？

一個問句沒在腦海打過彎來，水妹已經悟了過來，她是我娘呢！

娘！娘，水妹邁開步子，踉踉蹌蹌追了上去。

女人不回頭，腳步邁得更快了。

鐵子猶豫了一下，也撒開腳丫子往前追。

鐵子腳步快，等她快追上女人時，女人已鑽進了一輛計程車。

計程車冒下一股煙，沒影了，鐵子站在那兒，水妹哭著喊著撲上來撞鐵子，我娘為啥不回頭啊？

是啊，你娘為啥不回頭呢？鐵子喃喃自語從口袋裏摸出那迸錢塞給水妹。

剛剛，他也無形中打了那女人一回臉，這錢還物歸原主了！

雙刃

他把嘴往前湊，做出一見傾心的模樣。

她也把嘴往前湊湊！一副含情脈脈的表情。

再往前一點，對，對，就這樣，激情燃燒的樣子！很好，對，很好！攝像師在一邊張牙舞爪指揮著。

激情？他不屑地皺皺眉，有嗎？

她沒有不屑，只是努力地把紅唇撅了起來，燃燒？可笑！

OK！攝像師抓住這千分之一秒的時機，按下快門。

千分之一秒，夠快了！

可激情卻沒能傳播出去，兩人的嘴唇是冰的！

瞧！多經典，多恩愛！攝像師把他們兩人拉過去，調出圖片炫耀。

吻一堵牆如果也叫恩愛的話，那就算恩愛好了！她在心裏暗自笑了一下，出門，先走一步。

他遲疑了一下，正在考慮要不要做出亦步亦趨的樣子時，她已經鑽進一輛計程車，揚起一股汽車尾氣，瞬間滑出了他的視線。

他聳了聳肩，不置可否地走向自己的車。

明天就是他們大喜的日子，就讓她再特立獨行一回吧！

攝像師是他哥們，走過來拍拍他的肩，意味深長地一笑，上了籠頭就會好的！沒聽說過嗎，男服先生女服嫁！

他卻沒見她幾時服過自己來。

本來她是服他的，要不她不會和他訂了婚期，至於這張婚照紗照，她一直認為是婚禮過程中可有可無的一個點綴。

偏偏，他卻毫無原則地把一個點綴弄得像煞有介事，一個二婚的男人，太在意這些形而上的東西，總讓人感到不那麼踏實。

她的不快就在走進這家婚紗攝影店化新娘妝開始的。

是因為他不合時宜的那句話。

他說，這家婚婚紗店可是老字號了，我先前就是在這兒照的，曾經被他們作為招牌照放在櫥櫃擺了三年呢。

原來，一個招牌的婚姻只能經營三年！當時她的神思就恍惚了一下。

化新娘妝是煩瑣的，她就一直恍惚著，思緒跑進三年前的時光裏，那時候，也應該有個像她一樣對幸福充滿憧憬的女子在這兒享受著那一分獨有的甜蜜吧！

只是那女子會不會預見今日的她呢！

像要給她一個答案似的，她的手機響了。

一個好聽的女中音傳了過來，是施小姐嗎？

她怔了怔，知道她號碼的會不知道她是誰？可笑！

跟著的一句女中音話就不可笑了。

女中音在那邊說，我是王德林前妻，你的前任！

她沒吭聲，知道女人還有話說。

果然女中音繼續說下去了，我想我應該先恭喜施小姐一句！

她笑笑，說恭喜就不必了，錦上添花的東西我不喜歡，當然！她咬了咬唇，你也不會好心來雪中送炭！

女中音在那邊很愉快地笑，知道你今天會渴望他給你的洞房花燭夜送上一盆炭，但你會失望的！

是嗎？她冷笑。

因為，他昨晚在我這兒呆了一夜，女中音放肆地笑了起來，說呆了一夜似乎不確切，施小姐是學中文的，咬文嚼字比我在行，我也不怕班門弄斧，糾正一下吧，是折騰了一夜！

她還是笑，你們讓我想起一部電影來。

女中音遲疑了一下，什麼電影？

《最後的瘋狂》啊，她忍不住爆笑了起來，很不淑女的又補了一句，「最後的」，你咬得出這三個字的意思嗎？

女中音顯然咬不出，那邊出現了忙音，只有氣急敗壞的一方才會先掛電話的！

她臉上波瀾不驚地吻了一下手機，完了衝在門外的他招招手說，待會我先走一下，十一點整陪你去酒店進行結婚典禮。

離婚禮還有一個小時。

一個小時是改變不了時間的方向的！她歎了口氣，把頭仰在車後座靠背上，不過，一個小時是可以重溫過去的，她把過去的時光在腦海中濾了一遍，就濾出一個不到十平方米的小出租屋來。

大學期間，她作為女人就在那間出租屋綻放的。

只是不知道，令她綻放的那間出租屋會不會物是人非了。

她在一瞬間作出了決定，去那間出租屋看看，算是舊夢重溫吧！

居然，物是，人也沒非。

他開的門，迎面牆上他為她一番雲雨後的詩還在牆上。

《採蓮》摘一頂荷葉戴在頭上／不遮雨水也不擋陽光／任清風蕩起的漣漪／波動在妹妹柔嫩的心房／妹妹／你就是那朵靜臥的睡蓮／在我幽深幽深的眼簾裏／不動聲色的綻放／柳陰下的漁舟／是我窮其一生的守望／妹妹／你這出水的芙蓉／何時才肯吐一絲暗香／你玉潔冰清的模樣從《愛蓮說》中凌波浴出／所有文章中的綠肥紅瘦／因你的香遠溢清／而頓失芬芳／妹妹／今夜的蓮花已然開放／把你手中的長篙給我／不要驚動了／水中撈月的嫦娥姑娘／明早／我會在一片蛙鼓聲中／娶你回家／你臉上的紅霞／是我心儀已久的嫁妝！

她就挾帶著一臉的紅霞撲進他的懷裏。

新娘妝自然是一片狼藉。

十一點，她準時出現在婚禮慶典上，他看著她臉上的未褪完的潮紅，和凌亂不堪的婚紗，眼光閃爍了一下，鬧喜的人們等不及了，一擁而上。

場面熱鬧起來，尖叫，歡呼，彩紙紛飛起來。

香檳開啟的聲音咚一聲將婚慶推向高潮。

他在和她交換戒指時，不置可否附在她耳邊說了一句，瞧，瞧，大夥都瘋狂了呢！

她做出嫣然一笑的模樣回了一句，是瘋狂了，最後的瘋狂。

說完，兩人的紅唇又一次碰在了一起，這次是應親友的要求。

比先前更冰更涼了！

兩人心底都冒出一絲寒意來，一半是海水，一半是火焰！婚姻大概就這樣子吧！

去死吧

我的存在，似乎是多餘的！

之所以這麼說，是因為我三歲時，爹和娘吵架，吵得比較激烈，當然我也是過後才曉得使用激烈這一個詞的！

先說當時吧，當時我就怯生生地哭了，我承認我哭相很難看，一個三瓣嘴的女孩，齙著牙能能哭出什麼來呢？當然只會哭出爹更大的憤怒，爹踹了我一腳，你咋不去死呢？長這麼難看，不成要我養你一輩子！

去死吧！打那以後就成了爹的口頭禪。

我不捨得死！不捨得死是因為隔壁的大發哥對我很好！大發腦癱，半邊腿走路一擰一擰的！

他常帶著我去玩！一擰一擰的玩，那時常有笑聲從我三瓣嘴裏飛出來！一玩就玩到了十五六歲的年齡。

那一年我們上初中，第一次學到梨花帶雨一詞，放學路上大發偷偷衝我說，知道嗎，你哭起來就是梨花帶雨呢！

我說怎麼可能呢？

大發就掀起我的三瓣紅唇說，這可不是花瓣雨嗎，你比別人多一瓣美麗曉得不？

那一刻我很開心，就忘乎所以把三瓣美麗貼上大發的嘴，大發的嘴是幹的，發燙的那種幹。

我聽見了他激烈的喘息！是我的花瓣雨滋潤的，一定！

我說長大了我一定嫁給你！大發沒等我長大就出了事，他擰著腿進城去為我打聽縫治兔唇的醫院，被一輛汽車輪子給擰進了車空裏，事後我一直在琢磨，汽車那麼龐大的腦袋也患腦癱不成？在大發的葬禮上，我剛剛開三瓣嘴要哭呢，大發娘惡狠狠衝我說，去死吧，你個害人精！

我沒去死，我把一張大發的照片揣在懷裏哭得死去活來。

我哭的聲音引起一個人的注意，他說我的音色很軟，軟得讓人想起糯米的甜，這樣的聲音只有在江南水鄉才可以聽見的。

他是江南的人，背井離鄉的江南人。

為聽我的聲音，他基本上每天繞到我家門前，鄉音能給他什麼呢？一個空泛的慰藉罷了，如果他需要我可以給他比鄉音更實質的東西，比如柔情！我相信，我的柔情清純柔和一如春日激灩的湖水。

　　這汪湖水不正是多少男人想暢遊的嗎？

　　但男人卻沒暢遊的意思，他很委婉地拒絕了我，他還說了這麼一句很哲理的話，愛情，不是雨天為你撐的一把傘，而是陪你去淋一場雨！

　　他以為他是撐在我頭上的一把傘，給了我活下去的勇氣，去死吧！這一回，是我從嘴裏吐出的這三個字！

　　他盯了我足足三分鐘，搖搖頭，搖出一臉的歎息與憐憫，這女人，想男人都想瘋了！事後他對他的朋友們得出這麼個結論。

　　事後我也得出一個結論來，感情就是一個人掙脫另一個人去撿的玩意。

　　這麼說來我是處在撿的位置上？

　　一個靠撿感情生存的人，一定是一個多餘的人！

　　我把這句話放在了自己的QQ簽名上，既然現實生活中我多餘了，那麼就讓我在虛擬空間裏學會躲避吧！

　　一個叫處處留情的男人看了我的簽名對我說，以前的人為了感情可以放棄自己的理想和機會，現在的人可以為了理想和機會放棄自己的感情！

　　我說是的，這是一個顛倒黑白的世界！

　　他說不對，應該說這是一個無路可走的年頭！

　　他怎麼就曉得我無路可走了？

　　我的心一下子暖了起來，那一刻我特意照了照鏡子，三朵美麗的花瓣在我唇上綻開！

　　我一直固執地以為她們是美麗的！

　　我希望她們的美麗能得到另外一個人的欣賞，那麼，她們就不會寂寞的開放！

　　第一朵花都有盛開的理由！

　　為這理由，我決定去見他，不怕關山路遙，是的，處處留情遠在千里之外的小城。

　　我說能見面嗎？

　　他說我將以外交禮儀恭迎。

　　外交禮儀我沒見過，但我知道，一束鮮花肯定有的！處處留情已經在網上為我獻了無數次鮮花。

我就去了，去得很不理智。

自然，沒見著！沒有鮮花，只有我唇上的花在車站出口寂寞地盛開，開得豔麗而蓬勃，不用說，我在車站哭了個天昏地暗！

我知道，蓬勃後面應該就是衰敗了！

回到家，我發現，處處留情換了網名，叫理智的男人！

我仔細琢磨了這個網名後發過去一句話說，所謂理智的男人，就是他明白自己什麼時候該做禽獸是吧！

他隱著身，是默認，還是不屑回應？

我懶得知道答案，關了電腦，我開始把一些玻璃碎片和著酒水往口裏猛吞，去死吧！我對自己的三瓣唇說。

玻璃碎片割破了我的唇，由三瓣而四瓣，再由四瓣而五瓣，每一瓣都是豔麗而蓬勃的！

蓬勃後面的衰敗是與死亡最接近的！這點是毋庸置疑的！

芳鄰

二柱不緊不慢跟了女人七八條街，女人竟沒有回一下頭，二柱能理解，大凡漂亮的女人，都不屑於去觀察身邊的男人，她們習慣了被男人的目光追逐。

這應該是一種賞心悅目的追逐吧！

但二柱還是希望女人回一下頭，那樣二柱就可以故作驚訝地迎上去，說一聲，真巧啊，居然是你！然後兩個人再肩並肩走回去，或者，只同一段路，也足以讓二柱心裏甜蜜好些日子。

女人是二柱的芳鄰呢，當然這樣說二柱有高攀的傾向，二柱只不過是一家物業公司的保安，因身坯好，模樣周正，被安排在名流花園小區做門衛。

名流花園，住的雖不敢說個個是社會名流，但有一點可以肯定，住這兒的人都有錢，幾乎家家都有私家車，養名貴寵物，芳鄰現在手裏就牽著一條沙皮狗。

二柱上班不久，發現一件稀奇事兒，名流花園住的竟全是女流之輩，男人偶爾能現一回身，也都要十天半個月的，二柱是鄉下來的，不知道這兒就是全城最有名的二奶區。

二柱的門房離這個女人的房子最近，所以二柱就暗裏稱女人為自己的芳鄰。要是能和芳鄰這樣的女人發生點故事該多好啊！其實二柱心裏曉得，兩人永遠發生不了故事，如同麻將桌上的南北風，怎麼可能組合到一起呢！二柱想到這兒，有點垂頭喪氣了，跟下去的熱情立馬像雪人見了陽光般的癱軟下去。

二柱目送女人牽著沙皮狗的身影愈走愈遠，才毅然決然地停住腳步，二柱知道自己該接班了，二柱不含糊，一旦自己遲到了，他跟女人做芳鄰的日子也就到此為止了。

二柱羨慕地看著沙皮狗在女人的裙裾邊嗅來嗅去，二柱心裏忽然升起一個念頭，自己要是那只狗該多好啊！龜孫才不願女人小巧的鞋尖在背上蹭幾下呢，哪怕是親一下小嘴也成，用古人的話叫一親芳澤呢！

二柱想到這，情不自禁地咧開嘴，仿佛正咬住了女人繡花鞋似的，二柱最近看射雕英雄傳，知道楊康就是搶了穆念慈的繡花鞋才成就一段姻緣的。

二柱使勁搖了搖屁股，才想起祖先早把身後那根尾巴給進化掉了。

被進化掉尾巴的二柱現在身上多了根警棍，吊在屁股後面，很神氣地望著路過小區的人，二柱知道人們對小區的嚮往，問題是，這種嚮往不是人人都可以的，你得有嚮往的底氣。

哪怕是做門衛，也不是他所在的物業公司那些打工仔人人可以嚮往的！

二柱把眉毛揚了揚，意思是讓那些探頭探腦欲行窺視名流花園的小商小販們斷了套近乎的心思，名流花園的人，吃喝拉撒睡，清一色的品牌，小商小販的東西，自己都覺得礙眼呢，何況芳鄰那樣的人士。

想到芳鄰，二柱微微揪了下心，都夜幕降臨了，芳鄰咋還沒回來呢，一個單身女人，多不安全啊！

二柱把警棍往身前挪了挪，一副隨時出擊的陣勢，好像有誰要對芳鄰伸出毒手似的，可惜的是，眼前的大街上十分空曠，只有嘩嘩的風聲掃過招牌，發出孤零零的呻吟。

說呻吟，還真有呻吟聲從街角傳了過來，二柱小跑步趕過去，天啦，是芳鄰！芳鄰喝得酩酊大醉，走路踉蹌著，像風中的弱柳，隨時都有躺下的可能。

二柱一把攬住了芳鄰，芳鄰把半個肩頭伏在二柱身上，芳鄰的體香就大肆襲擊過來，二柱貪婪地作了幾下深呼吸。

芳鄰含含糊糊附在二柱耳邊說，不許走啊，今夜我要好好陪你！

二柱嚇一跳，跟著又明白過來，芳鄰說酒話呢，芳鄰一定是受人的氣了。二柱想不通，什麼樣的男人會給這天仙般的芳鄰氣受呢，擱自己身上，做牛做馬伺候還來不及呢。

二柱幾乎是半背著芳鄰進的屋，芳鄰的家像皇宮，二柱有限的辭彙只允許二柱這麼形容，芳鄰就應該是貴妃了。

二柱把芳鄰扶上湘妃榻，沖了一杯酸梅湯，剛要走，芳鄰的一雙手環上了二柱的脖子，跟著紅唇誘人地貼上來，芳鄰喃喃夢囈說，我要，我！二柱血往上湧，一翻身伏了上去。

二柱沒想到芳鄰酒醉之中還這麼配合，二柱大汗淋漓從芳鄰身上下來時，芳鄰已睡得人事不醒了，二柱心疼地用熱毛巾為芳鄰擦了身子，然後悄悄退身出門。

門在身後砰地碰上時二柱被風一吹，清醒過來，糟了，警棍還在芳鄰客廳裏呢！

二柱焦急不安地在門房前轉來轉去，天亮時，二柱終於看見芳鄰在陽臺上慵懶地梳頭，二柱訕訕走過去，羞紅了臉，二柱低聲說，抱歉，昨夜我把警棍擱你客廳了！

二柱以為芳鄰會像羞答答的玫瑰展顏一笑的，沒料芳鄰冷冷白了他一眼，哦，你是說被我家小沙叼回來的那根破棍子啊，丟垃圾桶了！

　　二柱從垃圾桶裏找到那根警棍時，芳鄰已經從陽臺上消失了，二柱覺得自己一下子成了堆垃圾，二柱明顯從芳鄰的白眼裏讀出了不屑。

　　過了幾天，二柱被調離了名流花園小區，據物業公司的負責人說，有個女士投訴了二柱，投訴二柱的理由很簡單，一個門衛兼保安，居然讓狗叼走了自己的警棍，太不稱職了！

　　一個不稱職的人，是不適合名流花園小區這種背景的。

二鬼子

　　我一向不待見二鬼子，二鬼子叫錢七，我們把在日本呆過的人都叫二鬼子。錢七不就在日本打了兩年工麼？就居然人模狗樣的逢人彎腰鞠躬，說什麼請多多關照，俅，誰不知道我們這幫子窮兄弟離不開你關照啊！

　　怎麼有點閒錢的人都喜歡說反話呢？

　　我就沒什麼閒錢，我家的閒錢都由老婆支配，充其量我只起個驗鈔機的作用。老婆識別假幣的能力差，但老婆管理鈔票的能力強，很多情況下，我能從二鬼子身上掏出閒錢消費，從老婆那兒卻只能掏出生活費。

　　這就是二鬼子一直不讓我反感的原因，一大幫窮兄弟在一起樂呵樂呵，而誰都從不擔心放血，你願不願意，所以很多時候，我們這幫子兄弟就經常關照二鬼子了。

　　張三接客，吃到一半時，一個電話，二鬼子屁顛顛來了。二鬼子酒量不大，適合在這時上場，基本上下桌前能保持清醒，我們都醉得一塌糊塗的，小姐自然懶與糊塗鬼打交道，帳單就直奔二鬼子去了。

　　李四接客，提前通知二鬼子，八點半開席，啊，你小子準時點呢！其實八點還差幾分，我們就推杯換盞了，二鬼子也不生意思，坐下來連呼小弟來遲，禮數不周之處，請多多關照！李四也不含糊，就著酒勁嚷，當然要關照，酒單你包了！

　　上回是王五，這回輪到我，我對老婆說，沒辦法，二鬼子又請我關照了！

　　老婆婆乜我一眼說，你不是挺討厭二鬼子嗎？劉六！

　　我說，我是討厭二鬼子，可我更討厭你，你口袋裏的錢不要我關照啊！

　　老婆婆見我開玩笑損她，老婆也回敬說，你討厭是啵，那讓二鬼子來啊，人家不討厭我！

　　我就笑，說行啊，要想讓二鬼子來給你多多關照，你先買套和服吧！

　　老婆就罵我，你比國民黨還不如，國民黨在關鍵時刻還曉得槍口一致對外呢！

　　我就抓了衣服學電影上國民黨軍官的模樣舉手敬禮說，報告蔣委員長，共軍節節敗退！然後潰不成軍地溜了出門。

剛到樓下，老婆在二樓陽臺上衝我喊，幾點回來啊！我說八點開席，十點一定回來！

老婆就不見了，一定是去看韓劇了！老婆骨子裏一直浪漫得不行，可惜沒生那個命。

眼下才七點，只要七點半到酒店就行，點完菜，八點上酒，八點半給二鬼子打電話，為免得二鬼子趕路，我特意找了處離二鬼子家近的酒店，就在二鬼子樓下。

窮兄弟們對別的事消極，對免費的晚餐卻積極，居然都到得比我早，張三已灌下去四杯茶，說是為了利於消化，李四抽了五根煙，說是免得喝酒時煙癮來了影響左右開弓去夾菜，王五本分多了，王五對著卡拉唱了六首歌，他家沒影碟機，算是見縫插針吧！

我去時，包廂的小姐正皺眉呢，顯然忍受不了這幫人的折磨。

我大大咧咧點完菜，就揮揮手示意小姐走，快點弄啊，趕時間呢！

其實我閒得很，有的是時間，可如今這年頭，沒能力的人才閒，有能力的人都跟時間拼命呢，我得裝成拼命的架勢，免得被小姐小看。

就上菜，就喝酒，半個小時後，我撥通了二鬼子手機說，快下來，我們在你樓下酒店喝酒，等你開席呢！

二鬼子在那邊笑嘻嘻地說，謝謝關照，謝謝關照，馬上就到！

二鬼子的馬上居然馬上了二十五分鐘，我們都快喝不進去了，喝不進去有兩個原因，一是酒真的到了位，二是擔心二鬼子不來沒人結賬走不了人。好歹二鬼子到底來了，一迭聲地道歉，禮數不周之處，請多多關照！

張三說，下個樓要二十五分鐘，你小子爬下來的吧！

李四接上口，爬算啥，日本人都喜歡跪著走呢，要不哪來的跪式服務。

王五沒說話，只曖昧地笑了笑，很意味深長地樣子。

跟著結賬，二鬼子掏的腰包。

出門，見一計程車，我鑽了進去，他們跟我不順路，我最遠，酒又喝得最多，畢竟，名義上還是我作東嗎，喝多了不打的會讓迎賓小姐鄙夷的。

司機問，上哪兒，先生？我說，明燈小區！司機一打盤子，就往小巷裏鑽。

我說師傅你真行，這條小巷沒幾人走得通的！司機笑笑，剛剛從那送了個客過來，他說走這小巷近。

我口渴，懶得接嘴，司機就又多了句嘴，就是剛才跟你打招呼中的那個人！

你是說二鬼子？我一怔，二鬼子咋走明燈小區了？

不清楚，他給我錢時好像說了句請多多關照！司機說。

到了樓下，我讓司機停了車，司機很奇怪，「那人明明也住這兒，幹嗎不一塊回來？」

我腦袋轟的一聲，身子晃了幾晃，我把錢塞給司機說，謝謝，請多多關照！

老婆站在二樓陽臺上，老婆說，你咋跟二鬼子一個德性呢？

我說我都成二鬼子了你不知道？

失意

　　我討厭在失意人酒吧裏喝酒，我自己就是一個失意的人，一個情場失意的男人。

　　但我還是一次一次在失意人裏喝得酩酊大醉。

　　反正是喝酒，反正是買醉，討厭是喝，喜歡是喝，清醒後疼痛的是腸胃，翻湧的是後悔，幹嗎要在別人的憐憫目光注視下獨自舉杯？失意人酒吧裏多是我這樣的失意之人，有官場失意的，情場失意人，也有商場失意的，只有到了這兒，你才能真正理解同病相憐一詞的確切含義。

　　啥叫同病相憐？賭博的人看到別人比自己輸得更多，心裏就會好受些，失戀的人看到別人被拋棄，痛苦就會減輕些。但我沒想到會碰上韓磊，在這個名叫失意人的酒吧裏。寫到這兒，我想起一個俗得不能再俗的故事開頭，我們之間有段不得不說的往事……

　　是的，我們之間真的有段不得不說的往事，儘管很俗，但紅塵中人，誰又能雅到哪兒去，反正我是俗不可耐的人，要不我不會天天走進失意人裏爛醉如泥。

　　韓磊不該是俗人啊，不然他能娶上不食人間煙火的雲怡？在我心中，雲怡可是清麗脫俗的女子！

　　再說說雲怡吧，我們醫院的一主治醫師，至於哪個科室你就別問了，我不負責宣傳。我只敘述一段故事而已，其實我們醫院這話也有問題，因為雲怡，我早從醫院辭了職，幹個體，不操縱手術刀，操縱起文字來了。

　　明眼人應該看出點端倪了，對，韓磊是我哥們兼兄弟，雲怡是我們共同追求過的女子，這場三角戀愛，以我的退出而告終。

　　婚禮上，我很大度的祝福完他們後，就徹底退出了他們的視線，韓磊是個眼裏揉不得沙子的人，我也是，相信娶了雲怡的男人都會是。

　　我無法面對一個深深愛過的女子在自己面前晃來晃去而無動於衷。

　　甭穿朋友衣，不沾朋友妻！古訓壓得我心頭沉甸甸的，雖然我不敢自詡為一個好男人，但起碼的道德我還是有的。

　　因為雲怡，我至今未娶。我承認我失意了，失意於難成眷屬的無奈。

韓磊是春風得意久了，來播撒自己的同情麼？我瞪大血紅的雙眼，一點也不友好地看著這個昔日的哥們兼兄弟。

　　這是那個韓磊麼？我揉了揉眼，很潦倒的一個人啊，白襯衣已發黃發餿，散發出單身男人才有的懶散氣息，莫非他和雲怡離了？

　　我心裏竟有一絲暗暗的歡喜，天啦，莫非失意久了，人變態了，我為自己的陰暗心理嚇了一跳。

　　先投石問路吧，我推過去一杯酒。

　　雲怡呢，咋沒帶她一起出來？我知道他們一向是形影不離的。

　　早已形同路人了！他歎口氣，一杯烈酒一飲而盡。

　　不會吧！我嚇一跳，屁股險些彈出椅子。

　　一定是你有負於她！我惡狠狠揪住他衣領，你小子咋不曉得珍惜，娶了仙女還存凡心？

　　仙女，真的是仙女，不食人間煙火味的仙女！韓磊喃喃低語著頓了一下酒杯。

　　你不知多少人羨慕你啊！我大發感慨。

　　可我寧願時光倒流，倒流在我剛剛認識雲怡那一刻，以後的事我寧願沒發生過！韓磊摸起酒瓶。

　　我糊塗了，清麗脫俗的雲怡不好麼？

　　我就想問你一句，人在紅塵，真能不食人間煙火麼？韓磊壓了壓嗓子。

　　我剛張開口，韓磊又堵住了，雲怡是有潔癖的！

　　雲怡是注重生活質量，一個人講衛生也是缺點？我脫下鞋，伸出臭襪子讓他聞，你喜歡在這種芬芳下過日子？

　　韓磊搖頭，你不知道的，一個女人，不厭其煩的圍著你，一天一洗頭，早中晚要漱口，兩天剪一次指甲，飯前飯後用酒精消毒，沾了煙酒睡客廳，你能忍受？

　　設身處地一想，是煩瑣了點，像回到了幼稚園。可注重個人衛生是好事啊！我還是不理解。

　　我都睡半個月客廳了！韓磊抽了根煙，作為主刀大夫，哪天不得應酬，紅包我不收，可吃請免不了啊，否則，病人家屬認為你不上心，什麼世道啊！韓磊眼裏一暗。

　　要不，兄弟我跟你擠擠，那個廣寒宮，打死我也不願回去了！韓磊央求我。

　　這是那個當年在婚禮上笑得一臉幸福摟住仙女般新娘傻笑的韓磊麼？

羨慕你啊，哥們，最起碼你心中還有一個清麗脫俗的雲怡定格在靈魂深處！韓磊含混不清的張開嘴，像樹上跌落的枯葉一樣漸漸低下了聲息。

　　失意，我才是真正的失意，失意於終成眷屬的厭倦……韓磊趴在桌上，頭一點一點歪了下去。

　　我抬起頭，醉眼蒙矓地望著酒吧內壁上的一段文字：

　　兩個擠在一起過冬取暖的豪豬，彼此間須保持著一定的距離，太近了，身上的刺就會傷害對方。

　　雲怡身上有刺麼？

　　我挽著韓磊步履蹣跚地走在冬夜的街頭，風吹過失意的枯枝，孤零零的！

沒你我活不成

　　手機響了一遍又一遍，娜娜不接，娜娜想，接了又能怎樣，雷子翻來覆去就一句「你回來吧，沒你我活不成啦！」

　　娜娜已出來三天了，娜娜和雷子又吵了一架，蜜月不到兩個星期的第二次架。

　　娜娜不接電話，心裏卻冷笑著：「去死吧雷子，我還就是想要你活不成！」

　　娜娜想像著雷子垂頭喪氣地煮速食麵，雷子無精打采地調換電視頻道，雷子輾轉反側地在床上睡不著覺，雷子索然無味地擺弄著結婚照，越想心裏越沒氣的娜娜自言自語說「看你還敢惹老娘慪氣不！」

　　麗麗在洗澡間裏了條浴巾衝出來對娜娜嚷：「娜娜你聾了，電話！」

　　娜娜撇撇嘴：「好好洗你的，洗得香噴噴的，等你那位回來了好好唃！」

　　娜娜知道麗麗的老公出差今天回來。麗麗堵在口裏的話壓了回去，麗麗本來勸娜娜見好就收的，偏偏娜娜這樣一下子封住了她的嘴，再勸娜娜會怎樣想，自己可不是重色輕友之人。

　　麗麗歎口氣，心裏想著待會老公回來了如何向他解釋，也是的，兩口子過日子，無拘無束慣了，憑空插進一個正飽受婚姻挫折的人，怎麼好意思還卿卿我我眉來眼去。

　　娜娜始終認為自己飽受婚姻的挫折。其實雷子挺不錯了，問題是娜娜太林妹妹的脾氣了，動動就生悶氣，好在娜娜家沒大觀園那麼多花呀草呀的，娜娜也不喜歡什麼詩詞歌賦，否則娜娜今天就不會待麗麗家裏生悶氣，她一準也會扛柄花鋤去葬花，或者對著火爐來焚詩了。

　　麗麗拿起娜娜的手機說：「小懲大戒，娜娜你該收手了，蜜月期的男人抗不過三天的！」

　　娜娜說「咋，心疼了，要不你替我去奉獻奉獻！」娜娜雖生著雷子的氣，可跟麗麗鬥起嘴來還是一套一套的。

　　麗麗白了娜娜一眼「我可不敢橫刀奪愛，這年頭，有的是女人樂於奉獻呢，我記得沒錯的話你們樓下就是紅燈區吧！」

娜娜那被這話嚇一跳，不過稍停，娜娜又滿不在乎了「我們家雷子說了的，沒我他活不成呢，那些女人能讓雷子有活下去的信心？」

　　「有沒信心我不知道」，麗麗不耐煩了，「一句話，要不要我給雷子打個電話替你找臺階下！」

　　「找臺階？」娜娜冷笑，「我多的是臺階，這男人啊，你要狠不下心來治他，他就會當你是睜眼瞎！」

　　「有那麼嚴重嗎！」麗麗不以為然，「我就沒治過我老公，他咋挺聽話？」

　　「聽話不聽話是眼面前的事，沒准他背著你胡來呢，你也不調查調查！」娜娜說。

　　「調查，你累不累呀！」麗麗瞪大了眼。

　　麗麗不知道娜娜就是因為雷子接了一個電話沒跟她彙報，旁敲側擊調查才吵的架。

　　三天了，這三天雷子會幹啥呢，娜娜心裏一掉，要不，讓麗麗給幫忙調查調查！

　　麗麗推不脫娜娜的糾纏，就打雷子手機，偏偏這會兒人家電信小姐很禮貌地說：「對不起，你所呼叫的用戶已經關機。」麗麗很執著改打座機，同樣沒人接，麗麗對一臉緊張的娜娜說「屋裏沒人呢！」

　　「沒人，他能上哪兒！」娜娜慌了，娜娜不擔心雷子出事，娜娜慌的是雷子自己想出事。

　　雷子還真的出了事，當然是他自己想出的，雷了喝了頓悶酒就去嫖娼，員警來了還賴在那兒不走，嘴裏一個勁地喊娜娜。

　　管片的員警認識雷子和娜娜，員警撥通了娜娜的手機，雷子在那邊含糊不清地說「娜娜你回來呀，沒你我就活不成啦！」

　　娜娜去接雷子，麗麗也去了，麗麗看見跟雷子鬼混的那個女人還在，模樣倒真有幾分像娜娜！

裸奔

張平看書，純屬於消遣時光。

沒准你見他正把一本書翻得嘩嘩作響，一副津津有味的架勢，投入得了不得。但你一問故事情節或主人公什麼的，他保證全扯電視劇上去了，而且那電視劇一準熱播著。

張平是個幹什麼都恍恍惚惚的人。

恍恍惚惚的張平這會兒又在消遣時光，這回看的是大作家賈平凹的《病人》，張平看書不大認真，卻喜歡看名人的作品，其意不言而喻，人，不一定能讓自己偉大，但一定可以讓自己崇高，看名人作品，就是讓自己崇高的第一步。

《病人》中有一段話讓恍恍惚惚的張平陷入了沉思：「像所有男人一樣，年輕的教授出差回來，腦子裏就充滿了奇思異想。比如，老婆和情人正在屋中約會，鑰匙插進鎖孔裏卻怎麼也擰不開。比如，門是打開了，有人卻從後窗跳出去一路裸奔，巷道裏有許多人在跑步鍛鍊，那人加入了其中自我解釋：你裸跑過嗎？鍛鍊者說：年輕時裸跑過，但沒有戴過避孕套。」

張平恍惚了一陣子，就扔了書哈哈大笑，笑完再看鏡子，裏面是一張年輕的臉，一張經常出差而善於掩飾情緒的臉。

張平忽然笑不出來了，他覺得自己的處境跟教授頗為接近，只是身份差異而已，教授能出現的問題，一個業務員更應該出現。張平出差從不想老婆的，這會兒卻忍不住給家裏打了個電話，張平想知道老婆在不在家，不在，可以回來後旁敲側擊，在，如果與情人幽會，可以以敗他們的興致。

張平嘴角牽出一絲惡作劇般的詭笑，摸出手機按了一串號碼，響了，很久卻沒人接，張平心裏一掉，在招待所輾轉反側起來。正煩呢，手機響了，一看是家裏電話，張平想起來，家裏電話有來電顯示的。老婆在那邊慵懶地問：「幹什麼呀，都深更半夜的！」張平挺委屈，問：「你剛才幹啥呢，響這久不接！」老婆沒好氣：「能幹啥，洗澡唄！」張平心說不對呀，洗澡洗這麼仔細，洗給誰看呀。張平就裝作漫不經心樣開玩笑：「我不在你身邊，洗得香噴噴的給誰看！」老婆也開玩笑，「非得你看呀，別人就不能看！」完了就掛了電話。

張平頭嗡一下大了許多，張平把那段文字放在嘴邊狠狠親了一口說：「謝謝你提醒我！」

張平開始留心起老婆的一舉一動來，好幾次張平故意將出差日子提前，有幾次還故意殺回馬槍突襲，只是情況令張平略微有點失望，家中一切正常。太正常了，張平反而心裏更加不踏實，只有偷情老手才能做到的正常！張平回家的頻率越來越高，對張平的行為老婆似乎十分理解，本來嗎，張平就是這麼恍恍惚惚的人，乾脆不理睬得了，畢竟，做業務員壓力還是很大的。

張平愈發不得要領了，他聽人說過，不理睬，是一種更高層次的不正常。

張平決定拔草尋蛇，張平藉口出差，卻在半夜時分通通一陣敲門，然後躲到高一層拐角處，看有沒有人從自家門口悄悄溜走。草拔光了，蛇卻沒尋到，張平得了嚴重的神經衰弱。老婆說：「你請假吧，休息兩個月，每天跑跑步，鍛鍊鍛鍊，病就沒了！」老婆是醫生，老婆認為這是出差工作人員的通病。

對呀，跑步，找到那個裸跑的人，張平天天在巷裏跑步，希望有朝一日從自己的後窗上溜下一個赤身裸體的男人。巷裏跑步的男人倒多，可連穿一條三角褲的都沒有，人家都著背心，穿短褲。張平跑了兩個月才發現自己錯了，試想啊，自個天天在家，誰還敢來和老婆幽會。

張平是個懂得逆向思維的人，張平還知道物以類聚，人以群分，張平決定誘敵深入。

張平跟老婆說，公司派我出差一個月！張平收了行李出了門，在單位招待所住了下來！每天淩晨，張平就在家門口通通通一陣亂敲，然後飛速下樓，褪下衣褲，加入巷內晨跑的人群開始裸奔，邊裸奔邊望著自家的後窗從鼻子發出一串冷哼。

張平潛意識地想沒准某一天黎明，自己就會碰上另一個裸奔的人，那一定是一個戴著避孕套急急惶惶裸奔的人！

語言文學類　PG0499

遺憾再一次飄過

作　　者／劉正權
責任編輯／林千惠
圖文排版／蔡瑋中
封面設計／蕭玉蘋

發 行 人／宋政坤
法律顧問／毛國樑　律師
印製出版／秀威資訊科技股份有限公司
　　　　　114台北市內湖區瑞光路76巷65號1樓
　　　　　電話：+886-2-2796-3638　傳真：+886-2-2796-1377
　　　　　http://www.showwe.com.tw
劃撥帳號／19563868　戶名：秀威資訊科技股份有限公司
　　　　　讀者服務信箱：service@showwe.com.tw
展售門市／國家書店（松江門市）
　　　　　104台北市中山區松江路209號1樓
　　　　　電話：+886-2-2518-0207　傳真：+886-2-2518-0778
網路訂購／秀威網路書店：http://www.bodbooks.tw
　　　　　國家網路書店：http://www.govbooks.com.tw
圖書經銷／紅螞蟻圖書有限公司
　　　　　114台北市內湖區舊宗路二段121巷28、32號4樓
　　　　　電話：+886-2-2795-3656　傳真：+886-2-2795-4100

2011年03月BOD一版
定價：350元
版權所有　翻印必究
本書如有缺頁、破損或裝訂錯誤，請寄回更換

國家圖書館出版品預行編目

遺憾再一次飄過 / 劉正權作. -- 一版. -- 臺北市：秀威資
　訊科技, 2011. 03
　　面； 公分. --（語言文學類；PG0499）
　BOD版
　ISBN 978-986-221-702-3（平裝）

857.7　　　　　　　　　　　　　　　　　99026824

讀者回函卡

感謝您購買本書，為提升服務品質，請填妥以下資料，將讀者回函卡直接寄回或傳真本公司，收到您的寶貴意見後，我們會收藏記錄及檢討，謝謝！如您需要了解本公司最新出版書目、購書優惠或企劃活動，歡迎您上網查詢或下載相關資料：http:// www.showwe.com.tw

您購買的書名：＿＿＿＿＿＿＿＿＿＿＿＿＿＿＿＿＿＿＿＿＿＿＿

出生日期：＿＿＿＿＿年＿＿＿＿＿月＿＿＿＿＿日

學歷：□高中 (含) 以下　　□大專　　□研究所 (含) 以上

職業：□製造業　□金融業　□資訊業　□軍警　□傳播業　□自由業
　　　□服務業　□公務員　□教職　　□學生　□家管　　□其它＿＿＿

購書地點：□網路書店　□實體書店　□書展　□郵購　□贈閱　□其他

您從何得知本書的消息？

　□網路書店　□實體書店　□網路搜尋　□電子報　□書訊　□雜誌
　□傳播媒體　□親友推薦　□網站推薦　□部落格　□其他＿＿＿＿＿

您對本書的評價：（請填代號　1.非常滿意　2.滿意　3.尚可　4.再改進）

　封面設計＿＿＿　版面編排＿＿＿　內容＿＿＿　文／譯筆＿＿＿　價格＿＿＿

讀完書後您覺得：

　□很有收穫　□有收穫　□收穫不多　□沒收穫

對我們的建議：＿＿＿＿＿＿＿＿＿＿＿＿＿＿＿＿＿＿＿＿＿＿＿

＿＿＿＿＿＿＿＿＿＿＿＿＿＿＿＿＿＿＿＿＿＿＿＿＿＿＿＿＿＿＿

＿＿＿＿＿＿＿＿＿＿＿＿＿＿＿＿＿＿＿＿＿＿＿＿＿＿＿＿＿＿＿

＿＿＿＿＿＿＿＿＿＿＿＿＿＿＿＿＿＿＿＿＿＿＿＿＿＿＿＿＿＿＿

11466
台北市內湖區瑞光路 76 巷 65 號 1 樓

秀威資訊科技股份有限公司　　　收

BOD 數位出版事業部

....
（請沿線對折寄回，謝謝！）

姓　　名：＿＿＿＿＿＿＿＿＿　年齡：＿＿＿＿　性別：□女　□男

郵遞區號：□□□□□

地　　址：＿＿＿＿＿＿＿＿＿＿＿＿＿＿＿＿＿＿＿＿＿

聯絡電話：(日) ＿＿＿＿＿＿＿＿＿　(夜) ＿＿＿＿＿＿＿＿＿

E-mail：＿＿＿＿＿＿＿＿＿＿＿＿＿＿＿＿＿＿＿